外国文学
经典阅读丛书

法国文学经典

泰雷兹·拉甘

taileizi lagan

[法] 左拉 / 著

韩沪麟 / 译

百花洲文艺出版社
BAIHUAZHOU LITERATURE AND ART PRESS

第二版序言

我曾天真地认为,这部小说可以免去序言了。我生性直言不讳,即使对我写的东西里最微小的细节也从不放过,我希望自己能被正确理解和评价,无须事先做出什么解释。看来我似乎错了。

评论界以粗暴和气愤的调门迎接了这本书。某些正人君子在同样一种正经的报纸上装腔作势,表示厌恶,仿佛要用火钳把它扔进火里去似的。有些文学小册子,每天晚上传播别人的隐私和风流韵事,居然也捂住鼻子,大喊龌龊和闻到腐臭味了。我丝毫也不抱怨这种欢迎的态度,相反,我因确信我的同行的神经竟像少女那么过敏而窃喜。显然,我的作品该由我的批评家评议,他们可以觉得它恶心,而我是无可奈何的。我所抱怨的,是那些读着《泰雷兹·拉甘》脸红的腼腆的记者之中似乎没有一个人理解这部小说。倘若他们早先理解了,也许他们的脸会红得更厉害,但是,如果我这时能看见他们反感得在情在理的话,至少,我的内心还能得到满足哩。一些正直的作家也在吵吵嚷嚷,侈谈道德沦丧。但当我确信,他们本人也不知道自己为何而大喊大叫时,世上就没有比听见他们的喧嚣声更令人气愤的了。

因此,我得亲自把我的作品呈交给我的批评家。我呈交时只是附带几句话,这仅仅是为了避免以后招来什么误解。

在《泰雷兹·拉甘》里,我想研究人的内在素质,而不是外部性格特征。这就是本书的全部含义。我选择的一些人物都是完完全全受他们的神经和血型支配的,他们没有自由意志,他们生活中的每一个行为都是由他们躯体的生理本能带动的,泰雷

1

兹和洛朗是衣冠禽兽，如此而已。我想方设法步步深入，观察这两个野蛮人情欲的潜在作用，本能的冲动，以及每一次精神危机之后出现的大脑机能的失调。我书中的这两个主人公的爱情只是生理的需要。他们所犯下的谋杀罪行是通奸的结果，他们接受这样一个后果，就如狼杀戮绵羊那样心安理得。最后，我不得不说，他们的所谓的悔疚，实际上只是一次器官紊乱的结果，一次濒于崩溃的神经系统的反叛。他们一点灵魂也没有，对此，我感到非常满意，既然我愿意是这样的。

我希望，人们一开始得明白，首先，我有一个科学的目标。当我的两个主人公——泰雷兹和洛朗被塑造成功后，我乐于给自己提出一些问题并加以解答。这样，我就能试着对这两个气质不同的人物之间的离奇的结合做出解释，我表现出一个多血质的男子在与一个神经质女子打交道时所产生的深深的困惑。请读者细心地读这部小说吧，你们将会看见每一章都对心理上的奇异现象做了研究。总之，我只有一个愿望：假设存在着一个坚强的男人和一个贪欲的女人，在他们身上寻找其兽性，甚至只看其兽性的一面，把他们投入到剧烈的戏剧冲突之中，并且小心翼翼地记录下他俩的感觉和行为。我只是在两个活人身上做了外科医生在尸体上进行的解剖工作。

你们也该承认，当我做完了这么一项工作，全身还沉浸在追求真实所带来的巨大的享受之中时，众人却纷纷指责我写此书的唯一目的是描绘一幅幅淫秽的画面，我听了心里是多么不好受啊。有些画家画裸体像，本人毫无欲念，一旦某位批评家声称这些作品中活生生的肉体玷污了他们的心灵时，这些画家惊异不已。我的情形与他们相仿。每当我在写《泰雷兹·拉甘》时，我就忘记了周围的一切，我整个身心都在描摹生活中种种准确而微小的细节，全神贯注地去分析人的机械本能，这时，我向你们担保，对我而言，泰雷兹和洛朗残忍的爱情没有什么伤风败俗的，没有什么能诱发我产生邪恶的情欲。假设一个画家面前横卧着一个裸女，他只是想着如何把这个女人的形体和色彩真实地移植到他的画布上，这时，在画家的眼中，人的七情六欲消失了。我与他一样，我的主人公的人情味也不复存在了。因此，当我听说有人把我的作品看成是污泥、秽血、垃圾和罪恶的渊薮时，我真是惊诧莫名了，我能说得清吗？我谙熟批评界的一套玩意儿，我本人就玩儿过。然而，我得承认，从四面八方来的攻击却多少有点儿使我不知所措了。怎么啦！即使不说捍卫它的话，居然没有一个同行能讲解这本书！大家异口同声地说："《泰雷兹·拉甘》的作者是一个可鄙的歇斯底里狂，他以描绘色情为乐趣。"在这部大合唱中，我期待着有一个人回答说："啊！不，这位作者只是一个心理分析专家，他在腐败的社会里是可以忘掉自我的，不过，他只是像医生在梯形教室上课时忘掉自我那样忘记自身的存在。"但我却失望了。

请你们注意，我毫不为这部作品乞求舆论界的同情。照他们的说法，这部作品与他们精细的感官相悖。我也从未有过这样的奢望。我惊讶的，仅仅是我的同行把我说成是一个文学败类，他们见多识广，本该看上十页书便明白小说家的意图何在，现在，我只是谦卑地哀求他们在将来实事求是地看待我，并且实事求是地与我讨论我这个人。

其实，正确理解《泰雷兹·拉甘》要立足于客观和分析的立场上，并且向我指出我真正的错误所在，这本是一件易事，无须捡起一把泥土，并以道德的名义把它扔在我脸上。这仅仅需要在评论上有一点智慧和一些总体的思考。对待科学，斥之以不道德是毫无意义的。我不知道我的作品是否不道德，但我承认，我从未关心过把它写得干净些或肮脏些。我所知道的，就是我从未想过把正人君子们在本书里发现的乱七八糟的东西写进去；就是我每写一个场面，甚至是最狂热的一些场面时，也只是带着科学家的好奇心理去写的；就是我不认为我的批评家会在本书里找到一页真正的不堪入目的内容。我没有为那些印数动辄上万的粉红色小册子和描绘一些艳闻秘事的读者准备什么，那些对《泰雷兹·拉甘》所反映的真实感到恶心的报纸却热衷于推荐这一类书。

一些咒语，许多糊涂文章，这就是我到目前为止读到的关于我的作品的全部内容。在这里，我说出这句话是心平气和的，就如同一个朋友某一天私下问我，对批评界对我所持的态度有什么想法时，我也会这样对他说的。我曾向一位才华出众的作家抱怨同情我的人太少了，他对我说了这么一句意味深长的话："您有一个很大的缺点，以致以后没人会理睬您，您没有用几分钟时间与一个傻瓜交谈而不让他明白他确实是一个傻瓜的本领。"此话大概有其道理；我指责批评界不聪明时，我感到犯了错误，可我不能克制住对他们的狭隘偏见、盲目断语和混乱思维表示蔑视。当然啦，我指的是一般的评论家，他们以所有愚蠢的文学偏见评论作品，不能站在广义的人性高度上评论，而这正是理解一部人道作品所应该持有的观点。我从没见过如此拙劣的表现。小小的批评界借《泰雷兹·拉甘》面世的机会对我挥舞的几拳，如同以往一样落了空。他们打得不在实处，他们为一个浓妆艳抹的女戏子蹦蹦跳跳喝彩，然后却冲着一次心理研究大嚷不道德；他们什么都不懂，什么也不想懂，只要他们傻头傻脑地惊呆了，自发地要打人，他们总是会只管往前打去的。无缘无故地挨人打是令人沮丧的。现在，乱拳像瓦块似的纷纷朝我头上落下，我还不知其原因。有时，我悔不当初真的写一些色情的东西，这样，我觉得，我挨一顿揍，罪有应得，也许心里还好受些。

当今，只有两三个人才能读懂、评论我的这本书。我心甘情愿聆听他们的教诲，我相信，他们在洞悉我的意图，正确估价我努力的结果之前是不会信口开河的。他们懂得自爱，不会大发文学上的道德和贞操的空洞的滥调；在这艺术自由的时代，他们会承认我有自由选择题材的权力，他们只是要求我写出有良知的作品，并且知道，愚昧只能对文学的尊严有害。可以肯定地说，我在《泰雷兹·拉甘》中所孜孜以求的科学实验不会使他们措手不及，他们从中可以发现现代的方法和通常的探查的手段，本世纪正醉心于此以便洞察未来。不论他们的结论如何，他们都会接受我的出发点，并且接受对人的气质以及对在环境和条件的压力下人的官能深刻变化的研究。这样，我便遇见了真正的评论家，遇见了一些诚心诚意地追求真理、不耍孩子气、不会故作羞态、看见赤裸裸和活生生的解剖切片也想不到表现出恶心的样子的人了。真诚的研究像火一样净化一切。眼下，我正饶有兴味地想象法庭是什么样子，当然啦，在法庭面前，我的作品是微不足道的。但我将为它召唤来全部严肃的批评，我倒真希望这部作品从法庭上下来时被涂满了黑杠子。不过，这样的话，我至少可以深深地庆幸自己所做的受到评论，而不是自己没有做的被横加指点。

现在，我仿佛听见更新了科学、历史和文学的伟大而系统的自然主义的批评界的判决了："《泰雷兹·拉甘》对一个极为特殊的现象做出了研究，诚然，现代生活的戏剧没那么恐惧和疯狂，而是更轻松些。这样的状况是本书的次要方面。作者想把自己观察到的细节点滴不漏地表现出来，这就使全书显得更加紧张和惊心动魄；另一方面，这部作品没有具备心理分析小说所要求的明快的风格。总之，作家如要现在写出一部好作品，他就必须以更广阔的视野观察社会，描绘它的各种变化着的侧面，尤其要运用一种清晰而自然的语言。"

　　我本想用三言两语回报那些由于天真和不真诚而引起的令人难以容忍的攻击，而我现在觉得，我该先与我自己交谈，当我长时间握笔沉思时，我常是这样的，我不再写下去了，因为我知道读者不喜欢我这样做。倘若我有决心和闲暇写一篇宣言的话，也许我会捍卫一位记者在提到《泰雷兹·拉甘》时所宣称的"腐朽的文学"。再说，这又有什么意义呢？我有幸成为自然主义作家群中的一员，他们有足够的勇气和干劲写出一些优秀的作品，作品本身就具有说服力。某些评论过于偏颇，才会迫使小说家去写序文。既然我喜欢明了透彻，不慎写了一篇序言，我现在请求那些聪明的人原谅我，他们要看清事物的本质，本来无须别人在大白天给他们点燃一盏明灯的。

埃米尔·左拉

内容提要

　　杂货铺老板娘拉甘太太的独生子卡米耶从小体弱多病，长大后拉甘太太做主，把侄女泰雷兹·拉甘嫁给他。婚后，泰雷兹的情欲得不到满足，于是和卡米耶的好友洛朗私通。两人为达到做长久夫妻的目的，设计淹死了卡米耶。事后他们的内心不能得到安宁，终于导致精神崩溃，最后双双饮鸩自尽。左拉用他那把锋利的生理解剖刀淋漓尽致地剖析了人性中的情欲和犯罪后卑劣的灵魂。作品极富艺术感染力，是左拉的一部优秀代表作。

一

在盖内戈街的尽头，倘若您是从码头上来，您就会见到新桥长廊。这是一条狭长而晦暗的走廊，从玛扎里纳街一直延伸到塞纳河街。这条长廊至多有三十步长、两步来宽；地面上铺着淡黄色的磨损、破裂的石板，时时散发着刺鼻难闻的潮湿味；尖顶玻璃天棚盖住了长廊，上面积满了污垢，黑乎乎的。

在夏日的晴天，当骄阳灼烧着街道时，透过肮脏的玻璃天棚，一道苍白的光在长廊上无力地蔓延开来。若是遇上冬季的坏天气，在雾蒙蒙的清晨，从玻璃天棚投到黏湿的石板上的，就只是一片猥琐而邋遢的夜色了。

左首，一些阴暗、低矮，像是被压垮了的店铺半埋在地下，从地下室里不时冒出一阵阵逼人的寒气。这儿开着旧书店、玩具店和纸板店。陈列的商品都蒙上了一层尘埃，灰不溜秋的，在昏暗中毫无生气地躺着。由一块块小方玻璃组成的橱窗，折射出浅绿色的光，离奇古怪地照在这些商品上。再往里看，在货架的后面，黑沉沉的店铺却像一个个阴森、凄凉的洞穴，里面蠕动着奇形怪状的东西。

右首，沿着整条长廊，砌着一排墙。对面的小店主，把狭长的货架靠墙放着，一些叫不出名目的商品，一些早在二十年前就无人问津的老古董，一顺溜地摆在货架细长的木板上，木板都漆上了非常难看的棕色。一位专卖假首饰的女店主占有了一个货架，货架上有一只桃心木制成的盒子，盒子上铺着一层蓝色的丝绒，店主人精心地在里面摆上了一些只值十五个苏①的戒指。在玻璃天棚的上面，乌黑的墙继续上砌，墙面马马虎虎地抹上了一道泥灰，像是染上了麻风似的，疤痕累累。

新桥长廊可不是散步的胜地。人们取道这里，只是为了免走弯路、节省几分钟而已。路过这儿的都是一些忙忙碌碌的人，他们唯一关心的就是快点儿抄近赶路。在这些人中，我们可以看到系着围裙的小伙计、带着活儿的女工、腋下夹着大小包盒的男男女女，还有一些老头儿，他们在从玻璃顶棚外投进来的黯淡暮色中移动着缓慢的步子，以及一群群幼小的孩子，他们放学来到这里奔跑喧闹，木屐在石板上敲得震天响。从早到晚，石板路上响着清脆、急促、凌乱的脚步声，令人心烦意乱；没有人说话，也没有谁停留下来，每个人都在忙着自己的事情，低着头，急匆匆地赶路，对店铺不扫一眼。偶尔，如有过路行人在店主的货架前站定，这些小老板便会神色不安地望着他们。

傍晚，三盏煤气灯透过方形、笨重的灯罩，照耀着长廊。这些煤气灯嘴挂在玻璃灯罩里，在上面投下了淡淡的黄褐色光斑，又在周围洒下了一圈圈晕白的光芒，摇摇曳曳，仿佛随时都要熄灭似的。长廊确实像一个凶多吉少的危险之地，巨大的阴影铺盖在石板上，街头吹来了湿润的风，它就像是三盏吊丧的灯隐隐约约照着的一条地下甬道。有煤气灯给他们的橱窗送来一些暗淡的光照明，这些店主也就心满意足了。铺子里，他们仅仅点亮了一盏带着灯罩的灯，把它放在账台的一角，这样，过路人就能分辨出这些在白天都显得阴森森的洞穴里摆设的东西。在一顺排黑洞洞的铺面上，有一家纸

---

① 法国辅币名，相当于二分之一个法郎。

板店的橱窗在闪烁：两盏页片形的灯放射出黄澄澄的火焰穿破了黑暗。此外，在另一头，一支蜡烛插在叶片状的玻璃罩里，以它星星点点的烛光照亮了一只假首饰盒。店铺的女主人在柜台的里端打瞌睡，双手插在她的披肩里。

几年前，在这家店铺的对面，也有一家小店，铺子里暗绿护墙板的所有缝隙里散发着湿气味儿。在又长又窄的一块木板招牌上，黑色的字母拼成了一行字：妇女服饰用品商店。而在一扇玻璃门上用红色的字母写着一位妇人的名字：泰雷兹·拉甘。在门的两边，玻璃橱窗向后深深地凹进去，橱窗内衬着蓝色的纸。

就是大白天，在半明半暗的朦胧的光线下，行人也仅能看清陈列的商品而已。

一边，摆着一些零星的织物，如筒状的褶裥罗纱无檐帽，两三个法郎就能买一顶；平纹细布的衣袖和衣领；还有一些手工针织品，长短袜和背带。每件东西都已泛黄，并且皱巴巴、孤零零地挂在铁钩上。这样，看起来橱窗里好像塞满了白花花的破布碎片，在透明的夜色中显得十分凄凉。有几顶崭新的帽子现着耀眼的白色，在橱窗板上的蓝纸映衬下，显得非常突出。一根金属杆的上下挂着有色的袜子，仿佛在平纹细布的灰白色和浅色的基调上，加上了几点暗淡的色彩。

另一边，在一扇更为狭小的橱窗里，分层陈列着一团团绿色毛线、缝在白卡纸上的黑纽子、各种尺寸和颜色的盒子、带淡蓝色圆衬垫的缀着钢珠的线网、一束束毛线针、针织样品、一卷卷饰带。总之，是一大堆黯然失色的物品，它们躺在这儿大概已有五六年了吧。尘土和潮湿已经腐蚀了这个货架，而放在这货架上的所有物品也都慢慢失去了光泽，变成了污秽的灰色。

夏天，将近中午时，烈日以其赤橙的火焰灼烧着广场和街道，在另一扇橱窗里的帽子后面，路人可以看清一位神色庄重、脸色苍白的少妇的侧面。在阴暗的店铺里，大致显露出了她的身影。她额头低而干瘪，连着一根尖细的鼻梁，嘴唇就是淡红色的薄薄两片，下巴短而刚劲有力，由一条精巧而丰腴的曲线和头颈相连。身体被阴影遮没，看不清，只有脸部显现出来，脸色苍白无光，一只睁得大大的黑眼珠子嵌在里面，仿佛不堪忍受深褐色厚密头发的重压似的。在两顶无沿女帽之间，她能心平气和地坐上几个小时，一动不动。潮湿的金属架已在这两顶帽子上留下了斑斑锈迹。

晚上，掌灯时分，可以看清店铺里的模样。这家铺子门面宽，但并不太深，在一端有一张小小的账台；在另一端，一架螺旋形楼梯通向二楼。四周贴着墙排列着玻璃橱窗、货架、一排排未加工的纸板。四张椅子和一张桌子算是全部家具了，整个房间显得很空，冷冰冰的。打成包的商品紧紧地挤在角落里，包装纸虽是五颜六色很花哨，但堆放得倒很整齐。

通常，在账台后面坐着两个女人：一个就是侧影端庄的少妇；另一个是老太太，她在瞌睡时都带着笑。后者大约有六十岁上下，灯光下，她那张平静而肥厚的脸也变白了。一只硕大的虎斑猫蹲在账台一角，望着她打瞌睡。

在账台下面，一个男人坐在一张椅子上，三十岁左右，他不是在读书便是与少妇低声交谈。这个人长得瘦小、孱弱，举止有气无力，他的浅黄色头发毫无光泽，胡须稀少，脸上布满了红斑点，他的模样有点像被宠惯了的、病态的孩子。

十点钟不到，老太太醒了，于是他们关上店铺门，全家上楼就寝。虎斑猫鼻子里发出呼噜呼噜的声音，跟在它的主人后面，每上一级楼梯，就头靠栏杆磨蹭一下。

二层楼的居室共三间，楼梯直通餐室兼会客室。餐室的左首是一个壁龛，壁龛里有一只陶瓷火炉；对面，摆了一张餐橱；沿着墙壁摆了一排椅子，一张没有铺台布的圆餐桌位于餐室中央。在里端的一层玻璃后面，就是一间黑漆漆的厨房。在餐室的两侧，各有一间卧室。

老太太抱吻了她的儿子和媳妇后，回到自己的房间里。猫就在厨房的一张椅子上睡下了。这对夫妇进了自己的卧室。这间卧室另有一扇门通往长廊的那道楼梯，中间经过一条狭长、阴暗的小小过道。

丈夫老是在发烧，浑身打战，先上床睡了。少妇打开窗户，把外边的百叶窗关上。她在那里站了几分钟，对面是一面粗粗涂着泥灰的高大、黝黑的墙壁，它高出长廊并继续在升高。她的目光在这面高墙上茫然地扫了一眼，带着倨傲而冷漠的心情也默默无声地上了床。

二

拉甘太太原来是凡尔农①的一家妇女服饰用品店的店主。二十五年来，她就生活在这个小城镇的店铺里。在她的丈夫去世几年之后，她把她的家产卖了。她的私蓄加上这笔钱，使她手头有了四万法郎款子，她把这笔钱存进银行，每年能得到两千法郎的利息，居家过活，这项收入已绰绰有余了。她过着深居简出的生活，对人世间的欢乐和劫难全然不知，她

---

① 塞纳河沿岸的一个区政府所在地，在爱弗厄县境内。

为自己安排了一种与世无争、怡然自得的生活。

那时，她用四百法郎租了一座房子，这座房子的花园一直延伸到塞纳河畔。这是一处与世隔绝的、僻静的住所，有点儿像隐修院的样子。这座房子建造在一片开阔的草地中央，有一条狭窄的小径出入；住所的窗户朝着塞纳河和对岸荒凉的小山包。这位安分守己的老太太已年过半百，她把自己关进这孤单的房子里，守着她的儿子卡米耶和她的侄女泰雷兹，享受着隐居的安适和乐趣。

那时，卡米耶已有二十岁了。他的母亲还像对一个小孩子那样宠爱着他。卡米耶自幼病魔缠身，他母亲百般爱抚、关怀他，从死神那儿把他夺回来。孩子一次又一次接连发烧，一切想象到的病，他都遍尝了。拉甘太太在这十五年中进行了不懈的努力，与这些接二连三要夺走她的儿子的病魔抗争。她以耐心、精心的照料和慈爱心肠一一战胜了它们。

卡米耶长大了。从死亡中被拯救了出来，但反复的冲击使他的肉体受尽折磨，多灾多难的他，成长受到了阻碍，因此他长得仍很矮小，非常虚弱。他细瘦的四肢动作迟缓，有气无力。就因为他身体单薄、弱不禁风，他的母亲就格外爱护他。她以自豪和柔情看着他那苍白、可怜的小脸庞，心想，她已经不止十次救了他的命。

这个孩子难得不生病时，就到凡尔农的一所商业学校里就读。他在这所学校里学习拼写和算术。他的知识仅限于四则运算和一点肤浅的语法知识。后来，他又上了书写和簿记课。每当有人劝拉甘夫人把她的儿子送去上公立中学时，她就会吓得浑身打战，她心里明白，他一旦远离她就活不成了。她说，书本会杀死他。因此，卡米耶始终没有什么知识，而他的无知似乎又使他多了一个短处。

十八岁那年，仍在游手好闲的他，对母亲的疼爱腻烦透了，便走进一家布店去当伙计，每月挣上六十个法郎。他生性好动，因此特别忍受不了闲散的生活。现在，他埋首在这机械的工作中，整天弯着腰查看发票，耐心地计算着每个数字，做那数目可观的加法，内心却感到平静多了，身体也反倒好些了。晚上，他精疲力尽，脑子空空的，在精神麻木之中，他感受到无穷的快意。为了进布店干活，他不得不和母亲大闹一场，因为后者本想永远把他留在自己的身边，把他服侍得好好的，使他免受生活的磨难。年轻人以一家之主的身份说话了，他要求工作就如其他孩子索要玩具一样，这是本能和天性的需要，并非出于尽责之心。母亲对他的一片赤诚、慈爱之情，反而培养了他极端的自私心理。他自以为在爱着同情他、宠爱他的人，但实际上，他很自私，只想到自己，只考虑自己舒适，想尽一切办法贪图享乐。一旦拉甘太太的温情和爱抚使他腻烦了，他就一头扎进那累人的工作里，可以不再与那些药罐、药水打交道，感到非常自在。再加上一到傍晚，他从办公室回到家，就和表妹泰雷兹到塞纳河畔散步，岂不优哉游哉。

泰雷兹转眼快满十八岁了。十六年前的一天，当拉甘太太还在妇女用品店做买卖时，她的兄弟——德冈上尉从阿尔及利亚回来，怀里抱着一个小丫头来找她。

"你就是这个孩子的姑妈，"他微笑着对她说，"她的母亲死了……我不知拿她怎么办，把她交给你吧。"

老板娘抱起了孩子，对她笑着，吻着她粉红色的双颊。德冈在凡尔农耽搁了一个礼拜，他的姐姐对他给的这个女孩的情况也没有多问。她只是大体上得知，可爱的小女孩出生在奥兰①，她的母亲是一个本地女子，相貌出众。上尉在临行前一刻，交给他姐姐一张身份证书，证明泰雷兹是他的，并用他的姓。他出发了，人们再也没有见过他。几年后，他在非洲被人杀死了。

　　泰雷兹与卡米耶同睡一张床，她在姑妈慈母般的抚育下长大了。她的身体棒极了，可也像一个体弱多病的孩子那样被人照料着，吃着她表哥服用的补药，住在这个小病人居住的温暖的卧室里。有时，她蹲在火炉前，一待就是几个小时，一面看着前面的炉火，一面沉思，连眼皮也不眨一下。她被强制过着疗养的生活，变得十分内向，平时说话轻声轻气，走路无声无息，坐在椅子上一动也不动，默不作声，眼睛睁得大大的，但不东张西望。然而，当她一举手一抬足时，人们就会发现她动作敏捷而轻柔，肌肉结实且有力。总之，在她那驯服的肉体里，蕴藏着一种力量，一股激情。一天，她的表兄一阵虚脱跌倒了，她一下子就把他提起来带走，她发挥了力量，脸上也焕发出炽烈的光芒。禁闭式的生活，强加给她的死气沉沉的起居作息，并未损坏她那精悍而健壮的体质，只是使她的脸色变得有点儿白里带黄而已，因此，在暗处，她几乎显得有些丑了。有时，她会径自走到窗前，望着自家对面，被太阳镀了一层金黄色的那一排房子。

　　当拉甘太太卖掉了她的家产，到河边的一幢小房子里隐居后，泰雷兹内心充满了喜悦。她的姑妈反复对她说："别出声，安静点儿。"因此，她小心翼翼地把她热情亢奋的本性深藏起来，不使外露。她能掩饰内心强烈的冲动，保持表面上的平静，有着超人的克制力。她总认为自己是在表兄的卧室里，

---

　　①　北非阿尔及利亚著名的沿海城市。

守着一个濒临死亡的孩子，所以她行动轻缓，沉默不语，心平气和，说起话来像老妇人那样结结巴巴的。可是，一旦她看见花园和泛着白光的河流，以及绵延起伏、一直伸展到地平线的苍翠的山冈时，她便情不自禁地要奔跑，要叫喊；这时，她觉得自己的心在胸膛里剧烈地跳动，可是，她的脸上却毫无表情。而当她的姑妈问她是否喜爱这处新居时，她只是笑而不答。

这样，对她来说，生活变得比较美好了。表面上，她像往常一样，举止轻柔，表情沉静而淡漠，依然是一个在病榻上长大的孩子，可是，她的内心生活却是炽热而冲动的。每当她一个人待在草地上、河岸边时，她就像一头野兽那样，把肚子贴在地面上，把乌黑的眼珠圆睁着，弯起身子，准备一跃而起。她能这样一待就是几个小时，什么也不想，一任烈日噬咬着她，把手指插进泥土里使她感到一阵阵快意。此时，她想入非非：她以挑战的神态望着咆哮的河流，幻想着河水就要向她扑来，袭击她了，于是，她挺起身子，准备自卫，愠怒地盘算着，想知道她如何能战胜波涛。

晚上，泰雷兹已平息下来，默默地在她的姑妈身旁做针线。在从灯罩里漫溢出来的柔和的光芒下，她的脸仿佛在打盹。卡米耶埋在安乐椅里，意志消沉，想着他的账目。只有一句轻声细语的话，才时而打破这个昏昏欲睡的家庭的宁静。

拉甘太太带着善良而宽慰的心情瞧着她的两个孩子，她决定让他俩成亲。她总把自己的儿子当成垂危的人看待，每当她不由自主地想到，自己总有一天会死去，把他孤零零地留在世上受罪，心里就会颤抖起来。这时，她就指望着泰雷兹，她心想，小姑娘留在卡米耶身边将会是一个细心周到的保护人。她的侄女总是从从容容，忠心耿耿，让她完全放心。泰雷兹是如何干活的，她全看在眼里。她希望把她嫁给自己的儿子，做他的保护神。这门亲事是一个最终解决办法，并且筹划已久，不可更改了。

孩子们早就知道他们总有一天会结成夫妻的。这个结局在他们看来是天经地义、不言而喻的，他俩就带着这样的想法长大了。在家里，当议论到这门亲事时，就像说一件必然会发生的事情那样平平常常。拉甘太太早已说过了："等泰雷兹满二十一岁就办婚事。"于是，他们就耐心等着，既不着急，也不害羞。

卡米耶长期患病，得了贫血症，他体验不到年轻人的冲动的情欲。在他的表妹面前，他仍然是一个小孩子。他抱吻她时，就像抱吻自己的母亲，是习惯的礼节，所以心情十分平静、坦然。他把她当成了一个要好的伴儿，在他烦闷时可以打打岔儿，到时候还能替他煎煎药。当他与她玩耍时，或是把她抱在怀里时，他觉得在抱着一个男孩子，他的肉体丝毫没有异样的感觉。在这样的场合里，他从未想过去亲吻泰雷兹热乎乎的双唇，而泰雷兹却笑着挣脱，她神经质地在笑。

姑娘也一样，她对他似乎也是冷冷的无动于衷。有时，她的那对大眼睛认真而安详地看他几分钟。这时，只有她那两片嘴唇有一些微小的变化。她意志坚强，感情始终是温和而亲切的，休想从她的脸上看出什么破绽。当她听到别人议论她的婚事时，她神情严肃，对拉甘太太的话，只是用点头表示认同，而卡米耶却在一旁酣然入睡了。

夏日的傍晚，这两个年轻人常跑到河边去玩。卡米耶讨厌他的母亲对他没完没了的关心，他也有反抗精神，他想奔跑，自讨苦吃，躲开她的使他郁郁不乐的温存爱抚。这时，他就把泰雷兹带上，挑逗她打打闹闹，让她在草地上打滚。一天，他推搡着他的表妹，把她推倒在地，小姑娘一个翻身站了起来，动作敏捷得像一头野兽，她的脸兴奋异常，两眼红红的，她张开双臂扑向她的表哥，卡米耶不打自倒，他害怕了。

时光荏苒，日月如梭。转眼，大喜的日子到了。拉甘太太把泰雷兹拉到一边，向她交代了她的亲生父母，并且讲述了她的身世。姑娘静静地听着，而后拥抱了姑妈，一句话也没说。

晚上，泰雷兹没有走进楼梯左侧自己的闺房，而是走到了右侧她表哥的卧室里。这就是她这一天生活中唯一的变化而已。次日，当这对新婚伉俪下楼时，卡米耶仍然满脸病容，萎靡不振，他不紧不慢地还是只顾着自己；而泰雷兹也依然是举止从容，不动声色，她克制着自己，脸上毫无表情，却让人有些不安。

三

婚后一星期，卡米耶向他的母亲明确宣布，他打算离开凡尔农，到巴黎去谋生。拉甘太太嚷了起来，说她早已把生活安排得妥妥帖帖的，她可不愿意节外生枝。这一次，她的儿子发作了，威胁说，倘若她不满足他的愿望，他会病倒的。

"以往我从来没有违背你的旨意，"他对她说，"我娶了我的表妹，你给我什么药我就吃什么药。今天，我有一个想法，这是最起码的了，你至少也得听我一次……我们决定月底就动身。"

拉甘太太当夜就失眠了。卡米耶的决定搅乱了她原有的生活，她绞尽脑汁想重新设计一种生活。渐渐地，她恢复了平静。她想，这对年轻的夫妇总要有孩子的，到时，她那点儿家当就不够了。应该再挣些钱，做做生意，为泰雷兹找个实惠活计。次日，她思想上已做好了走的准备，她也设想了一个新生活的计划。

用早餐时，她又是高高兴兴的了。

"我们就这么办吧，"她对她的两个孩子说，"明天我就去巴黎，我去盘一家小铺来，泰雷兹和我重操旧业，卖个针线什么的。我们就有事可做了。你呢，卡米耶，你爱干什么就干什么，你去晒太阳或是找一个工作做做都行。"

"我找工作去。"年轻人答道。

实际上，驱使卡米耶动身的唯一动机是他那不着边际的抱负。他想在一个大的行政机关里任职，每当暗自想到穿着西装背心，露出丝光塔府绸袖子，耳边夹着笔，在宽敞的办公室里办公时，他高兴得脸都发红了。

他们没有征求泰雷兹的意见。她一向是唯唯诺诺的，久而久之，她的姑妈和丈夫遇事也就不再和她商量了。他们去哪儿她就去哪儿，他们干什么她就干什么，毫无怨言，从没牢骚，甚至都装出她不知道自己挪动了地方。

拉甘太太来到巴黎，径直走到新桥长廊。凡尔农的一位老姑娘把自己的一位亲戚介绍给她，这位亲戚在长廊开了一家妇女服饰用品店，正打算把店卖掉。拉甘太太觉得店铺小了点儿，光线也太暗，然而，当她穿越巴黎时，熙熙攘攘的马路，富丽堂皇的商店橱窗把她吓坏了，还是这条狭窄的长廊，这些寒酸的门面，能使她想起往日她自己开的那家店铺，那是多么悠闲自在啊！在这儿安家，她觉得同在外省过日子一样，呼吸也舒畅些。她想，她那两位可爱的孩子生活在这个偏僻的角落也会感到幸福的。店铺里的设施及货品标价低廉，最终使她下定了决心，人家以两千法郎把一切都卖给她了。底层店堂和二层住家的租金只要一千二百法郎。拉甘太太有将近四千法郎的进账，她盘算着，她即使买下了动产，付清了第一年的租钱，也无伤她私蓄的元气。她想，卡米耶的薪水和买卖赚的钱足够应付日常开支，这样，她就无须动用她的年息，她可以利上滚利，敛聚家财，日后供她孙辈享用。

她喜气洋洋地回到凡尔农，她说，在巴黎市中心，她找到了一块宝地，一个诱人的窝。她晚上没事就唠叨着那个铺子。几天后，长廊这个潮湿、阴暗的店铺在她嘴里渐渐变成了天堂。在她的印象里，她觉得这个铺子宽敞、舒适、安静，具有许许多多无可比拟的优点。

"啊! 我的好泰雷兹，"她说，"你会看见，我们住在那个地方有多幸福呵! 楼上有三间漂亮的卧室……长廊里尽是行人……我们把橱窗布置得漂漂亮亮的……去吧，我们不会寂寞的。"

她滔滔不绝地说下去，做老板娘的那副劲头又在她身上重现了。她事先已经交代过泰雷兹，做小本生意应如何进货、如何出售，又是如何捞油水的。这个小家庭终于离开了塞纳河岸的住宅，当晚，他们就在新桥长廊安了新家。

当泰雷兹走进那个将要伴她终生的店铺时，她仿佛觉得陷进了一个地沟的肥土之中。她感到一阵恶心，恐惧得直发抖。她看看潮湿肮脏的长廊，在店堂里走了走，上了二楼，在每个房间里转了一圈。这些空荡荡，连一件家具也没有的房子，显出一副衰败、破烂的景象，真让人看了寒心。少妇一动也不动，一句话也没说，她好像被冻僵了。她的姑妈和丈夫已经下楼了，她就坐在一只箱子上，双手僵硬，喉咙里抽噎着，只是没哭出声来。

拉甘太太面对现实，有点不知所措，自己做了那么些美梦，现在真是羞愧难当。她还是竭力为自己租下的房子辩解。每有一处缺点暴露时，她总有办法搪塞过去，她对房间幽暗的解释是天气不好，并且肯定地说，只需打扫一下就成了。

"嗯！"卡米耶回答道，"这一切都蛮好的……况且，我们晚上才上楼。我嘛，我在晚上五六点钟之前是不会回家的……你们两个嘛，你们时时在一起，也不会感到烦闷的。"

倘若这个年轻人不是把希望寄托在他那温暖舒适的办公室的话，他一辈子也不会同意住进这么一个破窑里来的。他心想，白天他在机关里是暖和的，至于晚上嘛，他早早钻进被窝就得了。

整整一个礼拜，店铺和住室仍然是乱糟糟的。打第一天起，泰雷兹就坐在柜台后面，不愿再离开一步。拉甘太太对她那懒散的态度十分惊讶，她原先以为，这个少妇会千方百计美化自己的房间，在窗台上放些花，还要找一些新的糊墙纸、窗帘和地毡的。而当她提出要整理、装饰一下时，她的侄女却平静地答道：

"有什么意思？这样不是挺好吗，我们又不需要花花哨哨的。"

结果还是拉甘太太收拾了房间，把店铺整修了一番。泰雷兹见她没完没了地在自己眼前晃动，终于不耐烦了，她请了一个女佣，才迫使她的姑妈在她的身旁坐了下来。

卡米耶转悠了整整一个月也没能谋到一个职位。他尽可能不待在店铺里，成天在外面游荡。他烦恼之极，有时居然说要回到凡尔农去。后来，他总算到奥尔良①的铁路办事处上

① 奥尔良是洛瓦河河岸上的一个城市，靠近巴黎。1429年5月8日圣女贞德曾把它从英国人手中解放出来。

班去了，每月挣一百法郎。他终于实现了他的梦想。

早上，他八点钟就出门了。他沿着盖内戈街往下走，直到码头，这时，他就把手插在口袋里，沿着塞纳河，从法兰西学院①一直踱到动物园。这样长的一段路程，他每天要走两个来回，从不感到腻烦。他望着河水流淌，有时停下来看着木筏顺流而下，脑子里什么也不去想。时而，他又会在巴黎圣母院②前站定，仰望着圣母院四周围了一圈的脚手架，那时这个教堂正在整修，连他自己也不清楚为什么他会对这一根根巨大的木构架这么感兴趣。接着，一路上，他还会对葡萄酒港口扫上一眼，计算一下从车站驶来了多少辆公共马车。傍晚，他的头昏沉沉的，满脑子装着在办公室里听到的荒诞不经的故事。他穿过动物园，如果他不急于赶路，还要去看看熊。他在栏杆前俯下身子，目光追随着摇摆着身子、笨头笨脑、走来走去的老熊，一看就是半个小时。他喜欢这些笨重的野兽，他的嘴张得大大的，眼睛睁得圆圆的，呆呆地望着它们，看它们摇晃着身体，他感到一种愚钝的快意。他终于决定回家了，于是挪动了脚步，可是一路上的那些行人、车辆和商店又会使他流连忘返呢。

他回到家就吃饭，饭后就读书。他已把布封③的许多作品都买来了，这些作品尽管枯燥无味，每天晚上，他还是规定自己必须读完二三十页。他还以十个生丁一分册的价格，把梯也尔④著的《督政府的第一帝国史》和拉马丁⑤著的《吉伦特派兴衰史》买了几册来读，要不就读一些科普读物。他自

　　① 建于17世纪，在塞纳河的左岸。
　　② 巴黎的一座著名教堂。
　　③ 法国18世纪的博物学家和作家，著作甚丰。
　　④ 梯也尔（1797–1877年），法国政治家，是镇压巴黎公社的刽子手。
　　⑤ 拉马丁（1790–1869年），法国诗人、作家、政治家。他写的《吉伦特派兴衰史》这部著作曾在当时引起巨大反响。

认为在自学进修哩。有时，他还硬要自己的妻子听他念几页，念一些小故事。他看见泰雷兹居然可以整个晚上若有所思似的一声不响，却不想找一本书来翻翻，感到不可理解。他打心底里认定，他的妻子是一个智力平平的庸人。

泰雷兹总是不耐烦地把书推得远远的。她宁愿无所事事地待着，眼神凝滞，神志恍惚，像丢了魂似的。同时，她始终显得十分温良顺从，她的全部心愿就是把自己变成被动的、讨人喜欢的、有着崇高自我牺牲精神的工具。

店铺的生意还可以，拉拉扯扯，每个月的赢利都差不多。顾客主要是附近的女工，每隔一会儿，就有一个姑娘走进店堂，买上一样值几个苏的东西。泰雷兹嘴角上勉强带着笑招呼顾客，老是千篇一律地说那几句话。拉甘太太就比她灵活，嘴巴也甜，说实在的，能吸引、挽留住顾客的还就是她。

日子就这样一天天平静地过去了，转眼就是三年。卡米耶是没有一天不去上班的，他的母亲和妻子也很少走出店门。环境阴暗、潮湿，气氛沉寂、压抑、令人窒息，泰雷兹生活在其中，每天晚上，她带着凄凉的心情入梦，到清晨又开始了平平淡淡的一天。她清楚地觉得自己一辈子就得这样过下去了。

四

每个礼拜有一天，即礼拜四的晚上，是拉甘太太一家接待客人的日子。这一天，他们在餐室点了一盏大油灯，在火上炖了一壶水准备沏茶。这可是家里的一件大事，这天晚上和哪一天都不同，按照市民家庭的习俗，这可算是狂欢之夜了，大家要十一点钟才上床。

拉甘太太在巴黎遇见了她的一位老朋友，名叫米肖，他原来在凡尔农的警察分局当了二十来年的警长，与这位妇女——服饰用品店的老板娘同住在一幢房子里。当年，他们相处得甚欢，后来，老寡妇把店铺的家当卖了，搬到河边去住后，他们就不大见面了。几个月以后，米肖也从外省迁居到巴黎，住在塞纳河街，安安稳稳地靠他每月一千五百法郎的退休金过日子。有一天下雨，他在新桥长廊与他的老朋友邂逅，当晚，他就在拉甘家吃了饭。

这样，礼拜四就成了接待客人的日子。退休的警长按时赴约，每周一次。后来，他把他的儿子奥利维埃也带来了，他是一个高大的小伙子，三十岁，长得瘦精瘦精的，娶了一个老婆，却非常矮小，又体弱多病，干什么都是慢吞吞的。奥利维埃在警察局谋了一个职位，薪俸三千法郎，卡米耶嫉妒得不得了，因为奥利维埃是警察局治安办公室的主要办事员。从第一天起，泰雷兹就憎恶这个身体硬朗、神情冷漠的小伙子。后者却以为，他那干瘦的高个子和他那半条命的又矮又小的老婆能光临开在长廊的这家铺子，就算是抬举他们了。

卡米耶也请来了另一位客人，他是奥尔良铁路办事处的老职员，名叫格里韦，有二十年的工龄。他是办事员的尖儿，每年挣两千一百法郎，就是他给卡米耶办公室的职员分配工作的。卡米耶对他相当尊重，他心里打着如意算盘：格里韦总有一天要死的，十几年后，很可能由他替代格里韦。格里韦欣然接受了拉甘太太的邀请，他每个礼拜也是准时到达，从不爽约。半年后，在他看来，周四的拜访成了一桩义务，他去新桥长廊，就像每天早上去上班一样，纯粹是本能驱使，习惯成了自然。

从此以后，聚会就变得非常具有吸引力了。七点钟，拉甘太太点燃了炉火，把灯放在桌子当中，旁边放上一副骨牌，再把放在碗橱里的茶具擦洗一遍。八点整，老米肖和格里韦，一个从塞纳河街来，另一个从玛扎里纳街来，他俩先在店堂前面碰头，然后一块儿走进去，接着，大家一齐上了楼。所有的人都围着桌子坐定，等候奥利维埃·米肖和他的妻子，他们总是要迟一些才到。人到齐后，拉甘太太斟茶，卡米耶把骨牌从盒子里倾倒在漆布上，每一个人都专心致志地玩起牌来。此时，除了骨牌的碰撞声，没有其他声响。每打完一局，牌友总要争上两三分钟，尔后又安静下来，只有清脆的击牌声不时打破这沉寂的气氛。

泰雷兹玩牌时心不在焉，使卡米耶大为不满。她把弗朗索瓦——就是拉甘太太从凡尔农带来的那只大虎斑猫——抱在身上，一只手抚弄着猫，用另一只手拿骨牌。每个礼拜四的聚会对她简直是一种酷刑，她时常抱怨身体不适，头疼得厉害，这样可不再打牌，悠闲地呆坐着，让脑子处在半休息状态。她把一只胳膊支在桌子上，用手撑住下巴颏，透过黄色的、雾蒙蒙的灯光，望着她姑妈和丈夫邀请来的客人。所有这些人都使她恼火，她怀着深深的厌恶和无声的愤怒把目光从这一个人转移到另一个人。老米肖脸色苍白，上面生了一点点红斑，这是一张带着稚气的、死板模样的老头儿脸；格里韦脸形狭长，两只骨碌碌的圆眼睛、两片薄薄的嘴唇像长在傻子的脸上；奥利维埃的脸颊，颧骨隆起，那一颗僵硬而平庸的脑袋，端端正正地长在他那滑稽的身体上；至于奥利维埃的妻子苏姗娜，她的脸一丝血色也没有，目光无神，双唇发白，脸上的皮肤都松弛下来了。泰雷兹和这些粗俗的、阴森可怕的人关在一间屋子里，她没发现任何一个有生气的人。有时，

18

她产生了幻觉，以为自己藏匿在一个墓穴的底部，周围是一具具会做机械动作的尸体，有人把绳子一牵，他们就摇头、挥臂、踢腿。餐室凝重的气氛使她透不过气，那令人不安的寂静，油灯淡黄色的光芒渗入她的心灵，使她感到莫名的恐怖，并产生一种无可言状的焦虑。

楼下的店门上，装了一只小铃，刺耳的铃声一响，就是有顾客来叩门了。泰雷兹竖起耳朵，只要铃声一响，她就飞快地奔下楼，庆幸自己离开了餐室，松了一口气。她不慌不忙地与顾客做着生意，等顾客走了，她就坐在柜台后面，尽可能地拖延时间，就怕再登上楼。眼前没有格里韦和奥利维埃，她真是愉快极了。她的双手滚烫，店堂里湿润的空气使她脑子清醒一些了。于是，她又像通常那样，陷入深深的沉思中。

不过，她总不能老这样待着，卡米耶见她离席过久会生气的。他不理解，礼拜四的晚上，怎么会有人竟以为店堂比餐室可爱。于是，他就会在楼道的栏杆上倾下身子，用目光寻找他的妻子。

"哎呀！"他嚷嚷道，"你在干什么呀？怎么还不上来？……格里韦交上好运了，他刚才又赢了一把。"

少妇懒洋洋地站起来，又上了楼，在老米肖对面的位置坐下。老米肖似笑非笑地耷拉着两片嘴唇，真叫人恶心。一直到十一点，她就这样有气无力地瘫坐在她的椅子里，望着抱在怀里的虎斑猫弗朗索瓦，免得再看见在她眼前做着鬼脸的那一张张没有灵魂的玩偶。

五

有一个礼拜四，卡米耶从办公室回家，把身边的一个人亲亲热热地推进店堂里。来者是一个身材高大、肩膀宽宽的小伙子。

"妈妈，"他指着小伙子向拉甘太太问道，"你认识这位先生吗？"

上了年纪的老板娘瞧了瞧高大的小伙子，努力回忆着，怎么也记不起来了。泰雷兹神情淡漠地看着这个场面。

"怎么啦！"卡米耶接着说，"洛朗，小洛朗，就是那个在尤福斯附近有一块上好的小麦地的洛朗老爹的儿子，你不认识啦？……你记不起来了吗？我和他一同上学，他的叔叔是我们的邻居。早上，他从他叔叔家出来，约我一块儿去学校，你还老给他果酱面包片吃呢。"

陡然，拉甘太太想起了小洛朗，她惊异他现在居然长得这么高了。她已有二十年没有看见他了。于是，她便向他谈起了一大堆往事，说了好些做长辈的爱抚话，以让他忘掉她刚才认客时的窘态。洛朗坐下来，他平静地微笑着，答话时嗓音响亮，用从容稳重的目光在屋内环视了一遍。

"你们没想到吧，"卡米耶说，"这个开朗的小伙子也在奥尔良铁路上做事，有一年半了，我们直到今天下午才碰上认出来哩。这个机关真是太大、太重要啦！"

年纪轻轻的卡米耶，瞪着双眼，噘起了嘴，强调了这么一句话。在一部巨大的机器里，他不过是一颗小小的螺丝钉，还扬扬自得呢。他摇晃着脑袋继续说道：

"啊！可他呀，他身体棒，他读上去了，已经挣一千五百法郎了……他的父亲把他送进了中学，后来他又学法律，学绘画，是吗，洛朗？你和我们一起吃饭吧。"

"非常乐意。"洛朗爽快地回答说。

他脱下帽子，在店堂里坐定了。拉甘太太跑进厨房烧菜去了。泰雷兹一直没吭声，只是注视着新来的客人。她从未看见过一个像样的男人。洛朗长得高大强壮，脸上气色很好，使她觉得新奇。她多少带着欣赏的眼光，端详着他那低低的、压着一层浓密黑发的额头，他那饱满的双颊、鲜红的嘴唇，以及他那匀称、俊美的脸庞。她又把目光落在他的脖子上，他的头颈粗壮结实，显得强劲有力。接着她又忘情地凝视着他放在双膝上的一双大手，手指是方方棱棱的，握紧成拳的手掌想必是巨大的，必要时能扼死一头牛。洛朗是真正的农家子弟，举止有点儿笨拙，后背隆起，动作缓慢而准确，神情坦然而执拗。他的外衣裹着他滚圆发达的肌肉，可以感觉到他那强壮结实的身体。泰雷兹惊奇地打量着他，目光从他的两个拳头移到他的脸，当她的眼光停留在他公牛似的颈脖上时，不由得一阵战栗。

卡米耶摆出了布封的书，还有那十生丁一分册的书，向他的朋友表示他也在学习。接着，他像是回答一个他内心早已酝酿着的问题似的，对洛朗说：

"你大概认识我的妻子吧，你不记得这个小表妹了吗？她和我们在凡尔农一块儿玩的呀。"

"我一眼就认出尊夫人来了。"洛朗两眼盯着泰雷兹的脸答道。

这直勾勾的眼神仿佛穿进了少妇的心，她感到有些不自在。她不自然地笑了笑，与洛朗和她的丈夫交谈了几句，就急急忙忙地找她的姑妈去了。她心里不好受。

大家上座用餐了。上了汤后，卡米耶觉得该关心一下他的朋友了。

"令尊近况如何？"他向洛朗问道。

"我可不知道，"洛朗答道，"我们闹翻了，我们互不通信已有五年之久了。"

"哦！"小职员惊呼了一声，对这样一件不可思议的事感到非常吃惊。

"是的，老头子脑袋瓜太倔了……因为他和邻居争吵不休，他就把我送进学校，希望我以后成为一名律师，好帮他打官司……嗯！洛朗老爹的想法可都是非常实际的，在他异想天开时，还想捞个实惠呢。"

"那么，你不想当律师吗？"卡米耶问道，他愈来愈惊奇了。

"天哪，不想当，"他的朋友笑着说，"整整两年，我表面上在听课，为的是领取我父亲支付给我的一千二百法郎的膳宿费。我和我学校的同班同学住在一起，他是一位画家，因此，我也开始学起画画来。我喜欢画画，这门手艺很有趣，而且也不累。我们整天抽烟、闲聊……"

拉甘一家人睁大了眼睛听着。

"不幸，"洛朗接着说道，"好景不长。爸爸知道了我在对他扯谎，每月扣掉了我一百法郎，还建议我回去和他种地。于是，我就试着画一些宗教题材的油画，画卖不出去……我明白，我将要饿死，让艺术见鬼去吧，我到处去找工作做……爸爸总要死的，我就等着这一天到来，可以不劳而获了。"

洛朗平平和和地说着。他用几句话就概括地把过去的经历道出来了。实际上，他是一个懒鬼，他贪图一切享受，欲壑难填。这个身材高大、体强力壮的人什么也不想干，他恨不得整天吃喝玩乐、逍遥自在才好。他的愿望就是无须挪动身子，不用花费力气，不必去冒风险，就能吃饱睡足，恣意纵乐。

律师这个职业让他恐惧，而想到用镐头去刨地，他就浑身发抖。他曾投身到艺术中去，希望在艺术里找到一样懒汉的手艺：在他看来，挥动画笔是轻而易举的，何况，他又以为这就是成功的捷径。他幻想过一种廉价的享乐生活，成天混在女人堆里，处处有沙发可躺，大鱼大肉有得吃，好酒坏酒有得饮，喝他个烂醉方休。只要洛朗老爹还在寄钱，他这个梦是一直可以做下去的。然而，年轻人已到而立之年了，当他意识到贫穷即在眼前时，他就认真思索起来。他觉得自己最担心的是缺吃少穿，即使是为了艺术至高无上的光荣，如果让他一天不吃面包，他也不干。正如他所说，自他发现绘画永远也满足不了他那贪得无厌的欲望的那一天起，他就让绘画见鬼去了。他的首批习作连及格水平都够不上，他用农家的目光，猥琐、迟钝地看着大自然，他的画布上重彩艳抹，构图不当，画面丑陋，真是无从评说起。不过，他这个艺术家好在并不自恃，当他决定扔掉画笔时，也就没有多少伤感了。他真正难以忘怀的是他学校同学的那间画室，在四五年间，他在这间宽敞的画室里竭尽风流之能事。他对那些来做模特儿、凭他这点经济能力就能随意玩弄的女人，仍然十分留恋。这形形色色的粗野的淫乐，更加激发了他的肉欲。不过，他现在改行当职员了，倒也自由自在。他是个粗人，感到生活蛮不错了，他喜欢日复一日地例行那几件公事，既不累，也不用烦神。仅仅只有两件事使他不满意：他缺少女人，而在馆子里吃十八苏一餐的伙食，也远不能满足他贪婪的食欲。

卡米耶像个傻瓜似的，惊奇地看着他，听他在讲。这个孱弱的年轻人，身体单薄无力，从未有过情欲的冲动，怎么也想象不出，他的朋友对他说的画室的场面是什么样子。他想象着那些赤身裸体的模特儿女人。

"这么说来。"他对他的朋友说，"这么说来，还真有女人在你面前把内衣脱掉啰？"

"当然啦，"洛朗微笑着，边看着泰雷兹边回答说。她的脸已经变色了。

"您那时的感觉大概很异常吧，"卡米耶带着童稚的笑接着问道，"……我嘛，我会难为情的……第一次，你大概吓得傻乎乎的吧。"

洛朗伸出了他的一只大手，仔细地察看着他的手掌心。他的手指在轻微地颤抖，红光在他的脸上泛起。

"第一次嘛，"他仿佛在自言自语地说，"我想，我觉得这很自然……很有趣嘛，艺术这玩意儿，不过，挣不了钱……我曾经有过一个模特儿，她长着一头棕红色的头发，非常可爱：肉是紧紧的、光闪闪的，胸部很美，臀部很大……"

洛朗抬起头，看见泰雷兹默不作声，一动不动地呆在他面前。少妇目光炯炯地看着他。她那对乌黑的眼珠子，就像是两个无底的洞；从她那半张开的嘴唇间，可看见嘴里粉红色的光泽。她的精神好像崩溃了，心在收缩。她静静地听着。

洛朗的目光从泰雷兹移到了卡米耶身上。过去的画家收敛了笑容。他挥了一下手——放肆地、大幅度地挥一下，结束了讲话，这些，少妇都看在眼里了。在吃甜食时，拉甘太太下楼去招呼一位女顾客了。

桌布掀去之后，洛朗思索了几分钟，突然对卡米耶说：

"你知道，我得为你画一张肖像画。"

拉甘太太和她的儿子欣然接受了这个主意。泰雷兹仍然不发一言。

"现在是夏天，"洛朗接着说，"我们下午四点就下班了，我可以来，在傍晚前，为你画两个小时，一个星期就完成了。"

"一言为定，"卡米耶回答说，兴奋得脸上泛红，"你就和我们一起用晚餐吧……我去卷个发，穿上黑礼服。"

钟敲响了八点。格里韦和米肖走了进来。奥利维埃和苏姗娜随后也到了。

卡米耶把他的朋友向他们一一做了介绍。格里韦抿紧了嘴唇，他对洛朗感到厌恶，觉得他的薪俸增加得太快了。此外，介入一个不速之客，总有点儿不太顺心：拉甘家的客人对待这个陌生人的态度免不了有些冷淡。

洛朗为人举止装得像个懂事的孩子。他明白自己的处境，他想一下子就能讨人喜欢、受到欢迎。他用讲故事和爽朗的笑声使在场的人高兴，并赢得了格里韦的好感。

这晚，泰雷兹没有借口下楼去。她在平时坐的椅子上一直坐到十一点，玩牌、聊天，避免与洛朗的目光接触，而洛朗也没去注意她。这个小伙子朝气蓬勃、嗓音洪亮、笑声爽朗，具有强烈的感染力，这一切都使少妇心神不定，使她处于恍恍惚惚的精神状态之中。

六

从这天起，洛朗几乎每天晚上都要到拉甘家来。他在葡萄酒港对面的圣·维克多街上租了一间带家具的小房间下榻，每月付十八法郎。这是一个小阁楼，刚够六个平方米，屋顶上开了个天窗，窗口微开着，窗外便是天空。洛朗总是很迟回到这间陋室。在碰见卡米耶之前，他既然没有钱在咖啡馆的座位上消磨时间，就只得在他晚上就餐的小饭店里鬼混，他要上一杯三个苏的掺烧酒的咖啡，不停地抽着烟斗。随后，他缓步走上圣·维克多街，天气温和时，他顺路沿着几个码头溜达溜达，在凳子上坐坐。

现在，新桥长廊上的这家铺子变成了他的可爱、温暖、安逸的休憩之地，在那儿他可以高谈阔论，并受到热情接待。这样，他省去了在小饭店买掺烧酒咖啡所花的三个苏，还能贪婪地喝着拉甘太太奉上的香茗。直到晚上十点，他还赖在那儿，脑袋瓜昏沉沉，肚子里填得满满的，以为这是待在自己的家里。他一直要等到帮助卡米耶关上店门后才告辞。

一天傍晚，他带来了画架和颜料盒。次日，他该为卡米耶画肖像了。拉甘家买了一块画布，周详地做了准备。最后，艺术家开始绘画了，地点就设在这对夫妇的卧室里，照他的说法，这间房间的光线充足些。

画头部就得花三个晚上。他聚精会神地在画布上移动炭笔，一点一点地，涂得很淡。他的草图死板、干枯，粗一看，有点儿像早期艺术家的初稿。他描摹卡米耶的脸部，如同一个学生用颤抖的手，笨拙而又刻板地在描摹一个裸体模特儿，因而面容总是愁眉不展的。到了第四天，他便在他的调色板上放了星星点点的颜料，开始用画笔绘画了；他在画布上点了一些污浊的小点子，画了一些短小而紧密的晕线，仿佛是用铅笔涂抹的。

每次画到最后，拉甘太太和卡米耶都看得出神。洛朗说，还得等些时候画像就能逼真了。

从开始画画起，泰雷兹就没离开过这间改成画室的卧房。

她常常让她的姑妈一个人坐在柜台后面，稍有借口，她便登上楼，专心致志地看着洛朗作画。

她还是像往日那么自矜，神情多少有些紧张，不过，脸色显得更苍白些，比平时更少说话了。她坐着，目光随着画笔在动。其实，她对画画本身并不十分感兴趣，她仿佛是被一种力量吸引到这个座位上来的，而且一坐下又好似被钉住了。洛朗有时转过头来对她笑笑，问她是否喜欢这张画。她勉强应答几句，浑身哆嗦，接着便又心醉神迷地呆看着。

晚上，洛朗在圣·维克多街上往回走时，都要苦苦地思索一番，他内心盘算着，他应不应该成为泰雷兹的情人。

他心里想："只要我愿意，这个小女人就会做我的情妇。她老是在我的背后观察我、打量我、逼视我……她在颤抖，她的表情古怪，虽然她不声不响，内心却是激动的。可以断言，她需要一个情人，她的眼神已表露无遗了……应该说，卡米耶是一个可怜虫啊。"

洛朗想到了他的朋友单薄的身子，苍白的脸，禁不住暗自高兴。接着，他又想：

"她在这个店铺里无聊极了……我嘛，我之所以去，是因为我无处可去罢了。否则，我才不会常在新桥长廊露面哩。那儿潮湿又冷落。一个女人在这种地方过日子是会憋死的……她喜欢我，这点我敢肯定，那么，我又何苦让位给别人呢。"

他得意非凡，不再往下想了，出神地望着塞纳河的河水滚滚而去。

"我的老天，听天由命吧，"他大声说，"有机会我就拥抱她……我敢说，她会立即倒入我的怀抱的。"

他又重新上路，却又犹豫不决起来。

"归根结底，她长得丑了些，"他想道，"她的鼻子太大，嘴太大。此外，我一点也不爱她，还有可能出丑。这件事倒真要好好考虑一下。"

洛朗是谨小慎微的人，整整一个礼拜，这些想法一直在他的头脑里打转转，定不下来。他估算着与泰雷兹搭上线后可能带来的所有的麻烦。他仅仅决定当他确有兴趣这样做时，再见机行事。

在他看来，泰雷兹真是够丑的，他不爱她；不过，无论如何，她也不会让他损失什么。廉价买得的女人肯定都不怎么漂亮、不怎么可爱的啰。从经济上着想，他已经倾向于去勾引他朋友的妻子了。再说，有好长时间，他没有满足一下自己的情欲了，由于钱包干瘪，他只得任欲火中烧。如今，能使他多少解渴的机会来了，他决不想再放弃。总而言之，考虑再三，搭上这么一个女人不会有什么恶果的：泰雷兹为自身着想，也会隐瞒一切，因此，只要他愿意，他就可以随时抛弃她；就算卡米耶察觉这一切，发火了，倘若他要使坏，他可以一拳送他的命。从各个方面看来，洛朗都认为此事轻而易举，可以试试。

从这时起，他的心就平静下来了，就伺机下手。只要机会来了，他决心行动果断、彻底。他已能想象出日后幽会时的温柔劲儿了。拉甘一家人都会为他的享受提供方便：泰雷兹将会满足他的情欲；拉甘太太会像母亲一样爱抚他；卡米耶晚上在店堂里和他闲聊，使他消愁解闷。

肖像快画好了，机会还没有来。泰雷兹总是坐在原处，精神抑郁，烦躁不安。可是，卡米耶从不离开卧室，而洛朗也很沮丧，他竟不能使他走开一小时。再也拖不下去了，第二天就应该宣布大功告成了。拉甘太太通知说，大家共进晚餐，庆贺画家的杰作问世。

次日，当洛朗在画布上涂上了最后一笔时，全家人都集中过来，异口同声说像极了。事实上，这幅画糟透了，灰暗的底色，上面抹着大块大块的紫斑，洛朗即使使用最鲜艳的颜料，画上去也是邋里邋遢的。他不知不觉地夸张了他模特儿苍白的脸，因而，卡米耶的脸倒像是一个溺死者发青的面孔，这副尴尬的脸相上的每根线条都在抽搐，这就使他更像个溺死的人了。不过卡米耶却是十分兴奋，他说，在画面上，他的神态相当高雅。

等他对他的肖像画欣赏够了，他宣称，他要去拿两瓶香槟酒。拉甘太太已下楼去店堂了。剩下艺术家和泰雷兹单独在一起。

少妇蹲着，目光茫然地看着前面。她在哆嗦，仿佛在等待着什么。洛朗犹豫着，看着他的画布，玩弄着手上的画笔。时光在流逝，卡米耶随时会返回，也许，这样的机会不会再有了。蓦地，画家转过身来与泰雷兹四目相对。他们相视了数秒钟。

接着，洛朗猛地蹲下去，把少妇紧抱在怀里。他把她的头往后仰，使劲地把嘴压在她的两片嘴唇上。她激动、用力地反抗一下，突然，她瘫软地滑倒在方砖地面上。他俩都没吭声。整个行为是猛烈的，但又是无声无息的。

七

一开始，这对情人就感到他们的结合是必要的、天经地义的、自然的。他们初次约会就以"你"字相称，无所顾忌地拥抱，脸也不红，仿佛他们的默契已有数年之久了。他俩在新的境况下，生活如鱼得水，心安理得，毫不知耻。

他们不断地约会。既然泰雷兹出不去，那么就决定洛朗上门来。

少妇以清晰而自信的口吻把她早已想好的办法说给他听。幽会地点就在他们夫妇的卧房里。情夫从通向长廊的那条小过道来，泰雷兹替他把直通卧室小梯的那道门打开。这时，卡米耶还在办公室里，拉甘太太则羁留在下面的店堂里。这是大胆的、有成功把握的行动。

洛朗同意了。他虽说谨慎，但仍然有些唐突、胆大妄为，这是一个有拳头做后盾的人的大胆。他的情妇严肃而镇静的神情，鼓励着他常来享受她不顾一切奉献给他的爱情。他随便找个托词，从他的上司那儿请到两小时的假，然后便奔到新桥长廊来了。

他一进入长廊，就已经情欲难熬。卖假首饰的老板娘正巧坐在过道门的对面。一定得等到她忙着，一个女工进去买一枚戒指或是一副铜制的耳环才行。这时，他便箭步如飞地走进过道，靠着泛潮、黏糊糊的墙，登上窄小而阴暗的楼梯。他的双脚踏在楼梯的石级上，每登上一级，他的心就有灼伤的感觉。门悄悄地打开了。在白色的灯光下，他看见泰雷兹上身穿着紧身衣，下身穿着短裙，头发在后脑勺上紧紧地盘成一个髻，鲜艳光彩地等在门口。她关上了门，勾住了他的头颈。一阵清香从她的白色内衣，从她那沐浴过的芬芳的玉体里飘逸出来。

洛朗大吃一惊，觉得他的情妇美极了，他似乎从来没看见过这个女人。泰雷兹轻灵而壮实，把他抱得紧紧的，头往后仰着；在她的脸上放射出炽烈的光芒，荡漾着热情的微笑。情妇的这张脸仿佛是换过了，她神态癫狂而又情意绵绵，她的嘴唇湿濡濡的，眼睛亮闪闪的，真可谓容光焕发了。少妇激动不已，全身都在抽搐，虽说是美，但美得有点儿离奇。她的脸仿佛透着亮光，而烈火正是从她的肉体里冒了出来。她周身血液在沸腾，神经高度紧张，散发出炽热、刺激、撩人的气息。

一次热吻之后，她就媚态百出了。她那不知满足的肉体疯狂地沉溺在淫乐之中。她仿佛从睡梦中惊醒，情欲点燃了她生命之火。她从卡米耶软弱的胳膊里解脱，投入了洛朗强壮有力的怀抱，挨近这个健壮的男子，她内心就感到了强烈的震动，使她蛰伏在肉体里的灵魂苏醒。她本是冲动型的女子，这时，她的一切本能都以其前所未有的猛烈程度一齐爆发出来。她的母亲的血，这种灼烧着她血管的非洲血液开始奔腾了，在她那苗条的几乎还是处女的身体里汹涌着。她恬不知耻地、主动地把自己袒露出来，并奉献给他。她心荡神迷，从头到脚长时间地颤动着。

洛朗这辈子也没有结交过这样的女人。他感到很突然，有些不自在。以往，他的一些情妇从来没有如此冲动地接待过他，他对冷冷的、可有可无的接吻，倦怠的、玩腻了的爱情已习惯了。泰雷兹的呜咽与发作几乎使他害怕，同时，又使他感到新鲜，更挑逗起了他的情欲。每当他与少妇告别后，他像喝醉酒似的蹒跚而去。翌日，当他又渐渐趋于平静时，他就问自己是否该返回到这个情妇的身旁，后者接二连三的狂吻使他头晕目眩。起初，他断然决定，还是留在家里吧，过后，他又怯懦了。他曾想把一切都忘了，不愿再看见泰雷兹对他赤裸裸的温柔又冲动的抚爱，但是她却永远张开了双臂等着他，从来有过半点动摇。这种情景又使他情欲冲动，难忍难熬。

他还是退却了，又确定了约会日期，来到了新桥长廊。

自这一天起，泰雷兹走进了他的生活。他虽不是欣然接受，但他已容忍了她。他有时也害怕，也提心吊胆，总之，这种关系震撼着他，他感到一种说不出来的滋味；然而，他的恐惧，他的不适都没能战胜他的欲望。幽会一个接着一个，而且有增无减。

泰雷兹没有这些顾忌。她无保留地豁出去了，随心所欲，纵情欢乐。泰雷兹的身世不同寻常，她屈从过，现在，她挺立起来了，她明白了她向往的是什么，于是便把自己的整个身心都暴露无遗了。

有时，她用胳膊勾住洛朗的脖子，在他的胸前摩擦着，气喘吁吁地对他说：

"啊！你知道，我吃了多少苦啊！我是在一个病人的陈腐、阴湿的卧室里长大的。我与卡米耶同睡一张床，半夜，从他身上发出的气味让我恶心，我就慢慢把身子挪开。他很坏，而且固执，我不想吃他的药，他就也不吃。为了让我姑妈高兴，我不得不把所有的汤药都喝下去。我真不明白自己怎么就没死……我相貌丑正是他们造成的，我的好心的朋友，他们夺去了我的一切，而你是不可能像我爱你那样爱我的。"

她哭了，拥抱着洛朗，随后，便又咬牙切齿地继续说道：

"我并不希望他们不幸。他们把我带大，收养了我，使我免于灾难……可是，我宁愿他们别管我也不要收留我。我渴望旷野的空气，在我很小的时候，我就向往赤着脚穿街走巷，像吉卜赛女人那样，以乞讨为生。有人告诉我，我的母亲是非洲一个部落首领的女儿，我常常想到她。我心里明白，我继承了她的血液和本性，我真希望永远不离开她，扑在她的背上，穿越沙漠……啊！我的青春是如何度过的啊！现在，每当我想起了我在卡米耶喘着粗气的卧室里熬过漫长岁月时，我仍感到恶心和愤愤不平。我蹲在炉火前，呆呆地看着煎的药在开滚，我感到我的四肢都麻木了。但是我不能动，倘若我发出声响，我的姑妈就会责备我的……后来，我们迁居到河边的小屋子里，我觉得快乐极了，不过，我已经变呆了，我只会走走路，倘若我要跑，就会摔跤。再往后，往后，他们就要把我活生生地埋进这个又小又丑的店铺里了。"

泰雷兹深深地吸了口气，她双臂紧紧地搂抱着她的情人，她在报复了，而她那两个小巧的鼻孔在神经质地微微翕动着。

"你真不会相信，"她接着说，"他们是如何使我变坏的啊。他们把我造就成一个虚伪、撒谎的女人……他们用小市民式的温存体贴把我闷死了，我自己也说不清，在我的血管里怎么还会有血的……我整日垂下眼睛，我像他们一样，有着一张忧郁、愚蠢的脸，和他们一样，过着半死不活的日子。你看见我时，我外表就像一个呆子，是吗？那时，我不苟言笑，提不起精神来，同傻子没有区别。我对什么都不抱希望，我只想有朝一日投进塞纳河了此一生……然而，在绝望之前，有多少个晚上，我气得夜不成眠啊！在凡尔农时，我在自己冷冰冰的卧室里，使劲咬着枕头，以免叫出声来，我打自己，把自己看成是胆小鬼。我的热血在沸腾，有可能我会把自己的身体撕成碎块的。有两次我想逃跑，一直迎着太阳往前走，可我缺乏勇气。他们对我温柔、体贴，虽让我恶心，但也把我变成了一头驯服的牲口。因此，我学会了撒谎，我无时无刻不在骗人。我虽心想着打人、咬人，可我表面上却非常温顺，非常平静。"

少妇住口不说下去了，在洛朗的颈脖子上擦了擦她那湿润的嘴唇。沉默片刻后，她又补充说道：

"我不知道为什么我会同意嫁给卡米耶。我没有反对，是因为我听天由命，对一切抱无所谓的态度。我可怜这个孩子。

在我与他一块儿玩耍时，我感到我的手指陷进他的四肢里就像插入黏土里似的。我嫁给他是因为我的姑妈把他交给我了，是因为我考虑他不会使我有所拘束……可是，我在我的丈夫身上又看到了那个疾病缠身的小男孩的影子，我与他已同床睡了六年哪。他还是那么虚弱，哼哼唧唧的，他的身上仍然发出一种陈腐的气味。以前，他还是孩子时，这种气味曾使我多么厌恶啊……我向你唠唠叨叨说了这些，希望你不必嫉妒……唉，我又恶心得说不出话来了，我想起我喝的那些汤药……我悄悄地挪开了身子……还有我度过的那些夜晚……而你，你……"

说着，泰雷兹又挺直了身体，向后仰去，让洛朗厚厚的双手捏着自己的手指，看着他那副宽宽的肩膀、粗壮的颈项……

"你吗，我爱你，自卡米耶把你带到店堂里那天起，我就爱上你了……你也许看不起我，因为我第一次就委身于你了……说真的，我也不知道这是怎么回事。我很自豪，我太激动了。那一天，你在这间房间里拥抱我，把我翻倒在地时，我本想打你的……我也闹不明白，我是怎么爱上你了，或者说，我又怎么会恨上你的。看到你，我就激动，就难受，每当你在这里时，我的神经紧张得都快绷断了，我的头脑空空的，我气得快发狂了。啊！我受了多大的罪啊！而我偏要自找苦吃，我等着你来，我围着你的椅子转，想再次感受到你的气息，想把我的长裙沿着你的衣服下摆再拖一遭。我似乎感觉到，当你在我面前走过时，你的血液掀起了阵阵热浪向我扑来。我内心虽有抵抗，但吸引我，使我留在你身边的，乃是在你四周弥散开来的炽热的气息……你还记得吧，当你在这儿画画时，总有一股什么超人的力量把我吸到你的身旁，我贪婪地、愉快地呼吸着你周围的空气。我心里明白，我似乎在企望你的亲吻，我这么没出息，自己也觉得羞耻，我感到，倘若你碰我一下，我就会倒下来的。但是，怯懦还是占了上风，我冷得直打哆嗦，等着你来拥抱我……"

说到这里，泰雷兹不再说下去了，她心潮起伏，因报了仇而扬扬得意。她把如醉如痴的洛朗紧紧压在自己的胸口，于是便在这寒酸而阴冷的卧室里，演出了一幕幕热恋的场面，其放浪之态，真是难以言状。而每一次幽会都把他们的爱情掀动得更加狂热。

少妇似乎以大胆妄为和厚颜无耻为乐事。她没有片刻犹豫，毫不惧怕。她与另一个男人通奸表现得既坦然又坚决，好像她存心想铤而走险，以冒险来满足她的虚荣心似的。每当她估计她的情人该来了，为谨慎起见，她提前对她的姑妈说，她要上楼休息去。而一旦他进房之后，她又是走动，又是说话，干什么都无所顾忌，从不想到轻手轻脚的，最初几次洛朗还有些害怕呢。

"我的天哪！"他轻声对泰雷兹说，"轻点，拉甘太太会上来看的。"

"啊哈！"她笑着回答道，"你老是胆战心惊的……她钉死在柜台上啦，你想，她上来干什么呢？她都怕死了，就怕别人偷她的东西……再说，管她呢，她愿意就让她上来呗。你躲起来就是了……我才不在乎她哩。反正我爱你。"

这些话对洛朗也安慰不了多少。情欲也不能消除他那农民天生的谨慎和狡诈。不过，久而久之，习惯也成自然了，大白天在卡米耶的卧室里，就在妇女服饰用品店老板娘的眼皮底下，肆无忌惮地淫乱也并不使他太害怕了。他的情妇反复对他说，迎着危险上的人才不会有危险，而她说的也不无道理。

在这屋子里，任何人也不会来找他们，情人们再也找不到一个比这儿更安全的去处了。他俩在那里尽情淫乐，没有丝毫顾虑。

有这么一天，拉甘太太担心她的侄女生病了，上楼来看看。少妇待在楼上将近有三小时了。她的胆子越来越大，居然没把卧室通向餐厅的那道门闩上。

当洛朗听见老板娘登上木楼梯时发出的沉重的脚步声时，慌张起来，手忙脚乱地寻找他的背心和帽子。泰雷兹看到他的窘态，笑出声来，她使劲抓住他的胳膊，把他按到床脚下，放低嗓门，镇定地对他说：

"别出声……也别动。"

她把散乱的男人衣服一齐撂在他的身上，然后又用脱下的一条衬裙把一切都盖住。她做这一切，动作轻快利索，毫不露出惊惶的神色。接着，她便躺下，头发乱蓬蓬的，半裸着身子，脸上红扑扑的，还在激动不已。

拉甘太太慢慢地打开门，放轻了脚步走近床边。少妇装作睡着了。洛朗在白衬裙里直冒汗。

"泰雷兹，"老板娘关心地问道，"你病了吗，我的女儿？"

泰雷兹睁开了眼睛，打了一个呵欠，转过头，有气无力地回答说，她头疼得厉害。她恳求姑妈让她单独躺一会儿。老妇像来时那样，又悄悄地去了。

这对情人偷偷地笑着，激动地、热烈地拥抱在一起。

"你看到了吧，"泰雷兹带着胜利的口吻说，"在这儿，我们什么也不用害怕……这些人都瞎了眼：他们心中没有爱情。"

又有一天，少妇顿生了一个古怪的念头。有时，她确实像疯了似的，处在极度兴奋的精神状态之中。

虎斑猫弗朗索瓦在卧室正中坐着。它的神情严肃，睁着一对圆圆的大眼睛，定神地看着这对情人。它似乎很认真地注视着他们，连眼皮也不眨一下，仿佛它的灵魂被鬼摄去了。

"快看弗朗索瓦，"泰雷兹对洛朗说，"好像它也通人性似的，今晚，它会把什么都告诉卡米耶的……说话呀！有这么一天，他和这只猫在店堂里对话了，这才有味哩，它对我们的事情知道得可多啦……"

不知怎么的，少妇居然冒出了弗朗索瓦可能会说话的念头，她感到非常有趣。洛朗盯着猫的一对大大的绿色瞳仁，浑身起了鸡皮疙瘩。

"这只猫会这样干的，"泰雷兹接着说，"它会直起身子，用一只脚爪指着我，用另一只脚爪指着你，大声嚷嚷道：'这位先生和这位太太在卧室里拥抱得太紧了。他俩对我倒是非常放心，但是，既然他俩罪孽的私通叫我厌恶，我请您把他俩投进地狱，这样，他们就再也不会扰乱我的午休啦。'"

泰雷兹像孩子般开着玩笑，她伸出双手，模仿着猫的脚爪，并耸起双肩，轻微晃动着。弗朗索瓦像石头一样纹丝不动，始终注视着她，似乎只有它的一对眼睛是有生命的。在它的大嘴的两边有两道深深的皱纹，使这只像用稻草充填的小动物的脸，看上去好像在放声大笑。

洛朗的骨头里都发冷。他觉得泰雷兹的玩笑太荒唐了。他站起来，把猫撵到门外。其实，他还真有点儿害怕，他的情妇还没有真正占有他，在他的内心深处，仍然有些惶恐不安，这是一开始，少妇吻他时就感受到的。

八

傍晚，在店铺里，洛朗真是心满意足了。通常，他和卡米耶一起从办公室回家。拉甘太太待他就像对待自己的亲人一样。她知道他手头拮据，吃得很差，睡在阁楼上，便直截了当地对他说，他可以随时上她家吃饭。她喜欢这个喋喋不休、平易近人的小伙子。上了年纪的老太太，对家乡来的并能与他们谈谈往事的人，都是偏爱的。

他们热情好客，年轻人也就乐得利用了。他与卡米耶从办公室出来，在回家前，先要在码头上散会儿步。他俩交朋友是各有所得，他们互相可解解闷，边谈边溜达，好不悠闲自在。过了一会儿，他们决定回家喝拉甘夫人做的汤了。洛朗像个主人似的打开了店堂的门，他就跨坐在椅子上，又抽烟又吐唾沫，就像在自己家里一样。

即使泰雷兹在场，他也丝毫没有难堪的样子。他对待少妇既和蔼又有分寸，他开玩笑、说一些讨她喜欢的客套话时，脸上完全不动声色。卡米耶在一旁也跟着笑，他看见自己的妻子只是简简单单地应答他几句，便认定他俩彼此都无好感。有一天，他甚至责备了泰雷兹，说她对洛朗未免过于冷淡了。

洛朗估计得挺准：他终于成了妻子的情人，丈夫的朋友，母亲宠惯的孩子。他的感官从未得到过如此的满足。拉甘一家给了他无穷的快乐，他陶醉其中，飘飘欲仙。此外，他觉得，他在这个家庭中所占的地位也是再自然不过了。他以"你"称呼卡米耶，毫无怨气，毫不懊丧。他并不留心自己的举止和言谈，因为他确信自己的心地平静，是不会露出破绽的。他怀着自私的心理品味着他的快乐，也避免自己不慎出岔子。在店堂里，他的情妇和其他女人一样，他决不应该上前拥抱，对他来说，此刻作为情妇，她是不存在的。倘若说他没在众人面前拥抱她，这是因为他担心回不来了。仅仅是出于这个想法他才没这样做，否则，他才不在乎卡米耶和他的母亲的痛苦呢。他俩的关系一旦被发现会产生什么后果，他也从未想过。他认为这样做是人之常情，他想，一个贫穷、饥饿的人处在他的地位都会这样去做的。他之所以心安理得、胆大心细、坦然超脱，也都基于这样的想法。

泰雷兹比他焦躁、激动多了，她也不得不扮演一个角色。她早就学会假正经了，多亏这一套，她才表演得惟妙惟肖。在将近十五年中，她撒谎，把激情压抑着，强烈地克制着自己，装出无精打采，提不起精神的样子。以前，她的脸既然能装得冷冰冰地像个死人，现在，整个人要装成那副模样又有什么困难呢？当洛朗走进店堂时，他看见她一本正经，满脸的不高兴，鼻子显得更长了，嘴唇也更薄了。她丑陋、脾气坏，简直难以接近。此外，她也无须故弄玄虚，只需继续扮演过去的角色，因而也不会由于突然改变脸谱而引起别人的诧异。她在欺骗卡米耶和拉甘太太的同时，也隐隐约约地感到某种快感。她不像洛朗那样，沉溺于情欲的发泄但毫无责任感，她知道自己在干坏事，而且，她恨不得从餐桌上站起来，拥抱、热吻着洛朗，这仅仅是为了向她的丈夫和姑妈表明，她不是一头牲口，她还有一个情夫。

有时，她的脑袋发热，兴奋之极，当她的情夫不在场，而她又不怕暴露自己时，虽说她是个极好的演员，她也忍不住会引吭高歌。这突如其来的激情，拉甘太太看在眼里，喜在心中，她本来就认为她的侄女过于严肃了。少妇买了花盆，点缀在她卧室的窗台上，然后，她又让人在她的房间里贴上新的糊墙纸，她还想买地毯、窗帘和红木家具。所有这些奢侈品都是为了洛朗。

大自然和机遇仿佛就是为了这个男人才造就了这个女人，并使他俩相互接近。女的冲动而做作，男的像个野人似的血气方刚，生气勃勃，他们倒是天作之合，天生的一对。他俩取长补短，相濡以沫。晚上，在餐桌上，在晕白的灯光下，当你看见洛朗粗俗、略带微笑的脸面对着泰雷兹不动声色、捉摸不透的假面具，你可以感觉到他俩结合的力量。

这些夜晚是多么柔和、多么静谧啊。在静默中，在透明而温和的暮色里，响起了他俩友善的交谈声。他们紧挨在餐桌边，上了甜食之后，他们便交谈着当天发生的琐事，回忆着昨天，又展望着明天。卡米耶本是个自私自利的人，现在心满意足了，便全心全意地爱着洛朗，而洛朗似乎也对他投桃报李，在他们之间，交流着真诚的话语、殷勤的照料和亲切的目光。拉甘太太和气而安详，她沐浴在孩子们创造的安宁的气氛里，也用她的柔情温暖着他们。这仿佛是几个知己的老朋友的聚会，他们都沉醉在信任与友谊的暖流之中。

泰雷兹像其他人一样，也是心平气和、一动不动地坐着，享受这市民式的欢乐和闲适。其实，在她的内心深处，她在狞笑着；在她的脸上表现出冷峻的神态时，她的整个身心却在嘲笑着。她暗暗自喜，心想，几小时之前，她还在隔壁房间里，半裸着身子，披头散发，枕在洛朗的胸脯上哩。她想起了下午纵欲时的每个细节，把这些细节在脑子里一一展现出来，她又把这激动人心的场面和眼前的死寂气氛做了对比。啊！她把这两个好人骗得真过瘾呵！她扬扬得意、厚颜无耻地欺骗他们时，内心是多么喜悦啊！就在这儿，在两步之外，在这道薄薄的隔墙后面，她刚刚接待了一个男人，就在那儿，她沉溺在通奸的狂热之中。而她的情夫，此时此刻变成了一个陌生人，变成了她丈夫的同事，变成了一个她用不着关心的蠢货和不速之客。这一出残忍的戏剧、对生活的欺骗行为，以及白天的狂吻与夜晚的假正经所引起的强烈的对比，所有这些都使少妇的热血更加沸腾不已。

偶尔，拉甘太太和卡米耶下楼去时，泰雷兹就一跃而起，急速然而又是无声地把嘴唇贴在她情人的嘴上，就这样吻着，因透不过气而喘着，一直到她听到木楼梯发出声响为止。这时，她又是一个箭步回到原位，重新装出闷闷不乐的样子。洛朗也以平稳的口气，与卡米耶继续那中断了的谈话。刚才的一幕仿佛是在漆黑的夜空迅速地划过了一道耀眼的闪电似的。

礼拜四的晚上就更热闹些。这一天，洛朗厌烦得要命，不过也不得不尽尽义务，一次也没缺席过；他谨慎小心，想取得卡米耶的朋友们的信赖和尊重。他必须去听格里韦和老米肖那颠三倒四的话：米肖总是翻来覆去地讲一些杀人行窃的故事；与此同时，格里韦就谈论他的同事、上司和机关的情形。小伙子挨在奥利维埃和苏姗娜的身旁坐着，他觉得他俩蠢得让人还能容忍。此外，他就老催促着快打多米诺骨牌。

也就是在每个礼拜四的晚上，泰雷兹约定他俩下次会面的日期和时间。在乱哄哄的告别声中，每当拉甘太太和卡米耶把客人送到长廊的入口处时，少妇就挨近洛朗，紧握着他的手，向他耳语几句。有时，甚至当众人背向他俩的刹那间，她会亲吻他一下，以示自己有能耐。

这激动而又平静的生活持续了八个月。这对情人的生活真是快活之极。泰雷兹再也不感到无聊，也不异想天开了；洛朗呢，他吃饱喝足，又受到这一家人的疼爱，一天天发福起来，他唯一的忧虑，就是担心这美好的生活不会持久。

九

一天下午，洛朗正要离开他的办公室，准备尽快飞到正在等着他的泰雷兹身旁，他的上司把他叫住，并且向他表示，以后不许他再动辄早退，说他请假太多了，倘若再犯，机关就决定辞退他。

他就这样被钉在椅子上，直到傍晚都束手无策。他总得挣一份面包，不能给人撵出去。晚上，他看见泰雷兹那张赌气的脸难受极了。他不知道如何把失约的事向他的情妇做出解释。他趁卡米耶关店门之际，迅速走近少妇，轻声对她说：

"我们见不着啦，我的上司再也不准我早退了。"

卡米耶返回来，洛朗也没把话说清楚，撇下了泰雷兹就告辞了。泰雷兹在这突如其来的打击下一时不知所措。她非常失望，又不甘心别人就这样扰乱了她的淫乐。一夜没合眼，她思考着如何继续那荒唐的幽会。礼拜四到了，她与洛朗至多交谈了分把钟。他们连碰头谈谈心、商量个幽会办法的地方都找不到，因而就更加焦虑不安。少妇给了她情人一个新的约会时间，后者又一次失约了。从这以后，她只有一个念头，就是不惜一切也要见到他。

洛朗已经有半个月不能接近泰雷兹了。这时他才感觉到，这个女人对他是多么必不可少啊。他过惯了放浪形骸的生活，现在更是变本加厉，欲壑难填。他的情妇拥抱他时，他一点儿也不感到别扭，只像饥饿的野兽那样，固执地觊觎着她的拥抱。他的内心孕育着火一般的激情，眼下，如有人把他与他的情妇活活拆散，这种激情就会空前猛烈地、盲目地爆发出来，使他的爱情达到疯狂的地步。在他兽性发作时，一切都仿佛是下意识的：他服从本能的需要，他听任感官的驱使，随心所欲。在一年前，倘若有人说他为了一个女人而心绪不宁，说他成了她的奴隶时，他会放声大笑的。情欲在他的肉体里默默施威，他终于束手就擒，接受了泰雷兹野性的爱抚而不可自拔。这时，他害怕自己鲁莽行事，也不敢再到新桥长廊来看她，担心自己丧失理智。他不能自持。她的情妇，带着猫一般的轻捷、柔韧而又有力地渐渐把自己的形象渗入他心灵的每一个角落。就如人赖以生存的水和食物一样，他的生活少不了这个女人。

泰雷兹写给他一封信，通知他次日待在自己的家里。倘若没有收到这封信的话，他肯定要干出傻事来了。他的情妇答应他在晚上八点钟左右来看他。

他从办公室出来后，就把卡米耶甩了，借口说他很累，想尽早回家睡觉。泰雷兹用过晚餐后，也扮演了一个角色，她说有一个女顾客没有付清款子就搬家了，她要去做一个不好对付的女债主了。她声称，她这就去索回债款，那个女顾客住在巴底尼奥尔街。拉甘太太和卡米耶都觉得路太远了点儿，这样做也有些冒失。不过，他们并未生疑，放心地让泰雷兹走了。

少妇一口气跑到了葡萄酒港，在污腻的石板路上滑行，冲撞着行人，一心想尽快地赶到目的地。她的额上沁出了汗珠，她的双手滚烫，别人还以为她是一个喝醉酒的女人。她匆忙地爬上了带家具的客店的楼梯。她在七层楼上看见洛朗时，已是两眼迷糊、上气不接下气了。洛朗这时正倾身在栏杆上等着她。

她走进这个笼子。整个空间太小了，她那宽边裙都不能自如地伸展。她用一只手脱下了帽子，靠在床沿上，有些支持不住了⋯⋯

夜间的凉气通过开得大大的天窗倾注到那张热烘烘的床上。这对情人长时间地待在这间阁楼里，就如躲在一个洞窟底部似的。突然，泰雷兹听见"慈善"教堂的钟敲了十下。她真希望自己是一个聋子。她艰难地站起来，这才开始打量这间阁楼，她直到现在还没仔细看过呢。她寻找帽子，系上衣带，边坐下边悠悠地说：

"我该走了。"

洛朗走过去跪在她面前并抓起她的双手。

"再见吧。"她又重复了一句，并没挪动身子。

"别说再见，"他大声说道，"这句话太含糊了⋯⋯你何时再来？"

她直愣愣地看着他。

"你要我直说吗？"她说，"那好吧！说真的，我想，我不会再来了。我没有借口，我又编不出来。"

"这么说来，我们该说永别啰。"

"不，我不愿意！"

她咬牙切齿地说出了这句话。随后，她又下意识地、较温和地补充了一句，可也并没有离开她的椅子：

"我这就走。"

洛朗在想着什么。他在想卡米耶。

"我不恨他，"他终于开口说道，并未指名道姓，"不过，说实在的，他也太妨碍我们了⋯⋯你就不能让我们摆脱他吗？

让他随便到哪儿旅游去，让他走得远远的不行吗？"

"啊！对啊，让他去旅游！"少妇摇晃着脑袋说，"你认为这样一个人会同意去旅游吗？……只有一种旅游能一去不复返……但是，这样一来我们全都完蛋了。那半条命的人可活得长哩。"

片刻的沉默。洛朗把双膝向前移了几步，紧挨着他的情妇，把头靠在她的胸口上。

"我曾经做过一个梦，"他说，"我想和你整夜睡在一起，躺在你的怀抱里，第二天，我在你的热吻下醒来……我想做你的丈夫，你明白吗？"

"嗯，嗯，"泰雷兹答应着，浑身都在战栗。

倏地，她猛地倾身在洛朗的脸上狂吻起来。她把她帽子上的扣带擦着年轻人的硬胡子。她也没想到自己已经穿好衣服了，她这样做会把衣服弄皱的。她呜咽着，哭得像泪人似的，断断续续地说了一些话。

"别说这些话了，"她重复说道，"因为我已没有力量离开您了，我就待在这儿不走……还是给我一些勇气吧，对我说，我们还会见面的……你需要我，我们总有办法生活在一起的，不是吗？"

"那么，再来吧，明天再来吧。"洛朗答道，他那双颤抖的手沿着她的身子摸上去。

"可是我来不了了……我告诉过你了，我找不到借口。"

她用胳膊搂紧了他，接着说：

"哦！我不怕出丑。倘若你愿意，回到家里，我就对卡米耶说，你是我的情人，我要回到这儿来睡觉……我怕的倒是你，我不愿意扰乱你的生活，我希望能使你过得幸福。"

小伙子谨慎的天性又冒出来了。

"你说得对，"他说，"不能像孩子那样闹着玩。啊！倘若你的丈夫死了……"

"假如我的丈夫死了……"泰雷兹缓慢地重复道，"我们就结婚，那时什么也不怕了，我们可以尽情地相爱……多么美好的生活啊！"

少妇站了起来。她两颊苍白，忧郁地望着她的情夫，她的嘴唇在颤动。

"有时，人死了也就算了，"她终于嗫嚅着说道，"不过，活下来的人却很危险。"

洛朗一言不发。

"你看，"她接着说，"所有明摆着的办法都是不可取的。"

"你没理解我的意思，"他冷静地说道，"我不是傻瓜，我想自由自在地爱你……我在想，人有旦夕祸福，会滑跤，瓦片会掉下来……你明白吗？这后一种情况，风就是唯一的罪人了。"

他说话时声调有些异样。他的脸露出微笑，以抚慰的口吻又继续说道：

"去吧，请放心，我们会自由相爱的，我们会生活得幸福的……既然你不能再来，一切由我来安排……万一我们几个月不见面，你也别忘记我，你要想到我在为我们的幸福操心哪。"

他把泰雷兹紧紧地搂在怀里，泰雷兹已把门打开准备走了。

"你是属于我的，是吗？"他接着说道，"你发誓，只要我愿意，你在任何时候都会为我献出一切的。"

"是的，"少妇嚷着说道，"我属于你，一切听你的。"

他俩又冲动地、默默地待了一会儿。之后，泰雷兹猛地抽身而出，她从阁楼里冲出来，头也不回地下了楼梯。洛朗听着她的脚步声渐渐远去了。

当脚步声完全消失后，他回到了他的陋室。他躺了下来，被褥还是温温的。泰雷兹在被窝里还留存着她的激情和狂热，现在他在原处却觉得闷得慌。他似乎感到自己还能多少嗅到少妇的一些气息：她曾在那儿待过，散发着紫罗兰的醉人的芬芳。而现在，他只能拥抱在他周围晃动着的、他情妇的幻影，他又渴望着重新燃起的、永不满足的爱情。他没有把窗关上。他仰面躺着，赤裸着双肩，两手平摊开，想透透凉气，他望着窗棂勾勒出的一方暗蓝色的天空，苦苦思索。

拂晓了，他脑子里还在盘旋着另一个念头。泰雷兹来之前，他并未想到杀害卡米耶，现在要这个男人去死，这是现实逼使他这样去想的，因为想到他再也见不着他的情妇而感到怒不可遏。就在这种背景下，他的潜意识向他展示了一个新的角落：在通奸的狂热中，他开始想到杀戮了。

眼下，万籁俱寂。他孤零零地待在沉沉的夜色里，内心平静些了，他琢磨着如何去杀人。在他俩亲吻时因绝望而冒出来的杀人想法，这时却愈加强烈、愈加不可动摇了。洛朗夜不能寐，又被泰雷兹走后留下的浓烈的气味所刺激，开始制订行动计划，并权衡着充当杀人犯后的利弊得失。

他有一切理由去犯罪。他心想，他的父亲是大福斯地区的一个农民，拖着老命就是不死。他说不定还得当二十年的职员，还得在小饭店里搭伙，没有妻室，独身住在阁楼里。他一想到这儿就来火。反之，一旦卡米耶死了，他娶了泰雷兹为妻，继承拉甘太太的遗产，辞掉公职，便可在阳光下悠来晃去了。于是，他又畅想起优哉游哉的生活来。他觉得自己已经是吃住不愁、无所事事，只需耐心等待着他的父亲上天了。可是，一旦在他的梦想中横亘着现实这堵墙时，他就与卡米耶发生了冲突，于是他便握紧了拳头，仿佛想把他扼死似的。

洛朗要占有泰雷兹，要随心所欲地独个儿占有她。倘若他不把她的丈夫除掉，妻子也不会有。她早已对他说了，她不能再来。他原本可以把她劫走，带她私奔到某处，但这样一来，他们两个都会饿死。杀掉丈夫，他冒的风险要小些，他不会闹出丑闻，只是把那个人推开由他取而代之而已。按照他农民原始的逻辑推理，他觉得这个办法既自然又妥当。凭着他谨慎的天性，还觉得干这件事宜快不宜迟。

他汗水淋漓，在床上辗转反侧。他反扑着身子，把汗涔涔的脸贴在泰雷兹的发髻滞留过的枕头上。他用两片干燥的嘴唇咬着枕套，啜吸着布块上散发出来的清香。他就这样屏气凝神地呆着，仿佛看见一根根火棒在他闭合的眼皮上一一闪过。他盘算着如何杀死卡米耶。不一会儿，当他透不过气来时，他一个翻身又仰面躺着，睁大了眼睛，身上吹着从窗外进来的冷风，看着一方淡蓝色的夜空里闪烁着的星星，思索着杀人的计划。

他什么也想不出来。正如他对他的情妇说过的那样，他不是一个孩子，也不是一个傻瓜；他不想用匕首，也不想下毒药。他想干得隐蔽而巧妙，要悄然无声、不冒风险、毫无恐怖地把事情了结掉；简单、利落地除掉一个人。他虽冲动，但不会盲动，他的全部思想都在警告他要小心从事。他太胆怯又太好色，因此不会拿自己的安逸日子去做赌注。他杀人只是为了生活得更平静、更幸福。

他渐渐地困倦了，清凉的夜气把泰雷兹温暖而芬芳的幻影从小阁楼里赶跑了。洛朗心里宁静下来，他疲劳极了，神志恍惚，在他入睡的一刻，他决定伺机而动。他愈来愈迷糊，一个想法老是在他的脑子里沉浮着、低吟着："我要把他杀了，我要把他杀了。"五分钟后，他睡熟了，均匀而平稳地呼吸着。

泰雷兹在晚上十一点钟才回到家。她头脑沉沉的，神经十分紧张，一直走到新桥长廊，还不知道这段路是如何走过来的。她还觉得自己刚从洛朗家走出来，耳边还在响着她刚刚听到的话。她看见拉甘太太和卡米耶正在焦急不安地等着，她三言两语地答应他们的诘问，说她走了不少冤枉路，她在人行道上等公共马车用了将近一个小时。

她睡上床后，觉得被褥又冷又潮，非常反感，热乎乎的四肢突然抖动起来。卡米耶很快就睡着了，他张着嘴，枕在枕头上的苍白的脸一副呆相，泰雷兹望了他好久。她慢慢地挪开了身子，真想把自己攥紧的拳头捅进这张嘴里。

✝

将近三个礼拜过去了。洛朗每天晚上都到店里来，他装作有气无力的，像生了病。他的两眼四周有一圈淡蓝色的印子，双唇发白，有些干裂。此外，他还是那么稳重而平静，像以往一样正视着卡米耶，对他赤诚相待。而拉甘太太自从看到这个全家的朋友慵懒无力、萎靡不振的样子之后，对他就格外关心了。

泰雷兹又像以前那样显得闷闷不乐、沉默不语了。她比以往任何时候都更不好动，更加安分，也更叫人捉摸不透。洛朗仿佛在她的眼里根本不存在，她难得看他一眼，极少和他搭腔，对他十分冷淡。拉甘太太心地善良，看见她种态度非常难受，有时就对小伙子说道：

"我的侄女不爱理人，您别管这些。我了解她，她外表冷，内心的感情丰富而真诚，可热着哩。"

这对情人也不再约会了。那天晚上，在圣·维克多街幽会之后，他们就没有单独在一起过。晚上，当他俩面面相对时，表面上冰冷得视若路人，但在他们镇静的假面具下，却正扫过爱情、欲望和恐惧的狂风暴雨。泰雷兹心里交织着冲动、胆怯和残忍的嘲讽的感情，而洛朗却心怀叵测、犹疑不决。他俩都不敢正视自己，都不敢细细分析那充塞在自己头脑里的朦朦胧胧然而又是强烈而执着的思绪。

一旦有门挡着，只要有可能，他们就迅猛而短促地紧握一下手，差点没把对方的手骨捏断了。如能办得到，他们真恨不得把对方的一块肉粘在自己手指上带走呢。为了平息一下情欲，他们也只能握一握手，他们在手上倾注了全部身心。他们别无他求。他们在等待着时机。

一个礼拜四的晚上，在玩牌之前，拉甘太太家的客人们像往常一样要闲聊一会儿。他们的重大话题之一便是要老米肖谈他过去的职务，并问他过去离奇而冒险的办案经历。这时，格里韦和卡米耶便像小孩子听蓝胡子①或小拇指②故事那样带着恐怖的表情，张大嘴巴听着警长讲述。这些故事既使他们害怕，又引起他们的兴趣。

这一天，老米肖讲述了一件可怕的谋杀案，其情节使他的听众无不毛骨悚然。说完后，他摇晃着脑袋补充了一句：

"世人并不知道一切……有多少罪恶还不为人所知！有多少杀人犯逃脱了人间法庭的制裁！"

"什么！"格里韦惊奇地说，"您以为在大街上还有一些恶棍像这样肆无忌惮地杀了人而没被拘捕吗？"

---

① 17世纪传说中的一个杀人犯，后来成为一些小说家和音乐家作品中的主人公。

② 童话中的人物，小拇指被坏人抓到树林子里，一路上他撒下小石子作标记，认路回家。

奥利维埃用不屑的神情微笑着。

"我亲爱的先生,"他用尖锐的嗓音答道,"倘若没有逮捕他们,那是因为他们的谋杀行径尚未被人发现。"

这个推理似乎说服不了格里韦。卡米耶赶来相助。

"我嘛,我同意格里韦的意见,"他板着脸,一本正经地说,"我有理由相信,警方是能干的,我这辈子在大街上也不会碰到一个杀人犯的。"

奥利维埃听见话中有话,觉得自己受到了人身攻击。

"当然啦,警方确实能干,"他气恼地高声说道,"但是,我们总不是万能的。有一些坏蛋是在魔鬼的学校里学会犯罪的;他们甚至能逃脱上帝的惩罚,是吗,我的老爹?"

"对啊,对啊,"老米肖支持这个看法,"大概拉甘太太还记得这件事吧,当我住在凡尔农时,一个马车夫在大道上被人暗杀了。尸体被人切成了几块,扔进一条沟里。凶手终于没能抓到。也许他至今仍然活着,也许他就是我们的邻居,也可能格里韦先生在回家的路上会遇上他。"

格里韦的脸刷地变得像白布一样。他不敢转过头来,他以为杀马车夫的凶手就在他的身后呢。其实,他也庆幸自己受到了惊吓。

"哦,不!"他吃吃地说,也不十分清楚自己说的是什么,"哦,不!我不愿去想这些……我吗,我也有一个故事:从前有一个女仆,因为偷了她主人的一套餐具而被投入监狱。两个月后,有人砍树,在一只喜鹊窝里找到了这套餐具。原来小偷是一只喜鹊。人们把女仆放了……你们看,不管是谁,罪犯总是会受到惩罚的。"

格里韦胜利了。奥利维埃在冷笑。

"这么说来,"他说道,"喜鹊就被送进监狱了。"

"格里韦先生想说的不是这个意思，"卡米耶接着说，他看见他的上司被人揶揄有些气恼，"……妈妈，把骨牌拿出来给我们玩吧。"

正当拉甘太太走去找骨牌时，年轻人冲着米肖继续说道：

"那么您承认了警方是无能的，是吗？明明有些杀人犯在大白天溜达哩！"

"哦，不幸言中了。"警长回答道。

"这真是伤风败俗。"格里韦下结论说。

在这一番谈话中，泰雷兹和洛朗始终缄默不语。他们对格里韦的一席蠢话甚至没笑一下，他俩把胳膊支在餐桌上，脸色微微发白，两眼茫然地听着。他们那邪恶而炽热的目光有时也交织在一起。泰雷兹的发根处沁出了点点汗珠儿，洛朗感到心里一阵阵发冷，皮肉在微微颤抖。

十一

礼拜日有时碰上好天气，卡米耶一定要泰雷兹和他一块儿出门，在香舍丽榭大街散会儿步。少妇宁愿待在阴冷潮湿的店堂里，她感到疲倦。她丈夫像个傻瓜似的，一声不吭，拖着她在人行道上漫无目的地走着，对什么都好奇，好像老在思考什么，每碰到一家商店都要停下看看。她挽着他的胳膊真是苦恼之极，然而，卡米耶却很怡然自得。他喜欢炫耀他的妻子，每当他碰上一个同事，特别是遇见他的上司时，有夫人在身旁，他和他们打招呼都是神气活现的。此外，他是为走路而走路，几乎像个哑巴，穿着节日的衣服，身子直挺挺的显得有些别扭，走起路来慢条斯理，煞有介事，其实是一副蠢相。泰雷兹挽着这么一个男人散步真是有口难言。

逢上散步的那些日子，拉甘太太把她的两个孩子一直送到长廊的尽头。她一一拥抱他们，仿佛他们要出远门似的。接着，便是无休止的叮嘱，恳切的祈愿。

"特别要当心意外……"她说，"在巴黎这个地方，车辆太多了！……你们答应我不往人群里挤，好吗？……"

最后，她终于让他们走了，并且目送他们一阵子后才回到店铺里。她的两条腿变得越来越沉了，她不可能再长距离步行。

还有些时候，这对夫妇偶尔走出巴黎，到圣·乌昂①或到阿斯尼埃尔②去，并且在河边的一家小饭馆里吃一盘油炸鱼。碰上这种日子，他们算是有点奢侈了。大家在一个月前就会开始议论。泰雷兹更愿意，甚至是带着兴奋的心情同意去那些地方游玩，这样她可以在露天一直待到晚上十点、十一点钟。圣·乌昂上的许多绿色小岛使她回忆起凡尔农来。还是少女时代，她就在那儿体验到了塞纳河的全部野趣。烈日当空，她坐在树荫下的小砾石上，凉风习习，她把双手浸在河里。当她的裙子在小石子和沃土上拖来拖去弄脏时，卡米耶却仔仔细细地铺开了他的手帕，悄悄地挨在她身旁坐着。在最后的日子里，这对年轻夫妇几乎总是把洛朗带着，洛朗凭借着他那粗犷的笑声和过人的精力，使他们游玩得格外欢畅。

有一个礼拜天，卡米耶、泰雷兹和洛朗用完早餐后，于十一点钟光景，动身到圣·乌昂去。他们对这夏季最后一次的远足考虑已久。秋天悄然而至，到了晚上，阵阵冷风使空气中充满了凉意。

---

① 在巴黎的北郊，是区政府所在地，有四万多居民。
② 在巴黎西北郊，也是区政府所在地，有八万多居民。

这天清晨，天空是湛蓝湛蓝的。太阳出来后天气很热，即使在阴凉处也是热烘烘的。他们决定享受一下夏末的阳光。

这三个游人雇了一辆马车，那个妇女服饰用品店的老板娘当然少不了抱怨、叮咛一番。他们穿过巴黎，在巴黎的旧城墙墙根前跳下了马车，然后，他们沿着河堤走，不一会儿便来到了圣·乌昂。时值正午，马路上弥漫着尘埃，在烈日的直射下，泛着雪一般的、炫目的白色。空气沉闷而炽热，仿佛在燃烧。泰雷兹勾着卡米耶的膀子，撑着遮阳伞，小步走着，而她的丈夫则用一块大手帕扇着脸。洛朗走在他俩的后面，烈日噬咬着他的颈脖，他似乎麻木了，他吹着呼哨，踢踢小石子，时而对他情妇摆动着的臀部淫邪地瞟上几眼。

到了圣·乌昂，他们就急于寻找一个小树林和树荫下的一片青草地。他们走上一个小岛屿，钻进一个矮树林里。落叶在地上铺上了一层暗红色的地毯，脚踩上去发出了脆裂声。多得数不清的树干，笔直地挺立着，像是一束束哥特式建筑的小石柱子；枝条下垂，擦着游人的额头，因此，他们的视野所及，只是枯萎的树叶组成的黄色苍穹和山杨、橡树那白色和黑色的树身。在一片阴凉而静谧的狭小空地上，他们仿佛待在一个荒漠之地，躲在一个阴晦的洞穴里。在他们周围，只有塞纳河在喧哗。

卡米耶选中了一个干燥的位置，他把礼服的下摆卷起来才坐下。泰雷兹坐在树叶上，已弄皱的裙子窸窸窣窣地响了一阵子。她的裙子前后翻起，一条小腿一直裸露到膝盖，她的上身有一半掩埋在裙子的皱褶之中。洛朗贴地躺着，下巴颏碰到地面，一边盯着这条腿看，一边听着他的朋友在生政府的气，他的朋友大声说，应该在所有小岛上设置石凳，修筑沙径，栽种修剪得整整齐齐的树木，像杜伊勒利宫①那样，把塞纳河畔的众岛屿变成英国式的小花园。

他们在空地上待了将近三个小时，想在晚饭前，等太阳稍稍西沉后，在田野里散会儿步。卡米耶说到他的同事，讲述着一些荒诞的故事。他慢慢地讲累了，顺势仰面躺下，用帽子遮住眼睛睡着了。泰雷兹早就把眼皮合上，假装在打瞌睡。

这时，洛朗悄悄地溜到少妇身边。他伸出嘴唇，吻她的短靴和膝盖。短靴的皮、白色的长筒袜灼烫着他的嘴唇。土地刺鼻的味儿和泰雷兹身上散发的淡淡的馨香混合在一起，刺激了他的神经，沁透了他的全身，使他热血沸腾。一个月来，他好自为之，内心却愤愤不已。徒步在烈日下，行走在圣·乌昂的堤岸上时，他已经是欲火烧心了。眼下，他身处异地，在人迹罕至的密林深处，阴凉和宁静使他精神上得到了很大的快感。可是，他不能把属于自己的这个女人紧搂在怀中。她的丈夫很可能会醒来，看见他，使他的如意算盘落空。这人始终是个障碍。因此，他只得贴在地上，把自己藏在裙子后面，战栗着；又赌着气，默默地吻着皮短靴和白长筒袜。泰雷兹一动也不动，像是死过去了。洛朗以为她睡着了。

他站起来，弯着腰，靠在一根树干上。这时，他看见少妇睁大了眼睛，亮闪闪地望着天空。她双手捧着自己的脸，脸色隐隐发白，神情呆板而冷峻。泰雷兹在想什么，她的两眼定着神，好像是两个黑漆漆的无底洞。她不动，也不转过头来瞧一瞧站在她后面的洛朗。

她的情人端详着她，看见她在他的目光慰抚下仍然纹丝不动，默不作声，几乎有些惧怕了。她那白白的、毫无表情的

———————

① 法国旧时的王宫，今已废，改建成花园。

脸蛋埋在裙子的裥褶之中，既使他有些恐惧，又使他情欲冲动。他甚至想俯下身子，以吻来闭合她这对张着的眼睛。可是，卡米耶几乎也是躺在裙子里面打盹的。这个可怜虫，扭曲着身子，瘦得皮包骨，正在轻轻地打呼噜，他的帽子盖住了他的脸的一半，帽子下面的嘴张着，并且因熟睡而歪斜在一边，现出一脸的笨相：一根根棕红色的细毛，稀稀拉拉地散布在他那瘦削的下巴颏上，玷污了他那张苍白的脸。由于他的头是向后仰的，他那根细细的、皱巴巴的头颈就看得清清楚楚，在脖子的正中，突现一个殷红的喉结，他每打一次呼噜，喉结就上升一次。卡米耶就像这样横卧在地上，真是丑陋透顶，令人恶心。

洛朗看着他，突然抬起了脚跟。他真想一脚把他的脸踩扁了。

泰雷兹强忍住没叫出声来。她的脸色苍白，闭上了眼睛。她把头扭过去，仿佛为免得看见鲜血溅出来似的。

洛朗把脚跟高悬在熟睡的卡米耶的脸盘上有数秒之久。过后，他缓缓地收起了大腿，走了几步。他心想，这样杀人真是太傻了，倘若他把这个笨蛋的头踩扁了，全城的警察都会来逮捕他。他想杀死卡米耶，仅仅是为了娶泰雷兹为妻，他需要的是作案后仍能像老米肖说的那个故事中杀害马车夫的凶手那样，在大白天悠闲度日。

他走到河边，眼巴巴地望着河水在流淌。蓦地，他回到小树林里，他刚才已拟定了一个计划，想好了一个合适的、对自己毫无危险的谋杀方法。

于是，他用一根稻草茎在打盹者的鼻子里捻了一下，把他弄醒了。卡米耶打了个喷嚏站起来，觉得这个玩笑开得蛮不错。他就喜欢洛朗开玩笑，逗他发笑。接着，他又摇了摇双眼紧闭着的妻子，泰雷兹直起身子，抖动了一下弄皱了的沾着枯叶的裙子。之后，三个游人一边折断着前面挡路的小枯枝，一边离开了林间空地。

他们走出小岛，走过大路，又踏上一条条小径，与穿着节日盛装的人们比肩而行。一群穿着鲜艳裙子的姑娘夹在两行篱笆中间飞奔而去；一队划艇人唱着歌走过；在道道沟渠的边上，一对对市民夫妇、老年人，以及带着妻子来玩的小职员们，成群结队地走着。每条小路都像是城里一条条人头攒动、熙熙攘攘的街道。只有太阳静悄悄地照着大地，它慢慢地向地平线下沉，并在变红的树枝上，在白花花的大路上，投下了巨大的、苍白的光幕。在战栗着的苍穹上，阵阵凉风从天而降。

卡米耶没让泰雷兹挽着，他与洛朗在交谈，看见他的朋友时而在沟渠上跳来跳去，时而举起大块大块的石头以卖弄自己的力气，听着他不断地开着玩笑，笑个不停。少妇在路的另一端，歪斜着头向前走着，不时也弯下身子去拔一根草。每当她稍稍落在后面几步时，她便收住脚步，远远地望着她的情人和她的丈夫。

"喂，你饿了吗？"卡米耶终于向她叫喊道。

"是的。"她答道。

"那么，赶快上路吧！"

泰雷兹根本不饿，她只是有点儿累，心里有些不安。她不知道洛朗的打算，她因烦躁不安，两条腿直打哆嗦。

三个游人回到了河边找了一家餐馆。他们在一个木板搭成的平台上就座，饭店散发出油腥味和酒味。叫喊声、歌声和杯盘声在整幢房子里震响。每一个单间、每一个客厅里，还有一些人三五成群，都在高谈阔论，在一片喧闹声中，薄薄的隔板发出清脆的回声。上楼的侍仆震得楼梯抖抖的。

上面的平台上，从河边吹来的风驱散了荤腥味。泰雷兹倚着栏杆，凝视着码头。码头的两边，是一溜边地排列着的小咖啡馆和赶集商人的临时木棚。在棚架下面，在稀疏和枯黄的败叶之间，远远可以瞥见白色的桌布，斑斑点点的黑色外套和女人鲜艳的裙子。人们光着脑袋来来去去，跑着，笑着，而在人群的嘈杂声中，混杂着手摇风琴凄厉的乐声。在安宁的空气里，弥漫着油炸和尘埃的气味。

泰雷兹俯首可以看见拉丁区①的姑娘们在一块踏烂了的草坪上，边唱歌边做着绕圈圈游戏。她们把帽子甩在肩上，披散着头发，手拉着手，像小女孩那样玩耍着。她们又恢复了昔日那银铃般清脆的声音，她们那苍白的脸都被人狂吻过，现在红扑扑的、露出了处女般的红晕。她们那一对对目光不再纯洁的眼睛，又显得水灵灵般的含情脉脉。大学生们抽着白土制的烟斗，看着她们转圈圈，并同她们开着粗鲁的玩笑。

在塞纳河的另一面，连绵起伏的小山丘上笼罩着明净的夜色，在朦胧的、蔚蓝色的天幕下，树木沉浸在透明的雾霭之中。

"啊哈！"洛朗在楼梯的栏杆上倾下身子大声叫道，"侍仆，晚餐在哪儿？"

接着，他好像改变了主意似的，补充说道："你说呢，卡米耶，我们吃饭前在水上游玩一下如何？……这样，他们也有时间替我们把仔鸡烤好了。在这儿我们傻乎乎地等上一小时多讨厌。"

"悉听尊便，"卡米耶满不在乎地回答道，"……可是，泰

---

① 巴黎的大学区。

雷兹饿了。"

"不，不，我等等不要紧的。"少妇急急忙忙地说道，洛朗的眼睛死死盯着她。

他们三人一齐下了楼。在走过账台前时，他们预订了一张餐桌，点了几样菜，并嘱咐说他们过一小时再回来。饭店老板兼出租游船，他们便请他去解开一只小船的缆绳。洛朗选中了一只细细长长的小划子，卡米耶看见这只小划子轻飘飘的样子有些害怕。

"活见鬼，"他说，"在船里动弹不得啦，否则，我们会成落汤鸡了。"

事实上是这个小职员对水有着特殊的惧怕心理。在凡尔农，当他还是孩子时，他因体弱多病不能在塞纳河里嬉游，当他的同学们一头扎进河里时，他却裹在暖暖和和的被子里。洛朗却早就是一个无畏的游水者，一个不知疲倦的划桨人。卡米耶畏惧深水的程度不亚于小孩和女人，他用脚尖碰了碰小划子的一头，仿佛是试试它牢不牢。

"行了，上去吧，"洛朗笑着对他叫道，"你总是提心吊胆的。"

卡米耶跨上了船，摇摇晃晃地坐在船尾。当他在船底木板上站稳之后，就随便起来，说说笑话，显示自己也是有胆量的。

泰雷兹站在岸上，神情严肃，纹丝不动。她的情人站在她身旁，手里握着缆绳。他弯下腰，放低声音，急速地对她耳语了一句：

"注意，我要把他淹死……你听我的……一切由我来安排。"

少妇的脸刷地一下变得惨白。她像是被钉在地上似的，眼睛睁得老大，身子直挺挺的。

"上船吧。"洛朗又嘘声嘘气地说。

她还是不动。她的思想在激烈地斗争着。她以全部力量控制住自己，因为她害怕自己呜呜咽咽地哭出来后瘫软在地上。

"哦！哦！"卡米耶叫喊道，"洛朗，你看看泰雷兹啊……害怕的是她哩！……她会上船的……她上不了船啦……"

他把双臂支在船的两舷，扬扬得意地坐在后座上，并且左右晃动，装成毫不在乎的样子。泰雷兹异样地向他扫了一眼，这个可怜虫的一副怪模样就像鞭子似的抽打在她身上，她的决心下定了。蓦地，她跳上了小船并坐在船首。洛朗拿住了双桨。小船离了岸，慢悠悠地向小岛驶去。

黄昏降临了。大片的阴影从树上落了下来，船舷两旁的河水变黑了。在河当中拖着一道道宽宽的银白色的水纹。不一会儿，小船就驶到了塞纳河的河心。在那儿，河堤上的种种嘈杂声模糊了，送进耳畔的歌声和叫喊声听起来凄凄切切、幽幽咽咽，带着一种伤感的情调。油炸和尘埃的气味已闻不到。凉风习习，天气变冷了。

洛朗不再摇桨，他让小船随波逐流。

对面，矗立着小岛巨大的淡红色轮廓。两岸，在暗棕色的背景下，缀上了斑斑点点的灰色，就像是两条宽宽的带子在延伸，到天际会合了。水与天仿佛是一块白花花的巨大的衣料被裁下来的两半。秋天的薄暮是最宁静和悲哀的。在战栗着的空气中，日光暗淡了，残叶从老树上纷纷落下。田野刚被夏日炽烈的阳光灼烧过，现在一阵凉风掠过，呈现出一派死亡将临的萧瑟景象。在苍穹之上，阴风四起，带着绝望的哀鸣。夜从天降，在暮色中又罩上了一层殓尸布。

三个游人一声不吭。小船顺流而下，他们坐在船里，眼看着最后一道日光从树梢上消失了。他们驶近了小岛。巨大的淡红色的轮廓变成了深暗色。夜色中，一切景致都大同小异：塞纳河，天空，岛屿，山冈都变成了棕色和褐色的斑点，在乳白色的夜雾里渐渐消失。

卡米耶此时反扑在船底，把头探到水面，双手浸在河水里。

"啊唷！多凉啊！"他大声喊道，"把脑袋泡在这水里可不好受。"

洛朗不吭声。他惶惑不安地注视着两岸的动静已经好一阵子了。他咬紧了嘴唇，把一双巨大的手放在膝盖上。泰雷兹的头微微向后倾，直挺挺地等待着，纹丝不动。

小船即将驶进两个小岛间的一个阴暗而狭小的河湾。在其中一个小岛的后面，传来一队划船人飘忽的歌声。他们大概是逆流而上。从上游远远望去，塞纳河上一条船也没有。

这时，洛朗站起来把卡米耶拦腰一抱。这个小职员咯咯地笑出声来。

"啊！不，你搔得我痒痒的，"他说，"别开这些玩笑了……行了，别闹了，我要被你摔下水了。"

洛朗抱得更紧了，并且甩了一下。卡米耶回过头来，看见他的朋友的脸在痉挛着，表情可怕。他不理解他的意图，他模糊地感到有些恐慌。他想叫喊，但是已经感觉到一只粗犷的手扼住了他的脖子。他凭着动物自卫的本能，挺直了膝盖，死死地抓住了船舷。他这样挣扎了几秒钟。

"泰雷兹！泰雷兹！"他气急败坏、闷声闷气地叫道。

少妇目睹这一切，双手紧抓住船上的一条凳子，小船在河上剧烈晃动，发出轧轧的响声。她不能合上眼睛，极度的紧张使她睁大双眼，死死盯住眼前这可怕的争斗场面。她的身体僵直，一句话也说不出来。

"泰雷兹！泰雷兹！"不幸的人又气喘吁吁地呼唤着。

泰雷兹听见他最后一次呼叫自己名字时失声痛哭了。她的神经完全松软下来。她呆在船中，想到那个结局，吓得浑身抖个不停，她这样瘫软着，眼睛发愣，好像昏死过去了。

洛朗一面用一只手卡住卡米耶的咽喉，一面不住地摇晃他，他终于抽出另一只手把他与小船分开。他用两只强壮有力的胳膊，把他像孩子似的凌空抱起。他偏着脑袋，头颈暴露在外，这时，他的牺牲者出于恐怖，发疯似的扭过身子，张大了嘴，咬住他的颈子。杀人犯强忍住疼痛，没叫出声，猛地一甩，把卡米耶扔进河里。后者的牙齿咬去了洛朗的一块肉。

卡米耶发出一声号叫，落进了河里。他在水面上露头了两三次，狂呼着，但声音愈来愈微弱了。

洛朗连一秒钟也没停顿。他迅速竖起了外套的领子，把伤口遮掩住。接着，他把昏迷的泰雷兹搂在怀里，用劲一蹬脚，把小船倾翻了，他本人便也抱着他的情妇掉进了塞纳河里，他把她举在水面之上狂呼救命。

他刚才听见在小岛后面哼歌的那队划船人飞速地划着桨赶到了。他们这才明白是小船遇难了。于是，他们先把泰雷兹救起，让她平卧在一条凳子上，再把洛朗救出来，他却绝望地呼喊着，要救他朋友的命。他又跳进水里，在别处寻找卡米耶，他再次返回到船上时，举起双臂，猛揪着自己的头发，泣不成声。那队划船手竭力慰抚他，让他镇静下来。

"这是我的过失，"他大喊大叫地说道，"我本不该让这个可怜的小伙子又跳又蹦的，也不该让他随便晃动……不知怎的，我们三人都挤在船的一边了，于是船翻了……他在落水时还死命地叫我救他的妻子呢……"

划船手中自然有两三个年轻人愿意出来对事故作证，这也是不足为奇的。

"我们看得很清楚,"他们说,"活见鬼!一只小划子嘛,总不会像一艘大船那么结实……啊!可怜的小女人哪,她醒过来真是噩梦一场啊!"

他们重新拿起船桨,拖着小划子,把泰雷兹和洛朗带回小饭馆,在那儿,晚餐已准备好了。不出几分钟,整个圣·乌昂地区都知道出事了。船员们像亲眼看见似的,讲述着事情发生的经过。在小饭馆前面,聚集着一群动了恻隐之心的人。

饭店老板夫妇都是好心人,他们把自己的整套衣服替溺水者换上。当泰雷兹苏醒过来时,她的精神错乱了,发出了撕心裂肺的惨叫声,人们不得不把她安放在床上。刚才演出的一幕丑剧终于在人的天性的帮助下收场了。

等少妇镇静一些后,洛朗把她托付给饭馆的主人照应。他想独自回到巴黎去,把这个可怕的消息以最委婉的方式告诉拉甘太太。实际上他害怕泰雷兹发狂。他宁愿给她一些时间,让她思前顾后地去想一想,并且学会如何扮演自己的角色。

还是那些划船手,把卡米耶订的那顿晚餐吃掉了。

十二

洛朗坐在驶往巴黎的公共马车里的一个阴暗角落中拟定出了行动计划。他几乎能肯定,他可以逃脱罪责了。他暗暗自喜,这是一种作案成功后的喜悦。到了格里西城门,他雇了一辆马车,直奔住在塞纳街的老米肖家。时值晚间九点。

他看见退休的警长坐在餐桌旁,还有奥利维埃和苏姗娜陪着。他到这里来，是想自己在受到嫌疑时可以有个保护人，并且可以避免亲自去向拉甘太太宣布这个惊人的噩耗。他对去通报这事感到说不出的厌恶，他预料做母亲的会悲痛欲绝，而他担心自己流不出眼泪，演不好戏；再则，他虽然对这位母亲的悲伤不大放在心上，但这毕竟是够恼人的。

米肖看见他穿了一身粗俗不堪、又短又小的衣服进来时，投来询问的目光。洛朗哭丧着脸，喘着粗气，把遇难的情形一五一十地说了出来，仿佛他伤心极了，已累得不成样子。

"我来求求您，"他最后说道，"我真不知道拿这两个女人怎么办，她俩所受的打击真是太惨重了……我实在不敢单独去他母亲的家。我求求您，和我一起去吧。"

在他说话的当儿，奥利维埃的眼睛直勾勾地盯着他，使他非常恐慌。这个杀人犯，凭了一股子勇气，硬着头皮冲到这个旧警察家来了，这样做，也许能救他一命。然而，当他感到他们在用目光打量他时，便禁不住吓了一跳。他以为他们不信任他，实际上他们的神情只是惊愕和怜悯而已。苏姗娜的脸色最白，也更软弱些，几乎要昏过去了。奥利维埃想到死总要惧怕三分，但他的心仍是冷冰冰的。他只是做了一个既吃惊又痛苦的表情，并像通常那样，窥探着洛朗的脸，其实他对那罪恶的真情并没有产生任何疑问。老米肖发出了恐怖、怜悯和惊异的慨叹。他激动不安地坐在自己的椅子上，合着双手，眼睛向上翻着。

"啊! 我的上帝，"他断断续续地说着，"啊! 我的上帝，多可怕的事情啊! ……好端端地从家里出门，就这样不明不白突然死掉了……太可怕了……还有这位可怜的拉甘太太、这个做母亲的，我们怎么向她交代呢? ……当然啦，您来找我们是对的……我们和您一块儿去吧……"

他站起来，转过身子，在房间里跑来走去地找他的手杖和帽子，在忙乱中，他还要洛朗把出事的细节向他一讲再讲，洛朗每讲一句他就惊呼一声。

他们一行四个一齐下了楼。走进新桥长廊时，米肖把洛朗拉住了。

"您别去，"他对他说，"您一个人去太突然了，已经暗示着什么，应该避免……这位不幸的母亲会猜到有什么不幸的事发生了，她就会强迫我们过早地把真相告诉她……您还是在这儿等我们的好。"

杀人犯听了这样的安排松了一口气，因为他想到自己要走进长廊边上的这家店铺时，免不了心颤颤的。他恢复了往日的平静，在凸起的人行道上上上下下，踱来踱去，心里十分自在。时而，他居然把刚才发生的一系列事情忘记了，他看看一排店铺，吹着呼哨，回头瞧瞧与他擦肩而过的女人。他就这样在大街上待了足足半个钟头，头脑愈来愈冷静了。

从早饭后，他就没有进食，现在他饿了。他走进一家糕点铺，把糕点吃了个够。

在长廊边的这家店铺里出现了一个惨不忍睹的场面。老米肖已够小心谨慎的了，他以婉转迂回的口气才暗示了几句话，拉甘太太还是很快就明白了，她的儿子出事了。这时，她泪如泉涌，绝望地、声嘶力竭地要求了解事情的真相，她的老朋友也就不得不和盘托出了。而当她了解了这一切后，她的痛苦是难以言状的。她泣不成声，哭得前合后仰，过分的恐惧和痛苦使她失去了自制，她呻吟着，上气不接下气，不时还发出一声惨叫。苏姗娜拦腰抱住她，跪在地上哭着，向她抬起了自己那苍白的脸。倘若苏姗娜不在场，她会哭倒在地上的。奥利维埃和他的父亲一声不响地站在一旁，神经紧张，把头扭向一边，对他们自身来说，这个场面不堪忍受，心里感到很不舒服。

可怜的母亲仿佛看见她的儿子漂在塞纳河混浊的河水里，身体僵硬，肿胀得不成样子；同时，她仿佛又看见，她的孩子还在婴儿时代，当她把死神从他的身上驱逐之后，他躺在摇篮里的情景。她不下十次把他救活了，她以全部的身心爱着他，三十年如一日。但是现在，他离她远远的，突然像一条狗一样，淹死在冰凉、肮脏的河水里了。这时，她又回想起她把他裹住的那些暖烘烘的被褥。多少关心和爱抚！她在他身上倾注了多少感情！他的童年是多么温暖和美好……所有这一切，难道就是为了某一天看见他悲惨地溺死在河里吗！拉甘太太想到这些，感到透不过气来，她已经绝望了，恨不得一死了之。

老米肖急急忙忙走了出去。他把苏姗娜留下来，陪着老板娘，自己与奥利维埃一起去找洛朗，火速赶到圣·乌昂去。

一路上，他们之间没说几句话。马车在石子路上颠簸着，他们每人在马车的角落里找了个位子坐下。车厢里黑洞洞的，他们木然地呆着，缄默不语。时而，煤气路灯的灯光在他们的脸上迅速地闪亮一下。这件不幸的事情把他们聚拢在一起，每个人的心头都笼罩着一层阴影。

当他们赶到河边的小饭馆时，他们看见泰雷兹睡在床上，手和脸都是滚烫的。店主轻声对他们说，少妇在发高烧。实际上，泰雷兹感到自己很虚弱、很忧虑，她害怕自己在神经错乱时道出真情，所以打定主意假装生病。她硬是不开口，老是闭着嘴唇和眼皮，不愿意见任何人，不想讲话。她把被子一直拉到下巴颏上，把脸的一半埋在枕头里，身子缩成一团，焦虑不安地听着周围人的谈论。在她紧闭的眼皮上，流动着

淡红色的光，在这光影中，总是出现卡米耶和洛朗在船舷搏
斗的场面，她看见她丈夫脸色苍白，模样可怕，变得又高又大，
在污浊的河水之上，直挺挺地站了起来。这个幻觉老是缠住
她，使她更加头晕脑涨，六神无主。

老米肖试图和她讲话，安慰她。她不耐烦地挪动了一下，
转过身子，又开始啜泣起来。

"随她去吧，先生，"店主说，"有一点儿声音她就会惊
动……您没看见吗，她需要休息。"在楼下的休息室里，一个
警察正在调查事故起因，作笔录。米肖和他的儿子走下楼来，
后面跟着洛朗。当奥利维埃把自己作为警察局的高级职员的
身份亮出来后，十分钟就结案了。划船手还待在那儿没走，
他们详尽地叙述着死者溺水经过，绘声绘色地描述着这三人
是如何落水的，争先恐后地做证人。即使奥利维埃和他的父
亲当初还有些疑心的话，那么在众多的证人和证词的证明下，
他们的疑点也就很快消失了。不过事实上，他们从未怀疑过
洛朗的一派胡言。相反，他们向警察介绍说，他们是死者最
要好的朋友，他们还特别强调，要在书面证词里写上这个年
轻人跳到水里搭救卡米耶·拉甘这一事实。翌日，各家报纸
都极其详尽地报道了这次事故，说什么母亲是不幸的，寡妇
将抱憾终生，而这位朋友是既高尚又勇敢云云。各式各样的
新闻报道，五花八门，一一出现在巴黎的各家报纸上，然后，
又被塞进有关部门的档案堆里了。

调查报告写完后，洛朗心里感到喜气洋洋的，好似获得
了新生。自从死者把牙齿咬进他脖子那时起，他就像僵化了
一样，只是机械地按着蓄谋已久的计划从事，他的一言一行
都受到保护自己的本能的制约。眼下，当他确信自己不会受到
惩处后，血液又在他的血管里平缓地流动起来了。警方不再

追究他的罪行，事实上，警方什么也没看见，他们受骗了，他们把他开释了，他得救了。想到这儿他感到一身轻松，内心充满了喜悦，手脚和脑子都更灵便了。他以无可比拟的能耐和胆识，继续把自己装扮成一个悲痛不已的朋友的角色。而骨子里，他的兽性得到了满足；他想到了泰雷兹，此刻她正躺在楼上的卧室里。

"我们不能把这不幸的少妇留在这儿，"他对米肖说，"她很可能会酿成一场大病。无论如何要把她带回巴黎去……来吧，我们去说服她跟我们一起走。"

在楼上，他开口讲话了，他亲自恳求泰雷兹起身，让人把她送回新桥长廊去。少妇一听是他在说话，震惊了一下，睁大两眼注视着他。她痴痴呆呆的，全身都在颤抖着。她一言不发，非常艰难地起了床。男人们都走出房间，只留下饭馆女主人和她在一起。当她穿戴完毕，便摇摇晃晃地走下楼来，奥利维埃搀扶着她登上了马车。

一路上鸦雀无声，洛朗真是色胆包天，居然厚颜无耻地把手顺着少妇的裙子往上摸，握住了她的手指。在摇曳不定的阴影中，他坐在她的对面，她把头一直低到胸口上，因此他看不见她的脸。他抓住她的手后便握紧了，并且一直到玛扎里纳街才松开。他觉察到她的手在颤抖，不过她并未把手抽回，相反，她有时也轻轻地捏他一把。他们两只手都是火热火热的，两只手掌心湿漉漉地粘在一起，十只手指相互紧紧地压着，马车每震颤一次，手指都被挤压得很疼。洛朗也罢、泰雷兹也罢，他俩都感觉到，对方的血液通过紧捏着的拳头，流到自己的心坎里。这两只紧握着的拳头就像一只热烘烘的火炉，里面狂跳着他们的生命。夜幕下绵延着死一般的悲凉的寂静。他们狂热地紧握着的手就像是一块巨大的石块压在卡米耶的头上，把他永远压在水下了。

马车停下后，米肖和他的儿子首先下车。洛朗向他的情妇
倾下身子，轻轻地对她说：

"坚强些，泰雷兹，"他喃喃说道，"……这一天，我们已
等得很久了……你再想想。"少妇自她的丈夫死后一直没有开
口。这下她第一次启齿了。

"哦! 我会记住的。"她颤悠悠地说，声音低得像一阵轻
风吹过。

奥利维埃把手递给她，扶着她走下马车。这一次，洛朗
径直向店铺走去。拉甘太太躺下了，她处于昏迷的状态中。
泰雷兹磨磨蹭蹭地走到自己的床前，苏姗娜很快帮她卸了装。
洛朗放下心来，他看见一切都进行得十分顺利，便退了出来，
慢慢吞吞地向圣·维克多街上他那个破寒窑走去了。

午夜已过。在空旷、沉寂的街上，凉风呼呼而过。年轻
人只听见自己的脚步在人行道的石子路上发出均匀的喀喀声。
凉风吹拂着他，他感到异常舒服，安静和黑暗又顿时让他想
起淫乐的愉悦。他一路闲逛着。

他终于逃避了罪责。他终于把卡米耶杀死了。这种既成
事实，今后谁也不会再提起。他从此可以安安静静地生活，
等候时机把泰雷兹夺过来便大功告成。那时，他想到自己要
去杀人也会一阵恐慌，眼下，他已经把人杀了，心里也就不存
芥蒂，可以舒畅地呼吸了。原先，犹豫和恐惧是他的一块心病，
现在，他完全康复了。

事实上，他的神志也有些恍惚，他累坏了，手脚和头脑
都不太听使唤。他回到家，便呼呼大睡。在他熟睡之际，脸
上还不时地在微微抽搐着。

十三

次日，洛朗一觉醒来，感到心旷神怡。他睡得很香。从窗口吹进来的冷风刺激着他的凝滞的血液。他几乎把昨晚发生的事情忘掉了，倘若不是颈脖上的伤口灼痛难忍的话，他真会相信，昨天晚上他过得平平安安，是在十点钟上的床。卡米耶咬的那一口，就像一块烧红的铁放在他的皮肤上，当他老是想着这个伤口给他带来的疼痛时，他就感到难以忍受。他仿佛觉得有一把针慢慢地扎进他的皮肉里。

他把衬衫领子翻下来，对着一面破镜子看自己的伤口。这面镜子挂在墙上，是他用十个苏买来的。伤口处呈现出一个小小的鲜红的凹坑，约有一枚两个苏的硬币那么大，表皮已被咬去，露出了红殷殷的肉，还夹着一些黑色的斑点，一道道细细的血印一直延伸到肩部，像鱼鳞般地在闪光。在他那个白白的颈脖上，齿痕显出深棕色，伤口靠在右耳的正下方。洛朗佝偻着背，伸长着脖子仔细察看着，淡绿色的镜子里映出了他那张残酷、怪异的脸庞。

他用许多水擦洗后，对自己的这番察看很满意，他心想，不用几天伤口就会结疤的。接着他穿上衣服，如同平时一样，安安稳稳地去上班了。在办公室里，他以激动的口吻讲述事情发生的始末。当他的同事们读完报纸上刊登的社会新闻之后，他变成了真正的英雄。整整一个礼拜，奥尔良铁路办事处的职员们都在谈论着这件事，他们因为一个同事的被淹死而感到十分自豪呢。格里韦喋喋不休地说着风凉话，他说，走几座桥看看流水挺方便，又何苦乘舟到塞纳河的河心去冒险，太不谨慎了。

洛朗还有一桩心事。卡米耶的死毕竟未被官方证实。泰雷兹的丈夫确实是死了，但杀人犯还想找到尸体，才能正式备案。出事的次日，有人试图寻找溺水者的尸体，但没有成功，人们猜测大概是嵌进岛屿下的某个洞穴里了。在塞纳河畔捡破烂的人为了挣得一份奖金，纷纷下河去寻找。

每天早上，洛朗在去办公室的途中，总要去陈尸所走一趟。洛朗发誓要亲自料理完这件事。整整一个礼拜，他每天都去那儿，一一查看平放在石板上的溺死者的脸，他感到恶心，有时甚至会打一阵寒噤，但他还是坚持下去。

当他走进去时，迎面扑来一股被洗刷过的肉体的平淡的怪味，他感到恶心，一阵凉气从皮肤上掠过，墙上的湿气仿佛沁潮了他的衣服，他感到肩头上更沉了。他径直向一面大玻璃橱窗走去，橱窗里面陈列着尸体，他把他那张苍白的脸贴在玻璃上，一一辨认着。在他面前铺着一行行灰石板，石板上陈列着一具具赤裸裸的尸体，远远看去像是一些绿色、黄色、白色和红色的大斑点。有些尸体虽是僵硬了，但还完好无损；还有一些尸体就像是一堆血淋淋的烂肉。在最里面，挨着墙，一顺排挂着一件件破破烂烂的衣服，女人穿的裙子和裤子，在光光的白石灰墙的衬托下，怪难看的。一进去，洛朗只能看见石板和四面的墙组成的白花花的一片，其间点缀着那些衣服和尸体组成的棕红色和黑色的斑点。此外，还伴着潺潺的流水声。

慢慢地，他开始辨清尸体了。这时，他一具一具地看过去，只对溺死者感兴趣。当他发现有几具被水浸泡得肿胀、发青的尸体时，他便一个劲儿地望着，想把卡米耶辨认出来。死者脸上的肉往往成了一些碎块块，颧骨从泡软的脸皮上穿出，脸就好像被蒸煮过，骨肉分开了。洛朗很伤脑筋：他察看尸体，想从死者中辨别出一张瘦削的脸庞来。但是，所有淹死的人都是胖子，他看到的只是巨大的肚子，浮肿的大腿，圆滚滚、鼓胀的胳臂。他真不知所措。这一群脸色铁青、破破烂烂的死人，个个都像在做着可怕的鬼脸，在嘲笑着。洛朗在他们面前吓得瑟瑟发抖。

有一天早上，真把他吓死了。他盯着一个死者看了足有几分钟，此人是个小个子，脸部完全脱形了，这个溺死者身上的肉太腐烂，几乎被溶解，水冲上去把肉一片片带走了。水流过他的脸，在鼻子的左边冲出了一个凹坑，陡然，他的鼻子塌了下去，嘴唇裂开，露出了雪白的牙齿。死者的头颅好像要突然大笑起来。

每次当洛朗自以为认出卡米耶时，他的心就像火灼似的。他急于要找到卡米耶的尸体，可是，当他想象中的卡米耶真的出现时，他又胆怯极了。他白天在陈尸所里，夜里就做噩梦，只感到阵阵发冷，呼吸局促起来。他想把恐怖驱赶掉，把自己当作个孩子，想表现得坚强些，然而，无论他如何去想，只要他一旦置身在潮湿、散发出一种腥臭气味的大厅时，他只感到恶心和惧怕。

每当他察看完最后一排石板，没再发现溺死的人之后，便松了一口气，他不再那么厌恶了。这时，他只是以一个好奇者的身份，带着异样的兴趣看着面前那些暴卒的人，他们的姿态各异，都显得很凄惨、粗俗。他对这种景象十分感兴趣，特别是有上身裸露的女尸陈列出来时更是如此。这些裸女随随便便躺着，有的血迹斑斑，有的身上被穿了几个洞，这每每引起他的注意，使他流连忘返。有一次，他看见一个二十岁上下的女子，看上去像个普通人家的姑娘，肩宽体壮，仿佛是在石板上睡着了；她那既鲜嫩又丰满的身体雪白雪白的，上面还印着一道道淡淡的色彩，显得非常柔和、娴雅；她微露笑容，头微微侧在一旁，挑衅性地挺着胸脯。她的颈脖上有一圈黑印，好像是暗暗地套着一根项链。要是没这一道黑印子，别人真以为是一个耽于淫乐的荡妇在躺着呢。这个女孩因失恋而上吊自尽。洛朗端详了她很久，目光在她的肉体上游移着，邪念中还带着三分畏惧。

每天早晨，当他在那里时，他总会听见他身后观众进进出出的杂沓声。

陈尸所就像一个戏园子，为所有的人开放，过路的穷人或富人都可免费参观。大门开着悉听尊便。有一些乐此不疲者还有意绕道前来，不放过任何一次死者的演出。假如石板上是空荡荡的话，观者就会扫兴，像被偷窃了什么，牙缝里都在嘀嘀咕咕的。假如石板上的尸体排得满满的，参观者就会蜂拥而至，有的发出廉价的感叹，有的相互恐吓着，有的把死者当笑料，也有的鼓掌或吹呼哨，就如真的剧场一样，他们离开时心满意足，并且会大声宣称，这一天参观得值得。

洛朗对前来光顾的观众很快就熟悉了，这是一群杂乱的、身份各异的人，他们一起说些宽慰话或者冷嘲热讽几句。工人在上班时，腋下夹着面包和工具走了进来，他们觉得死者滑稽可笑。这些人中，有一些是工场里爱开玩笑的小伙子，他们对每具尸体的怪样都要逗乐一番，引得观众忍俊不禁：他们把烧死的人称作烧炭的；吊死者、被暗杀的、溺死者、被人捅了刀子或碾死的人，都是他们嘲笑挖苦的对象。当人们在大厅屏声静气地观看时，他们就用颤抖的声音，叽里咕噜地说几句笑话。此外，还有一些靠一份小小的年金过日子的人、又瘦又干瘪的老头、游手好闲之辈，他们闲得慌才进来看看，目光呆滞，噘着嘴，露出超然、悠闲的神色。妇女居多，有一些年方豆蔻的姑娘，她们穿着白衬衫，围着干干净净的裙子，轻盈盈地从橱窗的这一头走到另一头，她们就像站在时髦商店的橱窗前一样，眼睛睁得大大的，目不转睛地看着；还有一些下层的妇女，她们呆头呆脑的，一个个都显出悲天悯人的神态；最后，就是一些穿戴讲究的贵夫人，她们不紧不慢地在那儿拖曳着她们的丝绸长裙。

有一天，洛朗看见一位贵夫人站在离橱窗几步远处，鼻子上捂着一块细麻布手绢。她穿着一条褐色丝绸做成的精致的裙子，肩上披着一件镶黑边的短斗篷，帽子上拖下来的一块短面纱遮住了她的脸，而她那戴着手套的双手显得十分娇小和雅致。从她身上飘逸出一缕淡淡的紫罗兰馨香。她在看着一具尸体。离她几步远处，在一块石板上，躺着一个高大的小伙子，他是一个泥瓦匠，刚从脚手架上摔下来送了命。他的胸膛方方正正的，肌肉隆起，皮肉白皙而丰满，他死后的神情就像是一块大理石雕刻出来的。这位夫人端详着，目光向他扫了几下，又细细打量他，看出了神，她掀起面纱的一个角，又看了几眼这才离开。

时而，又进来几批顽童，都是十三到十五岁之间的孩子，他们沿着橱窗跑过去，只是看见女尸才停下来，他们把手指按在玻璃上，目光大胆而放肆地在她们裸露的胸部打转转。他们相互用臂肘碰碰，说一些粗野的评语，在陈尸所学坏了。这些小流氓就是在陈尸所里找到了第一批情妇的。

一周后，洛朗灰心失望了。夜里，他梦见上午看见的一具具尸体。每天给自己带来了的这种痛苦和厌恶使他的意愿动摇了，决定再去两次就算了。次日，他才走进陈尸所，就感到当胸挨了一拳似的：在他面前的一块石板上，卡米耶平躺着，抬起头，眼睛半睁半闭地望着他。

杀人犯像被吸力吸着似的，慢慢地挨近了玻璃橱窗，他的目光始终不能从他的被害人身上移开。他并不觉得难受，他只感到心里冰凉的，皮肤上像有针在刺。他原以为自己会颤抖得更厉害些的。足有五分钟，他站着没动，不知不觉地陷入了沉思。眼前这幅图画的所有可怕的线条、所有肮脏的色彩无意中都深深地印进了他的脑海里。

卡米耶是丑陋的。他在水里已浸泡了两周。他的脸似乎还是硬实的，容貌也还完好无损，只是皮肤已呈土黄色。卡米耶那瘦骨嶙峋的头，稍有肿胀，样子古怪；他的头有点儿歪，头发贴在脑门上，眼皮翻起，显露出灰白色的眼球；他的嘴唇扭曲地歪向嘴的一角，像是在残忍地狞笑；嘴巴微张，在白色的牙齿间露出了有点发黑的舌尖。这张脸仿佛像一张被鞣过的皮革，并且被拉长了，虽然还看得出是人脸，但因恐惧和痛苦而显得格外可怕。他的身体就像是一堆腐肉，他死前一定忍受过巨大的痛苦，可以看得出，两个肩膀已经脱臼，锁骨刺穿了双肩。在他那发青的胸脯上，肋骨发黑，根根外露，左肋裂开，向外张着，里面是一片片暗红色的肉。整个上身都腐烂了。两条腿比较硬实一点，直挺挺地伸着，上面布满了污秽的斑痕。双脚耷拉下来了。

洛朗凝视着卡米耶。他还从未见过一个溺死的人像他那么可怕的。此外，尸体还显得特别矮小，可怜巴巴的，瘦得不成样子，由于腐烂，就缩得更小，现在就像小小的一堆烂肉放在那儿。观者满可以去想象这是一个年薪一千二百法郎的小职员，头脑笨拙，体质孱弱，他的母亲是靠药罐子把他喂养大的。这个可怜虫，在暖烘烘的被褥里长大成人，现在却

泰雷兹·拉甘 法国文学经典

躺在冰冷的石板上冻得瑟瑟发抖。

　　这个惊恐而刺激的场面把洛朗吸引住了，他站在那里一动也不动，目瞪口呆。最后，他终于自拔出来，走出大门，快步向码头走去。他边走边反复说道："这一切都是我造成的，他真是太难看了。"他觉得有一股强烈的味儿跟随着他，这味儿大概是从腐烂的人体里散发出来的。

　　他去找老米肖，告诉他刚才在陈尸所的一块石板上认出了卡米耶。他们很快便办完了手续，安葬了溺死者，并签署了死亡证书。从此以后，洛朗高枕无忧了。自他杀人后，他闯过了一个又一个险峻而艰难的关口，现在他痛痛快快地与他的罪孽和那段生活告别了。

十四

　　新桥长廊上的这家店铺关了三天。店门重新打开时，铺子显得更加阴暗、潮湿了。陈列的样品积满灰尘，失去了原有的光亮，仿佛在为店铺戴孝。在肮脏的橱窗里，一切都是愁眉苦脸的，好像失去了亲人似的。便帽挂在已经生了锈的金属杆上，在白布便帽后面，泰雷兹的脸色比平时更苍白、更没有光泽、更吓人。她木然地坐着，安宁的神态中带着某种不祥的征兆。

　　在这条长廊上，所有多嘴饶舌的妇人都很同情她们，卖假首饰的那家店铺的老板娘见到每一位女顾客，都少不了向年轻寡妇那张日渐消瘦的侧面指一下，把她当成一种有趣的、值得怜悯的新奇玩意儿。

　　拉甘太太和泰雷兹睡在各自的床上已整整三天了，她们彼此不说话，甚至不打一个照面。上了年纪的老板娘坐在床上，背靠着枕头，两眼定神，茫然地看着前方。儿子的死如同当头一棒，她昏倒了。她静静地木然地呆着，一坐就是几小时，沉陷在绝望的空虚之中；有时，她也发作一阵子，她又哭又叫，说着胡话。泰雷兹在隔壁房间里，假装睡着了，她把脸转向墙，把被子拉到自己的眼睛上，她就这样躺着，直挺挺地默不作声，她的身子一点儿也没让盖在上面的被子掀动起来。她仿佛是想把自己的思想藏在卧室阴暗的凹角里，而正是这些想法使她坚定不移。苏姗娜服侍着这两个女人，她放轻脚步，来回照料着。她把她那张蜡黄的脸倾向泰雷兹，泰雷兹不耐烦地扭动了一下，执意不肯翻过身子；她又把脸俯向拉甘太太，拉甘太太一听有人对她说话，从痛苦中惊起，泪珠儿一颗颗滚落下来，真让人无从安慰起。

　　到了第四天，泰雷兹把被子一推，嗖地坐在床上，好像打定了什么主意似的。她把头发从脑门的两边分开，双手按在额头上，两只眼睛直勾勾的，似乎还在思索着。不一会儿，她跳到地毯上。她的四肢在战栗，烧得红红的，她身上好像有几处肉瘪了下去，皮肤起了皱纹，上面还有大块大块发青的印记。她一下子变老了。

　　苏姗娜走进来，见她起床了感到非常吃惊，她心平气和地婉言劝她再躺下休息。泰雷兹不听她的，她缩头缩脑、迫不及待地寻找她的衣服穿上。穿戴后，她就走到镜子前面照照，揉揉眼睛，把双手在脸上搓搓了几下，似乎是想擦去什么似的。过后，她一言不发，快步穿过餐室，走进拉甘太太的卧室。

　　妇女服饰用品店的老板娘心情已平静些了，在呆想着。泰雷兹进去时，老太太赶忙把头向她默默地转过来。这两个女人相互凝视了数秒钟，侄女的心情愈来愈焦急不安，她的姑妈在努力回忆着什么。拉甘太太蓦地想起来了，她伸出颤抖的双臂，抱住泰雷兹的头颈，大声说道：

"我可怜的孩子，我可怜的卡米耶！"

她泣不成声，眼泪落在泰雷兹灼热的皮肤上被烤干了。这时，这个寡妇就把她那对干涩的眼睛埋在老太太盖着的毛毯的褶皱里。泰雷兹就这样弯着腰呆着，让老太太把眼泪淌干。自谋害卡米耶那天起，她就害怕与她的姑妈首次见面，她在床上躺了几天，就是为了推迟这会面的时间，为了舒舒坦坦地去思考她将扮演的可怕的角色。

等她看见拉甘太太逐渐平静下来后，她就在她身边唠叨着劝她起床，并劝她下楼到店堂去。老板娘几乎变成了小孩子。她的侄女突然到来使她从麻木的状态中惊醒和恢复了记忆，以及对周围事物和人的感觉。她感谢苏姗娜的精心照料，说话时虚弱无力，但已不再妄说谵语。她的语调悲伤极了，时而哽咽住说不下去。她看见泰雷兹在走动，眼泪突然涌了出来，于是，她就叫她坐在自己身旁，呜呜咽咽地抱住她，抽泣着对她说，她在世上只有她一个亲人了。

晚上，她同意起床了，并试着进了一点食。这时，泰雷兹才看清她的姑妈受到了多么惨重的打击。可怜的老妇人的双腿都不听使唤了，她需要一根拐杖才能一步步挪到餐室去，到了那儿，她仿佛觉得，周围的墙都在晃动。

从次日起，她就要人把店门打开。她怕自己老待在卧室会变成老疯子。她下楼时，要先把两只脚在每一级阶梯上踏稳了再向下移，行动极其迟缓，她终于慢慢地挪到柜台后面坐下了。从此，她就忍受着内心的极大痛苦，坐在这张椅子上不动了。

泰雷兹坐在她的身旁想心思，她在等待着。这家店铺又像往日那样，沉浸在忧郁而平静的氛围之中。

十五

每隔两三天，洛朗晚上来一次。他待在铺子里，与拉甘太太聊上半小时。然后，他便告辞了，从不向泰雷兹正面看一眼。老板娘把他看成是她侄女的救命恩人，是一个高尚的人，是他曾竭尽全力想把她的儿子救出来的。她真心实意地欢迎他来。

有一个礼拜四的晚上，洛朗刚踏上她家的门，正碰上老米肖和格里韦走进来。时钟正敲八点。铁路办事处的职员和退休警长各自都认为，他们可以恢复原有的兴趣爱好而不致招人厌烦了，因此，他俩仿佛由同一根发条开着似的，同时到达她的家。奥利维埃和苏姗娜在他俩后面跟进来。他们一齐上楼走入餐室。拉甘太太没料到他们会来，急忙把油灯点燃，并去沏茶。他们在餐桌边上坐定，拉甘太太在他们每人前面放了一杯茶。当骨牌盒子被倒空后，可怜的妈妈蓦地想起过去，望着望着她的客人，突然失声号啕起来。有个座位是空的，就是她儿子过去坐的那个。

她这绝望的哭声使在座的人都怔住了，他们大为扫兴。所有的人都只想到自己，他们显得高高兴兴的，早已把卡米耶忘得一干二净了，这一下子感到十分尴尬。

"嗨，嗨，亲爱的太太呀，"老米肖有点儿不耐烦了，大声说道，"别老这么伤心嘛，您会愁出病来的。"

"我们都有一死。"格里韦断言道。

"您再哭儿子也回不来了。"奥利维埃说教似的说。

"我求求您了,"苏姗娜缓缓地说道,"别让我们难过啦。"

这时,拉甘太太哭得更厉害了,泪水止不住地直往外涌。老米肖接着又说:

"行啦,行啦,拿出点勇气来。您很明白,我们来这儿是为了使您散散心的。算了吧! 别让我们不开心啦,尽量忘了……我们输赢两个子儿一盘。怎么样,您说好不好?"

妇女服饰用品店的老板娘强忍住不再哭下去了。也许她意识到她的客人们都有一种自私心理,这也是天经地义的。她虽仍然激动不已,但还是擦了擦双眼。多米诺骨牌在她那双干瘪的双手里颤抖,而残留在她眼皮下的泪水模糊了她的眼睛。

他们开始玩牌。

这短暂的场面,洛朗和泰雷兹都看在眼里。他们神情严肃,脸上一丝表情也没有。小伙子看见周四晚上的聚会又恢复了,心里乐滋滋的,他对此真是求之不得,因为他知道,他需要这些聚会做掩护才能达到目的。再则,他自己也不知道为什么,他在这几个老熟人中感到特别自在,他敢于正视泰雷兹了。

少妇穿着黑衣服,脸色苍白,默默地待在一旁,他觉得此刻她显示出的一种美是他从未见过的。有时,他俩四目相对,当他看见她用坚定而勇敢的目光正视自己时,他幸福极了。泰雷兹整个身心永远是属于他的了。

十六

转眼十五个月过去了。最初的痛苦已缓解。他们的心一天比一天更平静，但也一天比一天更衰弱了。生活又恢复了原样，不过更显得没有生气。人们在经历了每一次重大的危机之后，一时总是惊魂未定，心有余悸的。起初，洛朗和泰雷兹对新的生活抱着听其自然、随机应变的态度。倘若人们想要了解他俩心理变化的每一个阶段的话，就得着实下一番功夫，极其细致地加以分析。

不久，洛朗就像以往一样，每天晚上到店铺里来了。不过，他不再在那里吃喝，也不是整个晚上都死赖在那儿不走。他等到九点半店铺关门后就走。他来为这两个女人效劳，仿佛是在尽一项义务。倘若他某一天没尽心的话，次日，他就会用仆人般的谦恭心情去表示歉意。每到礼拜四晚上，他就帮助拉甘太太生壁炉，张罗着准备接待客人。他殷勤体贴，有条不紊，颇得老板娘的欢心。

泰雷兹平静地看着他在她周围忙个不停。她脸上的苍白消退了，显得比以往更健康、更开朗、更温和。偶尔她也会神经质地痉挛一下，这时，她把嘴一抿，露出了两条深深的皱纹，使她的脸显露出一种痛苦和恐惧的异样表情。

这对情人不再设法单独会面，他俩从不向对方要求约会，也不再偷偷地交换一个吻。自他们杀人之后的一段时间里，强烈的肉欲仿佛也缓解了。在杀死卡米耶的同时，他们终于满足了自身永不餍足的、强烈的冲动，这是他们狂热的拥抱未能办到的。犯罪似乎也给了他俩很大的刺激和快乐，拥抱亲吻反倒使他们厌恶和反感了。

他们就是为了得到朝思暮想的爱情，自由的生活才去杀人的。如果他们愿意，现在原本可以得心应手地尽情发泄了。拉甘太太手脚麻木，神情痴呆，根本不是障碍。这个家是属于他们的，他们可以进进出出，随心所欲。可是，情欲不再能吸引他们，他们对此已经失去兴趣。他们待在一起，平静地闲聊着，各自看着对方，脸不红心不跳，仿佛把以前那些使他们喘不过气来的狂热的拥抱都置之脑后了。他们甚至避免单独会面，私下里，他们无话可说，他俩都害怕表现得过分冷淡。他们间或也握一下手，但当他们各自接触到对方的肌肤时，就有一种说不出来的不舒服的感觉。

此外，他们在打照面时态度都是冷漠的，心情是胆怯的，他们以为对这种变化能够自圆其说。他们把自己冷冰冰的态度归结为谨慎小心，按他们的说法，他们的平静和节制都是十分明智的表现。他们解释为是重新获得肉体的安宁和内心的平静。再则，他们认为，他们感到厌恶和乏味是心有余悸，是暗自惧怕受到惩处的缘故。偶尔他们也努力憧憬着未来，努力回忆起往日那些如胶似漆的日子，但当他们发觉这是些虚无的幻象时，他们自己也感到莫名其妙。这时，他们只是指望缔结姻缘，他们想，一旦达到目的，他们就可以毫无所惧，公开相亲相爱了。这样，他们也许能重新点燃起昔日的激情，体验他们所向往的快乐。他们抱着这一线希望，心里平静多了，并且也免得使自己陷入已经在他们之间裂开的看不见的鸿沟里。他们确信，他们相爱如初，并等待着在永结百年之好的那一天、理想的幸福时光的到来。

泰雷兹的心情从未如此平静过。可以肯定地说，她的心情会愈来愈好。她个人的不可动摇的意愿即将实现了。

夜晚，她一个人躺在床上，感到很舒畅。卡米耶那张瘦
削的脸、虚弱的身子不再挨在她身边，他曾使她烦恼，使她
情欲永远得不到满足。她觉得自己又变成了一个小姑娘，在
白色的帷幕里，自己还是一个贞女，在静谧的夜色中，她是
那么的安宁。她的卧房，宽宽大大的，稍微有点儿冷，她喜欢
这间房子高大的屋宇，阴暗的角落和隐修院似的气息。爱屋
及乌，她甚至爱上了窗前矗立着的高大的黑墙。整整一个夏天，
每天晚上，她出神地望着这墙上的灰砖及烟囱与屋顶划出来
的狭窄的夜幕和群星闪烁的夜空，一看就是几个小时。她只
是在被噩梦惊起时才想到洛朗，这时，她就坐在床上，身体
瑟瑟颤抖着，张目结舌，裹紧了自己的衬衣，心里想，倘若她
身边有个男人躺着，她兴许就不会那么担惊受怕了。她想到
她的情人时，就像想到一条守护她的狗，她那冰肌玉肤并不
向往肉欲。

白天，在店堂里，她对外界的事物很感兴趣，她从自身
的矛盾中解脱出来，不再耿耿于怀，也不再沉溺在仇恨和报
复的欲念中。幻想使她厌烦了，她需要行动和观察。她从早
到晚看着穿越长廊的人们，这熙来攘往的人群使她高兴。她
变得少见多怪，多嘴饶舌了。总之，她变成了一个女人，因为
这之前，她的行为和思想都只像一个男人。

在她眼里的熟人中，她发现一个年轻人。这是一个大学
生，住在邻近一幢带家具的公寓里，他每天要在她家店铺的
前面走过数次。这小伙子面孔白皙，英俊而洒脱，留着诗人
般的长发和军官样的短髭。泰雷兹觉得他相貌出众。在一周
之内，她就像一个寄宿生那样爱上他了。她读了不少小说，她
把年轻人与洛朗相比，觉得后者太粗俗了。阅读打开了她的

眼界，丰富了她的想象力，这是她新的感受。以往，他只是凭自己的冲动和本能去爱，现在她懂得用理智去爱了。过后有一天，大学生不见了，他大概已迁居异地，泰雷兹仅几小时后便把他忘掉。

她醉心于阅读文学作品，对浏览过的小说中的英雄人物都十分崇拜。她对读书的兴趣陡增，这对她的气质产生了巨大的影响。她变得有点神经质了，不时地会莫名其妙地笑一阵或哭一阵。她内心刚刚建立起来的平衡又被破坏了。她陷入一种冥冥的空想中。有时，她猛地会想起卡米耶，但当她想到洛朗时，便产生了新的情欲，充满了恐惧和不信任。她就这样在不安和焦虑中摇摆。有时，她想设法当即就与她的情人完婚；又有时，她想一走了之，再也不愿见到他了。小说中如说到了贞洁和荣誉，仿佛就在她的本性与意愿中设置了一道障碍。她仍然是一头不可驯服的野兽，它想与塞纳河的气势争个高低，并且曾不顾一切地投身于淫乐之中。然而，她也有善良和温柔的一面，她理解奥利维埃妻子的脸为什么老是温温和和，举止斯斯文文的；她明白了，她不杀死自己的丈夫也能得到幸福。因此，她对自己反而不能理解，她生活在一种反复无常、极其矛盾的精神状态之中。

对洛朗而言，他也经历了安宁和冲动的不同阶段。起初，他感到内心异常恬静，仿佛卸却了肩上的千斤重担。有时，他不无惊奇地对自己提出了疑问，他以为自己做了一场噩梦，他心里想，他是否真的把卡米耶摇到水里去了，在陈尸所的石板上，他是否真的看到他的尸体了。他想起他的罪孽便惶恐不安，感到茫然无措，他从没想到自己竟能害死一个人，谨慎和胆怯的心情油然而生，使他不寒而栗。当他想到别人可能会发现他的罪行，并会把他绞死时，他的额头上沁出了冰凉的汗珠。这时,他就感到自己的颈脖子上搁着冷峻的匕首。以前,他一人做事一人当,他对野兽般的固执和盲目从不反悔。现在,当他回过头来,看清了他刚刚跨越的渊薮,他害怕极了,简直难以自持。

"可以肯定地说,我是喝醉了。"他想着,"这个女人给我灌足了迷魂汤。我的老天!我真是傻瓜、疯子!做出这种事来,我差一点没上断头台……行啦,一切都过去了。倘若一切从头开始,我再也不会干了……"

洛朗精神垮下来,变得灰心丧气,比任何时候都显得更胆怯、更谨慎。他发胖了,老是提不起精神。他高大的躯体变得臃肿,仿佛肌肉和筋骨都消失了。如果有谁对这副身材进行一番研究的话,绝不可能想到他还是个爱施暴力、残忍成性的人。

他又恢复了往昔的作风。在好几个月之内,他堪称是一个模范职员,只知道闷头闷脑地办公。晚上,他在圣·维克多街的小饭店里就餐,把面包切成一小块一小块的,心平气和地咀嚼着,尽量把用餐时间拖得长长的。饭后,他歪倒身子,靠在墙上,抽起烟斗来。别人真以为他是一个好心的胖子哩。白天,他什么也不想,夜晚,他睡得很熟,也不做梦。他的脸变得红润丰腴,肚子圆滚滚的,脑子里空空的,他感到幸福。

他的肉欲似乎已经不复存在,他也不常想到泰雷兹。即使他有时还想到她,其心情就如有人想起日后总有一天要娶的女人一样。他不慌不忙地等待着结婚的那一天到来,他并不把女人放在心上,而是设想着那时他所处的地位。他将辞退他的工作,有兴趣的话,就去画画,他会逍遥自在的。他就是带着这些希望,每天晚上才到长廊上的这家店铺里来,虽说他每次进去时总隐隐地感到不是滋味。

有一个礼拜天，他无聊之至，简直不知道怎么打发时间才好，于是，他就去找他上学时的一个老同学。这个同学现在成了一个青年画家，与他合住过很长一段时间。艺术家正在创作一幅油画，打算把它送到美术展览会去。这幅油画画的是一位裸体的荡妇，横卧在一块绸缎上。在画室的里端，躺着一个女人，她是一个模特儿，头向后仰着，上半身扭曲，臀部撅得高高的。这个女人不时还笑一笑，挺一挺胸脯，伸长胳膊，伸伸懒腰，稍稍休息一会儿。洛朗坐在她的正面看着她，边抽烟边与他的朋友聊着。他望着望着，感到脉搏跳动加速了，情绪也激昂起来，他一直逗留到天黑才把这个女人带回自己的住所。他把她当做情妇留在身边将近一年了。可怜的女孩子也爱上了他，觉得他是个美男子。大清早，她就出门，整整一天做模特儿，每天晚上准时回来。她吃穿零花全是用自己挣的钱，不用洛朗一个子儿，洛朗也从不去过问她从哪儿来，干些什么。这个女人在他的生活里起着一个平衡作用，他把她当成一个有用的、必需的工具留在身边，以维持他身体的舒适和健康。他永远也闹不清是否爱她，他也从来不去想自己对泰雷兹有什么不忠。他反而觉得自己更加发胖、更加安逸。

其时，泰雷兹的服丧期结束了，少妇穿上鲜艳的裙子，有天晚上，洛朗居然觉得她变得年轻漂亮了。可是，他与她在一起时，总感到有些不自在，很长时间以来，他发现她焦躁不安，任情使性，而且会无缘无故地大笑和忧伤。他见她变化无常，心里十分不安，因为他多少也猜出点她内心的矛盾和迷惑。他惧怕自己的安逸生活受到破坏，开始举棋不定了。他本来是生活得安安稳稳的，各种欲望也能有节制地得到满足，他就怕一旦与这个神经质的女人结合上了，安逸的日子就此结束。因为这个女人冲动起来，曾使他发狂过一阵子的。其实，他并没把这些想法认真地加以思考，他只是本能地感觉到，他占有泰雷兹后将会给他带来很多的烦恼。

当他想到，他迟早总要考虑和她结婚时，像是挨了当头一棒，如大梦初醒。卡米耶死了将近十五个月了。这时，洛朗不想结婚了，他想把泰雷兹甩在那儿，留住那个模特儿，后者那廉价的爱情讨他喜欢，也够他受用了。接着，他转而又想，他不能白白地把一个人杀了，他想起了犯罪，想到为了独自占有一个女人所做的可怕的努力，现在，她却使他心神不宁。这时，他觉得倘若不与她结婚，杀人便纯属是毫无意义，而且也过于残忍了。把一个人淹死在水里，为了夺取他的寡妇，静等了十五个月之后，又决定和一个在所有画室里卖身的小姑娘生活在一起，他细想起这一切觉得非常可笑，脸上不禁掠过一丝笑容。再则，他与泰雷兹不是已经甘苦与共、风雨同舟了吗，他隐隐约约地感觉到她在呼喊，并且总缠绕在他的心上，她毕竟是属于他的。他对他的同谋者还畏惧三分，倘若他不娶她，她可能出于报复和嫉妒，会到司法部门把一切都兜出来的。这些想法在他的头脑里翻滚，他的头脑又发热了。

在这当儿，模特儿突然不告而别。某一个礼拜天，这个姑娘再也不回来了，她大概找到了一个更温暖、更舒服的窝了。洛朗免不了也伤心一阵子。他已习惯夜里有一个女人与他共眠，这下子他感到在生活里出现了一个真空。一个礼拜后，他熬不住了，又回到长廊上的这家店铺里，一坐就是整整一个晚上。他盯着泰雷兹看，眼睛里闪烁着锐利的光芒。少妇读了一大堆书，现在，她放下书本后，神志迷迷糊糊的，在洛朗的目光下，她有气无力地投身到他的怀抱之中。

他俩心灰意懒、麻麻木木地等待了漫长的一年。现在，他们又鸳梦重温，但心情还是抑郁的。一天晚上，洛朗在关门时，在长廊上把泰雷兹挽住说了几句话。

"今晚，我到你的卧房里过夜好吗？"他激动地向她问道。

少妇做了一个惊惶的手势。

"不，不，我们等到……"她说，"还是以谨慎为好。"

"我已经等得太久了，"洛朗接着说，"我想，我已经不耐烦了，我要你。"

泰雷兹失魂落魄似的看着他，热血在她的双手和脸上汹涌，她似乎犹疑了一会儿，随后她突然冒出了一句：

"我们结婚吧，这样，我就属于你了。"

十七

洛朗从长廊出来时精神紧张，心绪不宁。泰雷兹温暖的气息和认可，在他身上扇起了以往的激情。他取道堤岸，把帽子拿在手上走着，一任晚风迎面扑来。

当他走到圣·维克多街上的寓所门口时，他害怕上楼，害怕孤独。一种无可言状的、孩子般的恐惧向他袭来，他害怕有一个人藏匿在他的阁楼上，他从来没有像这样胆小过。他对自己离奇的胆怯心理甚至不想加以分析。他走进一家小酒店，在那儿逗留了一个小时，闷声不响地呆坐在桌前，机械地喝着大杯大杯的葡萄酒，一直挨到午夜才走。他想泰雷兹，生这个少妇的气，怨她不肯让他在她的卧房里过夜，他想，他与她在一起是不会害怕的。

小酒店关门了，他不得不出去。他返回住所想先去取火柴。

旅店的办公室设在二楼。洛朗必须穿过一条走廊，登上几级楼梯才能取到蜡烛。这条走廊，这几级楼梯，黑洞洞地阴森可怖，都使他十分恐惧。以前，他摸黑走过这段路时，心情是轻松愉快的。今晚，他不敢按铃。他想在地窖门口的某个旮旯处，可能埋伏着凶手，等他走过时，他们会猛地卡住他的脖子。最后，他还是按了铃，他点燃一根火柴，决心向走廊走去。火柴灭了，他收住脚步，裹足不前，喘着粗气，又不敢往后溜，心里七上八下的，在湿漉漉的墙上擦着火柴，吓得手直抖。他似乎听见在他前面有人的说话声和脚步声。火柴被他的手指捏断了。他终于点燃了一根，火焰燃着了，烧到火柴梗上，速度之慢，使洛朗更加心神不定。在硫黄淡蓝色的微弱的光芒里，在摇曳着的流动的火光中，他以为看见了怪异的形状。接着，火光跳动了几下，火焰发白，变得明亮起来。洛朗松了口气，凝神专注地向前摸去，不偏离火光半步。当他走过地窖门口时，他贴着门对面的墙走，门口有一个黑乎乎的东西让他害怕。接着，他快步走上去旅店办公室的几级楼梯，在他拿到蜡烛后，他以为得救了。他举起蜡烛，照亮着他要走过的所有角落，把脚步放得更轻，登上了其他几级楼梯。当他借着烛火登上每一层楼梯时，摇来晃去的巨大鬼影，形态各异，在他前面忽而蠢起，忽而消失，使他心里感到异常不适。

他上楼后打开门，又迅速把门关上。他首先关心的是在床底下张望，并在房间里细细地巡查一番，想看看是否真有人躲在那儿。他关上天窗，心想，要不然会有人从窗口钻下来。待这一切做完后，他心里踏实多了，脱下衣服。自己也莫名其妙为何这样胆小。他终于笑开了，抱怨自己像孩子似的。他从没胆怯过，而眼下突然变得杯弓蛇影，他自己也解释不了。

他躺下了。当他裹在暖暖的被窝里时，他又想起了泰雷兹，刚才他只顾开路，把什么都忘了。他紧闭眼睛，想尽快入睡，但事与愿违，他的脑子却老在活动，不肯罢休，并且浮想联翩，想来想去，尽快结婚总是上策。有时，他转过身子，心想："别想了，睡吧，我明天八点钟要起床，准时去办公。"于是，他又努力入睡。但是，许多念头还是一个个冒出来，他又重新把自己的想法理顺了一遍，他的空想很快就集中在一个方面，在他的思想深处，罗列出结婚的种种必要性和种种论据。欲望占上风时，他想娶泰雷兹为妻；胆小怕事时，他又不想娶了。

这时，他料想自己不会再入睡了，失眠更使他情欲冲动，他干脆仰面躺着，睁着眼睛，放任自己去思念那个少妇。平衡破坏了，往日的狂热劲儿又摇撼着他。他以为自己起身回到了新桥长廊。他让人把铁栅栏打开，又去敲拉甘太太家楼梯口的那扇小门，而泰雷兹也接待了他，梦游至此，血直往他的脖子上冲。

他的幻觉清晰得令人难以想象。他看见自己走过一条条街道，沿着一幢幢房子走得很快，他心想："我走上这条林荫大道，我穿过这个十字街口，就是想早一些走到。"接着，长廊的铁栅栏响了，他穿过阴暗、冷僻、狭长的过道，庆幸自己可以爬上泰雷兹的闺房而不会被假首饰店的老板娘看见了，然后，他又想象自己在她家的小院子里，登上他以前常走的小楼梯。到了那儿，他感到了以前那极度的快乐，那兴奋而紧张的心情，还有那通奸时的刺激和欢愉。他的回忆都一一变成了现实的情景，使他所有的感官都激动起来了；现在，他又感到了走廊淡淡的气味，触摸到那黏糊糊的墙壁，看到了那拖得长长的龌龊的阴影。继而他又踏上了每一级楼梯，喘着气，竖起了耳朵，战战兢兢地一步步挨近他追求的女人时，情欲已经得到了满足。他终于轻轻地叩门了，门打开了，泰雷兹白净净的，正穿着短裙站在门口等他。

他的思想变成了一幅幅真实的画面，在他面前一一展开。他的眼睛盯着黑暗处望着。他走过了一条条大街，进入长廊，又攀上了小楼梯之后，他以为看见了脸色苍白、心情激动的泰雷兹，他从床上一跃而下，喃喃地说："我一定要去了，她在等我。"他刚才所做的那个突如其来的动作驱散了他的幻觉，方砖地是冰凉的，他害怕了。他兀立了片刻，光着脚，侧耳谛听。他仿佛听见楼梯口有响声，如果他到泰雷兹家去，他就得再次走过楼下地窖的门，想到这里他脊背都发冷了，这是一种愚蠢的、让人喘不过气来的恐惧心理。他满腹狐疑地环视着房间，看到了一片朦朦胧胧的光晕。这时，他又悄然没声、焦虑不安地重新上了床，在床上，他蜷缩一团地躲在那里，好像是为了躲避一件凶器，躲避威胁着他的一把尖刀。

血直往他的颈上涌，从他的颈上又灼热了他的全身。他把手往颈脖上一摸，手指又触摸到卡米耶噬咬留下的伤疤。他原先几乎把这忘掉了。他发现皮肉上还留着这个伤口，顿时吓坏了，他以为这伤口还在啃着他的肉。他连忙把手抽回来，不再去想伤痕的存在，可是，他又始终感觉到它在噬咬着、向他的头颈里钻进去。此时，他又想用指甲轻轻地搔它一下，他疼痛得更厉害了。他害怕自己把这块皮掀掉，便把双手紧夹在弯曲的双膝之间。他笔直地怒气冲冲地呆在那里，头颈疼痛难忍，吓得牙齿咯咯直响。

眼下，他的思想和卡米耶结下了不解之缘，真是可怕极了。在这以前，溺死者还从未搅乱过洛朗的夜晚；现在，他想到泰雷兹时，她丈夫的幽灵就跟随而来。杀人者不敢把眼睛睁开，他怕在卧室的某个角落看见他的牺牲者。有时，他似乎觉得床动得奇怪，他胡思乱想，以为卡米耶躲在床底下，是他在摇着床，想把他从床上摇下来，再咬他。他恐怖极了，毛发根根竖起，他紧紧抓住褥子，心想，床会愈摇愈厉害的。

过一会儿，他发觉床不动了，他的心为之一震。他坐起来，点燃一支蜡烛，责怪自己成了一个傻瓜。他喝了一大杯水，想使自己清醒一些。

"我真不该在这家酒店喝酒，"他想，"今晚，我自己也不知道是怎么回事，傻里傻气的。早上，我去办公时一定会疲倦的。我早该赶快上床睡觉，不该去想那一大堆事情，就是这些事使我不能入睡……睡吧。"

他又把烛光吹灭，把头埋进枕头里，脑子清醒些了，打定主意什么也不想，什么也不怕了。他疲倦了，神经松弛下来。

他并不像平时那样睡得死沉沉的，而是始终迷迷糊糊地处于半睡眠状态。他的脑子好像麻木了，沉溺在混混沌沌、糊里糊涂的状态中。他感到他的肉体在浅睡着，而他的思想还是活跃在静止的肉体里。他已经把纷至沓来的种种想法赶跑了，以防止再次失眠。不一会儿，当他迷迷糊糊睡过去时力气消失了，意志也涣散了，之后，一些想法又接二连三地慢慢地溜进来，占有了他整个晃晃悠悠的灵魂。他的梦游又开始了。他又把到泰雷兹家的路重新走了一遍：他下楼来，跑过地窖的门口，到了屋外，他走过了大街小巷——这些都是他睁着眼睛幻想时走过的路。他走进新桥长廊，登上小楼梯，轻轻地叩门，但这次开门的不是身穿短裙、袒胸露肩的少妇泰雷兹，而是卡米耶，是那个他在陈尸所里看见的，脸色铁青、面目狰狞的卡米耶。死尸向他张开双臂，猥琐地笑着，在白牙齿中间，露出一截黑黝黝的舌头。

洛朗大叫一声，突然惊醒了。他出了一身冷汗。他把被子拉到自己的眼睛上，咒骂着自己，生自己的气。他又想重新入睡。

如同上次那样，他又慢慢地睡着了。他仍然感到非常疲劳，处在半睡眠状态下，当他重新失去理智时，他又开始步行回到那一心想去的地方，他奔去见泰雷兹，而给他开门的又是那个溺死者。

这个家伙吓坏了，又坐了起来。他想不惜一切也要驱散这个执拗的梦。他祈祷睡死过去，什么也不想。如果他一直醒着，他就有足够的能耐把卡米耶的阴魂赶跑。可当他一旦控制不了自己时，他的灵魂就引导他去纵乐，同时也把他引向恐怖。

他又试图入睡。但是，他不是在淫乐中魂不附体，就是从恐怖中突然惊醒，这些始终在交替进行。他执拗，他愤怒，他总是向泰雷兹走去，但他又总是迎面碰见卡米耶的身体。不下十次，他踏上了路，拖着滚烫的身子出发，沿着同一条路线，有着相同的感受，完成了同样的动作，每次都准确无误；也不止十次，当他伸出双臂想把他的情妇拖过来拥抱时，他看见的却是溺死者欲投入他的怀抱。每次，这相同的可悲的结局把他惊醒时，他都吓得丧魂落魄，上气不接下气，但是他的欲望丝毫未减；几分钟后，等到他重新入睡时，在情欲的冲动下，他忘了那具可憎的尸体在等待着他，又跑去追求一个女人温暖而柔软的肉体了。在一个钟头里，洛朗就生活在这绵延不断的噩梦之中，生活在这周而复始、永远倏然而至的可怕的梦幻中。当他每次惊起时，他又受到更大的惊吓，精神完全被压垮了。

他最后一次受到的惊吓最厉害，也最痛苦，他干脆起身，不再抗争下去。白天来临了，一束灰色、暗淡的曙光从天窗上射进来，天窗在灰白色的天空上切割了一个方格子。

洛朗心里有气，慢吞吞地把衣服穿上。他一夜未眠，又居然像孩子似的吓成这样，心里直冒火。穿裤子时，他伸了伸懒腰，擦了擦四肢，把两只手在他熬了一夜的疲倦而憔悴的脸上摸了一下。他又重复了那几句老话：

"我不应该去想这些，我该去睡觉的，现在，我不就精神饱满、疲劳消除了吗……啊！倘若昨晚泰雷兹愿和我一起睡的话……"

当他想到泰雷兹会使他免受惊吓时，他稍许放心了。说实在的，他真害怕日后的夜晚都像他刚熬过来的一夜那样惊心动魄。

他把水往脸上泼，又梳理了一下头发，稍事盥洗后，他的头脑清醒多了，恐惧的阴影也随之消失了。他能自由地思考了，只是感到四肢相当疲乏。

"我可不是胆小鬼，"他穿戴完毕后心想，"我才不在乎卡米耶哩……还会去想这个可怜虫在我的床底下，这岂非咄咄怪事。从今以后，我岂不是每晚都要想着这事了吗？……我一定得尽早结婚，只要泰雷兹把我搂在她的怀里，我就不大会想到卡米耶。她会吻我的颈脖子的，那时，我就不会感到这针砭似的疼痛了……看看这处伤口吧。"

他走近镜子，伸长脖子瞧着。伤疤呈现出淡淡的粉红色。洛朗看清这被害者的齿痕时，心情有些激动，血冲上了脑门。他发现了一个奇异的现象。冲上来的血把伤疤染成了紫红色，变得鲜艳而猩红，在他丰腴而白皙的颈脖子上显得更红了。与此同时，洛朗又感到剧烈的疼痛，仿佛有谁把一根根细针扎到伤口里了。他赶紧把衬衣的领子翻上来。

"去他妈的！"他继续说道，"泰雷兹会治愈这一切的……只消吻几下便够了……我多蠢哪，尽想这些事！"

他戴上帽子，走下楼来。他需要呼吸新鲜空气，需要步行。当他走过地窖口时他微笑了，不过，他还是把闩门的销子试了试才放下心来。到了外面，他漫步在空荡荡的人行道上，呼吸着清晨凉爽的空气。时间将近五点钟了。

洛朗度过了极其难熬的一天。到了下午，他在办公室里困极了，他不得不和瞌睡作斗争。他的头昏昏沉沉，不由自主地耷拉下来，而当他一听到某个上司的脚步声时，他又猛地把头抬起来。这种斗争和震惊，引起他难以忍受的烦恼与不安，最终使他的四肢疲乏不堪。

傍晚，尽管他已身疲力尽，他仍想去看看泰雷兹。他看见她也像他一样焦躁不安，精疲力竭、心灰意懒。

"我们可怜的泰雷兹昨晚睡得不好，"当他坐下后，拉甘太太对他说，"她好像做了好多噩梦，一夜未睡好……有好几次，我听见她大叫。今天早上，她病倒了。"

泰雷兹在她姑妈说话之际，直愣愣地看着洛朗。他们大概猜出了他们的恐惧是相同的，因为他们的脸都在战栗着。他们面对面地直待到十点钟，说一些无足轻重的话，各自都了解对方在想什么，他俩彼此用目光相互打量着，合谋要尽早结合，共同来对付那个溺死鬼。

十八

泰雷兹也一样。她整整一夜在辗转反侧，卡米耶的幽灵一直缠绕着她。

洛朗平平淡淡地度过了一年之后，又感情冲动地向她提出幽会，这使她猝不及防，被强烈地刺激了一下。当她孤单单地躺着时，一想到婚事就在眼前，便春情大发了。然而，正当她情绪激昂、夜不成寐时，蓦地，她看见溺死鬼矗立在她的面前。她像洛朗一样，时而肉欲冲动，时而又慑于恐惧，被折磨得够呛；也像他一样，她想一旦她把她的情人搂在怀里时，她就不会害怕，也不会如此痛苦了。

这个女人和这个男人同时神经失常了，使他们对那可怕的爱情惶惶不安，惊恐万分。他俩已建立了亲缘和情欲的关系，他们因相同原因而战栗着；他们情同手足、心心相印，被相同的不安和苦恼折磨着。从那时起，他们的身心便结合在一起，甘苦与共了。这种交流和相通是一种生理和心理的现象，在那些相互受着巨大精神冲击的人身上是屡见不鲜的。

一年多来，泰雷兹和洛朗把一根锁链的两头轻轻地铆在各自的手脚上，把他俩拴在一起。他们合谋杀人造成精神极度的紧张之后，接下来便是沮丧和消沉，他们厌恶一切，但又需要安静和忘却。于是，这两个受难人自以为他们自由了，铁锁链不再把他们系在一起，放松的锁链拖在地上，他们休息了，精神麻木了，但乐在其中，他们设法另觅所爱，渴望平平安安地过日子。但是，自他俩同时度过了那难熬的一夜之后，他们又重新交换起炽热的语言，锁链又猛地绷紧了，他们受到的震动如此强烈，以致他们感觉到，此后谁也离不开谁了。

打第二天起，泰雷兹开始行动了。她暗暗地盘算着和洛朗早日完婚。这是一件困难的事情，充满了艰难险阻。这对情人担心出什么差错，生怕过分急于利用卡米耶的死会引起别人猜疑。他们心里明白，他们自己不便主动提出婚事，于是便制定了一个十分明智的计划，意在把自己不敢提出来的事，让拉甘太太本人和礼拜四聚会的客人们代言。关键在于要促使这些老实人想到泰雷兹再嫁的事情，特别是要让他们觉得，这个想法是他们自己提出来，并且是他们自发产生的。

这场戏不大好演，而且旷日持久。泰雷兹和洛朗各自担任了适当的角色，他们谨小慎微，一言一行都不疏忽，做到滴水不漏，稳步前进。可实际上，他们急不可耐，精神紧张极了，真是风声鹤唳、草木皆兵，一天也不得安宁。他们面带微笑，显得十分平静，实际上却掩饰着十足的卑怯心理。

倘若说，他们急于要与这种生活告别的话，这是因为他们不能再忍受孤独的分居生活。每夜这个溺死鬼都要找上门来，使他们睡不成觉，躺在床上就像被铁钳翻动着，不停地转来转去，被炭火炙烤全身。他们的神经始终是紧张的，一到晚上，更是烦躁不安，幻觉一个个在他们眼前闪过，使他们备受折磨。暮色降临时，泰雷兹不敢再上楼去她的卧房。在这间空荡荡的卧房里，蜡烛放出奇异的光，烛光熄灭后，便鬼影幢幢，显得阴森森的。她必须把自己关在里面直到天明，心里充满了恐怖与不安。最后，她只好让蜡烛一直亮着而不敢再睡，这样她能一直把眼睛睁得大大的，但是，当她太疲倦了，眼皮耷拉下来时，她就看见卡米耶站在暗处，她猛地又把眼睛张开了。清晨，她拖着两条腿走路，浑身无力。仅在白天她才能打几个钟头的瞌睡。洛朗呢，自从那晚经过地窖门受了惊吓之后，他就变成了一个无可救药的懦夫了。以往，他生来性野，对生活充满了自信，如今，哪怕有一点点声音都能使他魂飞魄散，脸色变白，像个孩子似的。他的四肢因受了惊吓，从此便染上了颤抖的病。夜里，他比泰雷兹更难受，恐惧给他这疲软、高大、怯懦的身躯带来了深深的创伤。只要天黑了，他心里就怕得不得了。有好几次，他都不愿回到住所去，整夜在冷清清的街上溜达。有一次，大雨倾盆，他居然躲在桥下一直熬到清晨。他蹲在那儿冻僵了，竟没有勇气站起来爬上堤岸，在灰的夜色中，他看着肮脏的河水流淌，将近有六个小时。有时，恐惧袭上心头，他吓得瘫软在潮湿的地上：他仿佛看见桥洞里有一长串溺死鬼顺流而下。他终于太疲倦了，回到住所，把房门上了两道锁，在极端可怕的精神状态下一直挣扎到天明。有个噩梦始终缠着他，他觉得自己从泰雷兹热烈而激动的怀抱里落到了卡米耶冷冰冰、黏糊糊的双臂里。他梦想着他的情妇紧紧地把他搂在她温暖的怀里使他透不过气来，他马上又梦见那个溺死鬼冰凉凉地抱着他，把他紧压在他那腐烂的胸腔上。这些感觉突如其来，交织着欲望和厌恶。他忽而触到恋人炽热的肉体，忽儿又碰到在淤泥中腐烂了的冰冷的肉体。他喘着气，战栗不止，烦躁得嘴里咕咕哝哝的。

不仅如此，这对情人的恐怖也在与日俱增，而噩梦又压迫着他们，使他们癫狂也日甚一日。他们已穷途末路，只是幻想依靠亲吻来征服失眠。出于谨慎，他俩不敢约会，他们等待着大喜佳期，把这一天看成解放之日，而后便是幸福的夜晚了。

因此，他们全部的心愿便是早日结合，他们渴望能安安稳稳地睡上一觉。他们谋杀的动机是出于自私和爱情。在他们相互冷淡的那段日子里，他们迟疑着，双方都把那个动机忘掉了，仿佛它已不复存在似的。现在，他们的心中又燃起了激情，爱情和自私是他们杀害卡米耶的初因，按他们的想法，合法的婚姻能确保他们享受到真正的欢乐。再说，他们公开结合的决心，多少还是在绝望的心情下做出的，他们的内心还真有点害怕，他们的情欲也受了干扰。他俩彼此倾下身子，从某种意义上，就像他们怀着恐惧心理，在悬崖边探头向下张望似的。他俩默默地弯着腰，勾搭在一起，然而，他们又被情欲冲得头晕脑涨，四肢乏力，在狂热的冲动下几乎想跳下深渊。但是，面对现实，既然他们在焦急地等待着，渴望放纵情欲，但是又有点儿怯怯生生，所以，他们便渴望自己欺骗自己，幻想将来能享受爱情的幸福和恬静的欢愉。他们愈在对方面前怕得发抖，就愈对行将坠落其中的深渊感到恐惧，因而也就愈想为自己鼓气，把未来想得十分美好，并且摆出了确凿的事实，说明结婚是他俩命中注定的唯一的生路。

泰雷兹一心想结婚，因为她害怕，也本能地要求洛朗对她强烈的抚爱。她简直有点神经质了，完全不能控制自己。说实在的，她并没有认真想到她只是堕落在情欲里不可自拔罢了。她刚读过的小说又使她心荡神迷，好几个礼拜以来，她没有安稳地睡过一觉，身体也感到异常不适。

从气质上说，洛朗要冷静些，他虽然受恐惧和情欲的支配，但还是能对自己的决定深思熟虑一番的。他为了证明他婚后的日子是尽善尽美的，为了消除那难以摆脱的说不清的恐惧心理，他又打起往日的种种如意算盘了。他的父亲，就是尤福斯的那个老农还不死掉，真不知何年何月才能得到那份遗产，他甚至担心遗产会旁落他人，落进他的一个堂弟的腰包，这个高大的小伙子会种地，老洛朗对他很赏识。那么他呢，他将永远是一个穷光蛋，讨不起老婆，在阁楼里苟且偷生，睡不好，吃得更差。此外，他本打算一辈子吃闲饭的，他对上班开始抱有一种说不出来的厌恶感，上司给他的工作真不算多，但他这个懒人已经不堪忍受了。他反复思考的总是这个结果：什么事也不干就是天下最大的幸福。想到这儿，他记起来了，他淹死卡米耶原就为娶泰雷兹为妻，继而尽享清福的。当然啦，独自占有他的情妇的愿望在他的犯罪动机里占了不小的比例，不过，他杀人的主要原因恐怕还是希望像卡米耶那样得到照料，时刻都能尝到真正的幸福。倘若说，仅仅因爱情才促使他如此去干，那他决不会表现得如此胆怯和谨慎了。事实上，他杀人也是出于无奈，他千方百计地想过上恬静而闲适的生活，并能使他的种种欲望长期得到满足。所有这些想法自觉也罢，不自觉也罢，都一齐向他奔来，他为了给自己鼓气，老是翻来覆去想着，他早料到卡米耶的死会给他带来好处的，现在该坐享其成了。于是，他重新一一数着有哪些好处，将来的日子是如何惬意。他想自己会辞职不干，过着游手好闲的生活，他在吃够喝足之后，还能呼呼大睡，他身边始终有一个热情的女人相伴，使他的精神和生理协调和谐；要不了多久，他再把拉甘太太四万几千法郎的家产继承下来，因为可怜的老太太眼看着每况愈下。总之，他会过上幸福而实惠的日子，把一切都忘掉。自从泰雷兹和他决定结婚之后，他无时无刻不在盘算着这些事情，他还挖空心思寻觅其他好处，而一旦他从娶溺死者寡妇为妻的极端自私的动机里，又找到一个新的依据时，他便喜不自胜了。然而，他强迫自己去憧憬未来也好，梦想过上一种懒散、怡然的生活也好，对他作用都不大，他仍时刻感到心里在阵阵地战栗，一种焦虑烦躁的情绪时时向他袭来，使他转喜为悲。

十九

不管怎样，泰雷兹和洛朗的一片苦心总算没有白费。泰雷兹装成愁肠百结、伤心失望的样子，拉甘太太是看在眼里的，几天后，她开始局促不安了。年迈的老板娘想知道她的侄女如此伤心的原因。这时，少妇就以她的机智和灵巧扮演了一个遗恨终生的寡妇角色。她说她无聊、虚弱、精神痛苦，总之，是含糊其辞的，从不明确指出来。当她的姑妈盘问得过急时，她就回答说，她身体蛮好，她自己也不知道为什么心情这样坏，并且无缘无故就会哭。过后，她仍闷闷不乐的，即使有时她惨然一笑，也是十分勉强；她沉默时，神情也是空虚、绝望的。拉甘太太眼看这个少妇垮下来了，她仿佛也被感染，一天不如一天了，这使她认真思索起来。世上她只有这么一个亲人了，每晚，她都要祈祷上帝把这个女孩子留下来为她送终。她晚年就只有这么一点儿留恋了，其中多少还掺杂了一些自私的成分。当她想到泰雷兹还可能先于她死，而她将只能孤零零地死在长廊潮湿的店铺里时，那原来支撑着她活下去的那一点安慰也受到了冲击。自此以后，她就时刻注意她的侄女，不无惊恐地分析少妇悲伤的由头，她内心捉摸着自己能做些什么才能免除她内心的隐痛。

情况是十分严峻，她觉得应该征求她的老友——米肖的意见了。在一个礼拜四的晚上，她把米肖留在店铺里，把她的忧虑告诉他。

"啊哈，"这老头原先工作时的脾气又上来了，他直截了当地回答她说，"我发现泰雷兹赌气已经好久啦，我很清楚，她为什么脸色发黄，老是愁眉苦脸的。"

"您知道为什么吗？"老板娘问道，"快说吧，看看我们能否把她医治好！"

"哦！治疗方法很简单，"米肖笑着接口道，"您的侄女儿精神空虚，因为她太孤单了嘛。晚上，一个人关在卧房里，转眼就快到两年啦。她需要一个丈夫，从她的眼神里就看出来了。"

退休警长这一番干干脆脆的话刺痛了拉甘太太的心。她想，在圣·乌昂发生了巨大的不幸之后，年轻寡妇痛不欲生，现在她一定记忆犹新、悲伤不已的。她的儿子死了，她觉得她的侄女不该再有丈夫。可是，米肖突如其来地大笑一阵，居然肯定泰雷兹是因为想有个丈夫才得病的。

"倘若您不愿意看见她憔悴而死的话，"他临走时说道，"还是尽快把她嫁出去吧。这就是我的看法，亲爱的太太，请相信我，我说的没错。"

拉甘太太一时还想不通为何她的儿子这么快就被人遗忘了。老米肖没有道出卡米耶的名字，他在谈到泰雷兹的所谓病时像在开玩笑似的。可怜的母亲这下才明白过来，只有她一个人仍然对她的儿子深深怀念着。她哭了，她仿佛觉得卡米耶又死了一次。待她哭够了、怨够了，她又不知不觉地想起了老米肖的话；她的侄女二嫁，在她清晰的记忆里，等于她的儿子第二次死去。但以这门婚事来换取一点儿幸福的想法，却在她的脑子里打转。铺子里冷冰冰、静悄悄的。待她单独和泰雷兹在一起，看见她心事重重、愁眉不展的样子时，她的心软下来了。她可不是那种干巴巴、没有感情的人，那些人生活在无望之中还要以苦为乐。她的心肠很软，忠诚可信，感情丰富。总之，一个好心、慈祥、富态的老太太的素质她都具备，这就决定她喜欢过有感情的生活。自从她的侄女不多说话、脸色苍白、无精打采地呆坐在那里之后，对她来说，生活变得不能容忍了，在她看来，铺子就像是一个坟墓。她本来期望在她周围，在生活中，应该充满温暖和友爱、关心和照顾，总之，能和和美美地过日子，这样，她才有信心安度晚年。这些愿望都是下意识的，但促使她接受了把泰雷兹重新嫁出去的想法，她甚至多少把她儿子忘掉一些了。她那死水一潭的生活好像有了新的起色，思想有了新的内容，精神有了新的寄托。她要为她的侄女重找一个丈夫的想法就占据了她的头脑。选择一个丈夫可非同小可，可怜的老妇人考虑她自己总要比考虑泰雷兹多一些，她把泰雷兹嫁出去要以她本人得到幸福为前提，因为她极其担心少妇未来的丈夫会扰乱她晚年余下的岁月。当她想到，她将要把一个外人引进她的日常生活里来时，感到非常惶恐，这个唯一的想法把她吓住了，使她不便与泰雷兹开诚布公地谈她的婚事。

虚伪是泰雷兹的拿手好戏，她童年就受过这种训练，她演了一出烦恼和沉闷的戏剧。洛朗则扮演了一个富有同情心的热心助人的角色。他对这两个女人小心侍奉，尤其对拉甘太太更是做到了无微不至。渐渐地，他成了这个店铺不可缺少的人，只有他能使这个黑漆漆的洞穴增添一点欢乐。晚上，当他不在时，妇女服饰店老板娘就要左顾右盼一阵子，惶惶然好像丢失了什么似的；她想到要和愁肠百结的泰雷兹待在一起时，就感到很不自在。其实，洛朗难得有一个晚上不来也是故意的，为了扩大他的影响，他每天下班后都到铺子里去，一直待到长廊关上大门为止。他外出进货，拉甘太太行走困难，他就替她买一些她所需的小玩意儿。过后，他坐下来，谈天说地，像演员似的用一种温和、悦耳的嗓音让好心的太太听了舒服，心情愉快。他作为一个朋友，作为一个关心他人疾苦的好心人，似乎对泰雷兹的健康格外地关注。有好几次，他把拉甘太太拉到一边，显得非常惊慌，告诉她，他看见少妇的脸色不好，太憔悴了，以此来恫吓她。

"她不久就要离开我们了，"他哽咽着，喃喃地说，"我们不能自己骗自己，她确实是生病了。啊！我们那一点儿幸福，我们那美好而安宁的夜晚哟！"

拉甘太太焦虑地听着他说。洛朗甚至大胆到直接提到卡米耶的名字。

"您想想看，"他又对拉甘太太说道，"我们那可怜的朋友的死对她是极大的打击。两年来，从她失去卡米耶的那不幸的一天起，她一天不如一天。什么也安慰不了她，什么也医治不了她。我们应该听天由命哪。"

老妇人听了这一番无耻的谎言，老泪纵横。她想起她的儿子便神志恍惚，茫然失措了。每当有人说出卡米耶的名字，她就泣不成声。她控制不住自己了，谁提起她那可怜的孩子，她甚至能拥抱他。洛朗早就发现只要她听人提起这个名字时，就会聚精会神、坐立不安的，效果相当显著。他可以随时叫她落泪，挑动她的感情，使她认不清事物的真相，让她心碎。因此，他就滥用他的能力，把她服服帖帖地捏在自己手里。每天晚上，虽然他说起卡米耶心里极其反感和厌恶，他仍然老是谈起他不可多得的品质。说他心好，人又聪明，他恬不知耻地吹捧他的被害者。有时，他看见泰雷兹目光怪异地注视着他，他就会打一个哆嗦，最终自己也相信，他对溺死者的评价是正确的。这时，他就不再往下说了，他顿生妒心，担心寡妇心里爱的仍是被他淹死的那个人，是那个他现在正在迷迷糊糊、或真或假吹捧的那个人。他侃侃而谈，拉甘太太从头至尾都是泪汪汪地听着，她看不清周围的一切。她边哭边想：洛朗真是个惹人喜欢、仁慈宽厚的人，只有他一个人还想着她的儿子，只有他一个人说到她的儿子时口气里还带着伤感，声音抖抖的。她把眼泪擦干了，以无限的温情看着年轻人，就像对自己的孩子那样爱着他。

某一个礼拜四的晚上，当米肖和格里韦已经在餐室坐定之后，洛朗才进来。他挨近泰雷兹身边，温和而急促地问候她的健康状况。他在她的身旁坐了一会儿，当着在场所有的人的面，扮演了一个情意缠绵、忧虑重重的朋友的角色。这对年轻人紧挨在一块儿，在说着悄悄话，米肖看着他俩，倾下身子，手指着洛朗，低声对老太太说：

"看哪，您的侄女的合适丈夫就是他。赶快安排这门婚事吧。必要时，我们会帮您一把的。"

米肖带着调皮的神色微笑着，他认为泰雷兹大概需要一个身强力壮的丈夫。拉甘太太像得到了什么启示似的吃了一惊，陡然，她从泰雷兹和洛朗的结合中看到了所有对她个人的好处。这门婚事只能把他们团结得比现在更紧密，也就是说，把她、她的侄女和她儿子的朋友，那个每天晚上来使她俩宽心的好心人团结得更紧密。这样一来，她就不会把一个外人引进家中，她也不会冒风险，怕给自己带来什么不幸了。相反，泰雷兹有了依靠，就等于给自己的晚年生活增添一份乐趣。三年来，这个小伙子对她像儿子般地孝敬，她等于又得了一个儿子；再则，她仿佛也觉得，泰雷兹嫁给洛朗之后，想到卡米耶时就会更亲切些。信念是微妙而又不可捉摸的。拉甘太太看见一个陌生人搂住这位年轻的寡妇原本会哭的，但当她想到她将投身于她儿子的老同事的怀抱时，却一点反感也没有。正如大家所说的，她想，这样一个家仍会和睦的。

整个晚上，客人在玩着骨牌，拉甘太太温情脉脉地看着这对年轻人。小伙子和少妇都猜出他们的戏是演得成功的，快要收场了。米肖在道别前，低声和拉甘太太交谈了几句，接着，他装模作样地挽着洛朗的胳膊，郑重其事地说，他要陪他走段路。洛朗离开时，迅速向泰雷兹递送了一个眼色，这眼色充满了谆谆的叮嘱，含义深远。

米肖自告奋勇先去摸底。他觉得年轻人对这两个女人一片诚意，但当洛朗听说自己要与泰雷兹结为夫妇时，脸上露出惊讶的神色。洛朗以激动的口吻回答说，他把他那可怜的朋友的遗孀当成妹妹看，如果娶了她，岂不是亵渎故人了吗？退休警官一劝再劝，他摆出种种理由使他同意，他甚至说到了友情弥足珍贵之类的话，最后他直截了当地对年轻人说，做拉甘太太的儿子和泰雷兹的丈夫是他义不容辞的责任。洛朗慢慢地被说服了，他假装受了感动，同意结婚，仿佛他从未有过这个想法似的，就如老米肖说的那样，他是出于友情和责任才勉为其难。当老米肖得到一个肯定的答复之后，他搓着手离开了他的同伴。他想刚才自己取得了一个辉煌的胜利，也庆幸自己首先萌生了结婚的想法，这样，周四晚上的聚会就会恢复以往那样欢乐的气氛了。

正当米肖和洛朗在堤岸上踱着步交谈时，拉甘太太也在与泰雷兹谈心，内容几乎相仿。正当她的侄女像往常一样脸色苍白、有气无力地走出屋子时，老太太把她挽留住了。她哀求她直爽些，把积压在心头的苦恼都向她倒出来。过了一会儿，老太太看见她说话仍然隐隐约约的，便说到守寡之苦，慢慢把话题引到了改嫁的事上；最后，她明白无误地问泰雷兹，她心里是否还想重嫁，只是嘴上不好意思说出来。泰雷兹惊呼一声，说她从未有这念头，她对卡米耶仍是一往情深的。拉甘太太哭了。她违心地辩解着，让她懂得人不能总是在绝望中生活。少妇长叹了一声，说她要恪尽妇道，于是，老太太猛地点出了洛朗这个名字。接着，她就历数了这门婚事如何合适，有哪些好处。她把要说的话一股脑儿地倒出来，翻来覆去地大声说出了她想了一个晚上的话，她绘声绘色地诉说着，天真中还带着几分自私，她说，她在她的两个亲爱的孩子中间能安享晚年了。泰雷兹低着头，显得十分谦卑和恭顺，静静地听着，仿佛她是百依百顺似的。

"我把洛朗当成自己的哥哥一样爱戴，"她等她的姑妈说完后，痛苦地说道，"既然您要我这样做，我就试着把他当做丈夫对待吧。我希望让您幸福……我本希望您会让我偷偷地饮泣吞声的，不过，既然关系到您的幸福，我就改变我的初衷吧。"

她抱吻了拉甘太太。老太太大惊失色，感到非常意外，第一个忘记她儿子的怎么居然是她? 拉甘太太上床时，又难过得痛哭了一场，她怨怪自己不如泰雷兹坚强，自己出于私心才想到让他俩结婚；而年轻的寡妇也是为了她才同意这门婚事。

次日早晨，米肖和他的老女友在店铺门口的长廊上简单地交谈了几句。他们交换了一下各自谈话的结果，说定让这对年轻人当晚就定亲，把事情办得干脆利索些。

下午五点钟光景，当洛朗走进店铺时，米肖已在那儿候着了。年轻人刚坐下，退休警长凑着他的耳朵便说:

"她同意了。"

这句不着边际的话泰雷兹是听到的，她脸色苍白，眼睛厚颜无耻地盯着洛朗。这对情人互相注视了几秒钟，仿佛是想求得某种默契似的。他俩很快就明白了，应该毫不犹豫地接受这个建议，并且说做就做，了却一件心事。洛朗站起来，走上前去拉起拉甘太太的手，拉甘太太强忍住没让眼泪流出来。

"亲爱的妈妈，"他微笑着对她说，"昨晚，我与米肖先生谈到了您的幸福。您的两个孩子都祈愿您晚年过得愉快。"

可怜的拉甘太太听见有人称她为"亲爱的妈妈"，便又垂下泪来。她迅速抓起泰雷兹的手，把它放在洛朗的掌心里，一句话也没能说出来。

这对情人各自接触到对方的肌肤，不免战栗了一下。他们的手滚烫，神经质地紧握在一起了。年轻人吞吞吐吐地接着说：

"泰雷兹，您愿意让您的姑妈过一个愉快而安宁的生活吗？"

"嗯，"少妇轻声答道，"这是我们应尽的义务。"

这时，洛朗转身面向拉甘太太，脸色发白地补充道：

"当卡米耶落水时，他冲着我喊道：'救救我的妻子，我把她托付给你了。'我想，我娶了泰雷兹就等于实现了他的遗愿了。"

泰雷兹听到这几句话，松开了洛朗的手。她像在胸口上挨了一击。她的情人的卑鄙无耻使她无地自容。她木然地望着他，而拉甘太太却在一旁哭得喘不过气来，结结巴巴地说：

"是啊，是啊，我的朋友，娶她为妻吧，让她幸福些，我的儿子在九泉之下也会对你感激不尽的。"

洛朗感到支持不住了，他靠在椅子背上。米肖也感动得热泪纵横，一面把他推向泰雷兹，一面说道：

"你们拥抱吧，这就算是你们订婚了。"当年轻人把他的嘴唇印在寡妇的双颊上时，感到异常的不舒服，而少妇被她的情人吻了两下，也像是被烫着样地猛然一退缩。这是这个男人当着众人的面对她做的第一次亲热的表示。她身上的血都往脸上涌，感到脸红心跳，而她以往却从不知何为贞操，在不知羞耻地偷情时，她可从来没红过脸哪。

紧张了一阵后，两个杀人犯松了口气。婚期已定下来了。这是他俩多年表演的结果。当晚，一切都安排停当。下一个礼拜四，结婚的事也通知到格里韦、奥利维埃夫妇。米肖在发布这个消息时喜形于色，他搓着双手，不断地说：

"是我出的主意，是我让他俩结婚的……你们将会看到，这对夫妇是多么美满。"

苏姗娜悄悄地走上前来抱吻泰雷兹。这个可怜的人儿面无血色，半死不活的，她对忧郁而生硬的年轻寡妇充满了友情。她像一个孩子那样爱着泰雷兹，对她既尊敬又有点惧怕。奥利维埃对姑妈和侄女恭维了一番，格里韦壮着胆子说了几句下流的玩笑话，效果倒也不错。总而言之，这伙人显得十分兴奋、得意，他们宣称，一切都会好起来，说真的，他们都以为自己已经参加婚礼了哩。

泰雷兹和洛朗的言行举止始终是既有分寸又很乖巧。他们只是微微地互表温柔、亲切的情谊。他们的神情就像在尽一件崇高的义务似的。他们的外表毫无破绽，决不会让人猜出他们心中翻搅着的惧怕和情欲。拉甘太太怀着善良而感激的心情瞧着他俩，浅浅地笑着。

还有几件例行的事要办。洛朗必须写信征求他双亲的同意。尤福斯的老农几乎忘了在巴黎还有这么一个儿子，他写了一封回信，三言两语告诉他，只要他愿意，他可以结婚，也可以被人吊死，他并且让洛朗懂得，他是决不会再给他一分钱的，他可以自行其是，做任何荒唐的事，做父亲的决不过问。洛朗收到这么一封信感到异常不安。

拉甘太太读完了这么一个非同寻常的父亲写来的信，善心大发，竟做出了一件蠢事来。她倾其所有，给了她侄女一笔四万几千法郎的钱作为陪嫁，她为了这对新婚夫妇而献出自己的一切，把自己押在他们的善心上，把自己的幸福全都寄托给他们了。洛朗没给小家庭带来分文，他只让她们心里明白，他决不会永远处在这种境遇，兴许，他还要重操画笔；再说，小家庭的未来生活是有保障的，四万几千法郎的年息加上小店买卖的赢利，足以使三口人生活得舒舒服服。要幸福，他们可说是万事俱备了。

结婚的准备工作也在加紧进行。繁文缛节能免则免。仿佛每一个人都急于把洛朗推进泰雷兹的闺房里。向往已久的那天终于到来了。

二十

这天早上，洛朗和泰雷兹在各自的卧室里醒来，他们都非常高兴，想到一块儿去了。他俩心里都在想，他们度过了恐怖的最后一夜。从此以后，他们不再独守空房，他们将一起对付这个溺死鬼。

泰雷兹环视了一周，用目光打量了她那张大床，会心地笑了。她起床，不慌不忙地穿上衣服，静等着苏姗娜来把她打扮成新娘。

洛朗坐在床上。他呆了几分钟，向他深深厌恶的寒窑告别。他终于离开这个狗窝，并且有了一个女人。时值岁末，他打了个寒噤，跳到石砖地上，心想今晚就暖和了。

拉甘太太知道他手头拮据，在一个礼拜前就塞给他一个钱包，内有五百法郎，这是她的全部私蓄。年轻人毅然决然地收下来了，买了一身新衣服穿上。他拿了老板娘的这笔钱还能给泰雷兹买上几件普通的礼品。

黑色长裤、上装、白色背心，以及细纹布的内衣和领带，分放在两张椅子上。洛朗用肥皂洗了脸，又用科洛涅香水①在身上喷了一道，接下来便仔细地穿戴起来。他要变得漂亮些。当他把一只又高又硬的假领子扣到颈脖上时，他感到颈子是剧烈的疼痛，假领的纽扣从手指间滑脱，他不耐烦了，似乎觉得上浆的布在割他的肌肤。他想瞧瞧，抬起了下巴颏：这时，他看见那卡米耶噬咬处是鲜红鲜红的，原来是假领子微微擦破了一点伤疤。洛朗抿紧了嘴唇，脸色刷地变白了。此时此刻，让他看见颈脖上的这处斑痕，既使他害怕又使他扫兴。他把假领弄皱了，又选了一个新的，极其小心地把它扣上了，一会儿就穿戴完毕。下楼时，他那套崭新的衣服使他觉得处处别扭，他不敢把头转过去，颈脖套在上浆的布领里难以动弹。他每动一次，布领子的一个裥褶就会触动溺死者的牙齿噬咬过的那块伤疤。他忍着针扎般的剧痛登上马车去接泰雷兹，然后把她带往区政府和教堂。

他顺路带上了奥尔良铁路办事处的一个职员和老米肖，他俩将做他的证婚人。当他们到店铺时，所有的人都到齐了：有格里韦和奥利维埃，他们是泰雷兹的证婚人，有苏珊娜，她看新娘的神情就像小姑娘看着刚穿上衣服的玩具娃娃那样。拉甘太太虽说行走不便，也想处处陪伴着她的两个孩子。众人把她扶上车后大家出发了。

在区政府和教堂，一切都进行得合乎礼仪。新郎新娘表现得沉着而谦恭，非常引人注目，而且备受赞扬。他俩说出神圣的"愿意"时，感情激动，连格里韦本人看了心都软了。他们就像在做梦似的。在他俩安详地并肩坐着或跪着时，一些极端的想法不由自主地在他们的脑际闪过，令他们心碎。

① 科洛涅，西德城市，是制造香水的有名的城市。

他俩避免正面相视。待他俩重新登上马车后，他们仿佛觉得，彼此比以往任何时候都陌生。

早就决定了，婚宴只邀请少数几个亲朋好友，地点在贝勒维勒高地的一家小餐馆里。米肖一家和格里韦一家是唯一被邀请的客人。一过六点，婚礼队伍便乘着马车顺着一条条大街小巷，迤逦而来。接着，他们便走进小饭店，在一个漆成黄颜色的单间里，七套餐具已经摆上餐桌，房间里飘逸着尘土和葡萄酒的气味。

晚宴的气氛还算愉快。新婚夫妇始终一本正经，好像若有所思似的。从早晨起，他们就有一种异样的感觉，他们也无意去分析原因。从开始起，他们就被接二连三的结婚手续和仪式闹得头昏眼花。后来，他们没完没了地穿街过巷，仿佛置身在摇篮里，简直要昏昏入睡了。他们好像觉得，这次游行进行了整整几个月似的；再则，他们心不在焉地让马在单调的街道上拖着，无精打采地看着商店和行人，神情麻木，痴痴呆呆的，有时，他们故意谈笑几句，想借此打破死一般的寂静。等他们走进饭店之后，他们累坏了，仿佛感到肩上扛有千斤重担，身心越来越麻木了。

他俩面对面在餐桌两旁坐下后，时而会不自然地笑笑，但每笑一次便又立即沉下脸来，重新陷入沉重的幻想中。他们进餐和回答问题，像机器似的在摆动四肢。他们的精神疲乏而懒散，同一组不可捉摸的思想在他们的脑际不断闪过。他们结婚了，但他们对新生活毫无思想准备，这使他们非常惊异。在他们的想象中，他们之间仍隔着一条鸿沟。他们以为相互还维持着杀人前的关系，那时，他们之间矗立了一道实际的障碍。现在突然间，他们想起来了，就在晚上，再过几小时，他们就要共卧一床了，于是，他们面面相觑，惊诧不已，不理解为什么他们居然这样。他们并未感到他们已经结合，相反，在妄想中，他们还以为他们被人们强行拆散和抛得远远的。

客人们围着他们起哄，希望听见他们用"你"字相称，打消一切拘束。但是他俩始终是支支吾吾的，红着脸，任凭怎么说也不好意思当着众人的面以情人相待。

在等待中，他们的欲望衰退了，过去的一切消逝了。他们失去了对情欲强烈的渴望，他们甚至忘掉了早晨的快乐——这种无限的快乐是当他们想到以后他们不用再害怕时所感到的。现在，他们只对过去发生的一切感到厌倦和费解：白天发生的事在他们的脑海里感到那么不可思议和异常可怕。他们待在那儿闷声不响，面露微笑，既不等待也不期望。他们心灰意懒，中间还多多少少夹杂着痛苦和不安。

洛朗每次转动头颈都感到剧痛，像有人在撕咬他的肉一样，他的假领切割和扎疼了卡米耶噬咬的伤痕。在区长向他诵读婚姻法条文、教士向他说到上帝时，在这漫长的一天中的每一分钟，他都感到溺死鬼的牙齿咬进了他的皮肉中。有时，他甚至臆想到有道血淌到了胸口上，把他的白背心染红了。

拉甘太太打心眼里感激这对夫妇稳重的举止神态，倘若他俩吵吵闹闹或兴高采烈的话，就会挫伤这个可怜母亲的心，在她看来，她儿子的幻影也在那儿，是他把泰雷兹送进洛朗的怀抱里。格里韦不这么想，他觉得婚礼太冷清了，他千方百计想活跃气氛，但无济于事，每次他想站起来说几句俏皮话，米肖和奥利维埃都要向他使眼色，示意他安安稳稳地坐在自己的椅子上别动。不过，机会终于来了。他站起来，举起酒杯，用轻浮的口吻说道：

"为新郎和新娘的孩子们干杯。"

不能不碰杯了，泰雷兹和洛朗听到格里韦这句话，脸色陡地变白了。他们从未想到他们还会有孩子。他们一想到此，心里打了一个寒战。他们机械地碰了碰杯，彼此注视了一下，他俩居然在这种场合面对面地呆着，这使他们感到很突然，也有些惊慌失措。

大家早早离开了餐桌。客人们想把新婚夫妇送入洞房，当婚礼队伍回到长廊的铺子时，时间还不到九点半。假首饰店的老板娘还坐在柜台后面，面对着铺有天鹅绒的首饰盒子。她好奇地抬起头来看看新婚夫妇，嘴角露出微笑。这对年轻人发现了她的眼光，吓坏了。也许这位老太太曾经看见过洛朗溜进小院子，对他们的幽会早已觉察了吧。

泰雷兹在拉甘太太和苏姗娜的陪伴下，几乎立即退了出去。男人们继续留在餐室里，新娘在换夜装。洛朗软绵绵地，一点儿精神也提不起来，他根本不急于离席。这时，女人都不在，老米肖和格里韦津津有味地开着粗俗的玩笑，他就舒舒服服听着。等苏姗娜和拉甘太太从洞房里出来后，拉甘太太激动地对年轻人说他的妻子正等着他，这时他才恍然大悟。他惊慌失措地愣了一下后，就慌乱地握着一一递过来的手，然后，像醉汉似的扶着房门，走进泰雷兹的闺房。

二十一

洛朗小心翼翼地关上门，他在门后靠了一会儿，用不安、尴尬的神色向这间内室扫视了一圈。

壁炉里烧着一堆红火，弥漫开来的黄光在天花板和墙壁上跳动，整个屋子就被这强烈的晃动着的光照耀着。一盏油灯放在桌子上，在炉火映衬下，灯火如豆。拉甘夫人早就想把洞房布置得雅致些，现在整间屋子亮堂堂、香喷喷的，仿佛是为了向这对年轻而幸福的情人奉献上一个温暖的窝。她别具匠心地在床上多饰了几条花边，并在壁炉上沿的花瓶里插上了几大把玫瑰花。洞房内温暖如春，清香缭绕。空气是沉静和安宁的，融和着逸乐的气氛。在恬静而又带点紧张的气氛中,炉火发出轻微的爆裂声。这个房间真可比喻为沙漠绿洲、世外桃源，一个温暖而飘逸着馨香的乐园，一个情人们谈情说爱、享受淫乐的理想圣地。

泰雷兹坐在壁炉右边的一张矮椅子上。她的一只手支着下巴颏，注视着跳动的火苗。洛朗走进来时，她连头也没回。她穿着一条衬裙，披了一件镶花边的上衣，在炽热的炉火下，她全身闪现出强烈的白色。她斜披着的上衣溜下来，露出了肩膀的一端，呈粉红色，半掩在一绺黑色的头发中。

洛朗无声无息地向前走了几步。他脱下礼服和背心。当他只剩下一件衬衣时，他又望了望泰雷兹，她仍然纹丝不动。他好像犹疑了一下。后来，他瞥见了她肩膀上赤裸的地方，便颤巍巍弯下腰，想把嘴唇贴在这块肉上。少妇猛地转过身子，挪开了她的肩膀。她向洛朗扫了一眼，目光充满了厌恶和恐惧，洛朗看了不禁后退了半步，手足无措，感到很不舒服，仿佛他本人也染上了恐惧和厌恶的情绪。

这对情人把自己关在房间里，没有外人，可以尽情相爱的情景，大约已是两年前的事了。那天，泰雷兹来到圣·维克多街，给洛朗出了个共同谋杀的主意。自此以后,他俩就没有幽会过。他们过于谨慎，失去了肉欲。他们只是难得紧紧地握一次手，偷一个吻。杀害了卡米耶后，当他们再次欲火中烧时，他们克制了自己，等待新婚之夜的到来，一旦他们成为合法夫妻了，他们祈愿要玩个痛快。新婚之夜终于到了，他们却相对无言，烦躁不安，突然感到异常不适。他们原本只需张开胳膊便能紧紧地热烈地拥抱在一起，但是，他俩的胳膊似乎变得软绵绵了，仿佛尝够爱情的滋味后，人变得疲乏无力了。他们白天过于劳累，精神渐渐不支。他们相对而视，毫无动情之意，只是默默无言地呆着，表情冷漠，感到十分难受、尴尬，甚至还带有一丝恐惧。他俩狂热的梦想竟导致了这样一个奇异的结局：他们杀死卡米耶后，终于永结秦晋之好；但现在洛朗的嘴唇只要擦着泰雷兹的肩膀，他们甚至会产生恶心和恐惧。

他们开始绝望地寻找往昔燃烧着的激情。他们仿佛觉得自己的躯体是个空壳，既没肌肉也没神经。他们愈来愈感到困惑和不安，他们默不作声，神情忧郁地面对面地呆着，感到异常耻辱。他们真想具有神来之力把对方紧紧抱住，压得粉身碎骨，以免把自己当成傻瓜。啊呀，究竟怎么啦！他俩先是私通，继而谋杀，演出了一场惨不忍睹的闹剧，其目的就是为了以后能让他俩恬不知耻地不分昼夜地尽情享乐。可现在，他俩各占了壁炉的一端，僵死在那里，心力交瘁，脑子里乱哄哄的，再也提不起精神来了。如此的结局在他们看来也未免太可笑、太冷酷了。这时，洛朗就试图絮叨一些软绵绵的情话，想勾起对往昔的回忆，唤起她的想象，期望能再度激起她的温情。

"泰雷兹，"他向少妇俯下身子说，"你记得傍晚前我们在这间卧室里度过的那些时光吗？我从小门进来……今天，我是从正门进来的……我们自由了，我们可以自由自在地相爱了。"

他说话时吞吞吐吐，有气无力的。少妇坐在矮矮的椅子上，始终看着炉火，在想着心思，好像没有听他说的话。洛朗接着说：

"你还记得吗？我曾经有个梦想，我想与你整整度过一夜，睡在你的怀里，第二天在你的热吻下醒来。这个梦想就要实现啦。"

泰雷兹动了一下，她听见耳边有人在叽里咕噜说什么，仿佛吃了一惊，她把脸转向洛朗，这时炉火映红了洛朗的脸，她看着这张血染过一般的脸，打了一个寒战。

年轻男子更惶恐、更不安了，他接着说：

"我们成功了，泰雷兹，我们消除了一切障碍，我们永不分离……未来属于我们，对吗？我们以后可以安安稳稳地过好日子，尽情相爱……卡米耶不在了……"

洛朗突然停住了，喉头干涩，紧张得透不过气来，再也说不下去了。泰雷兹听到卡米耶这个名字，心中受到沉重的一击。这两个谋杀犯面面相觑，惊呆了，脸色煞白，颤抖不已。壁炉里黄色的火焰始终在天花板和四壁上跳跃，玫瑰花清香四溢，木薪在阒寂中发出轻微的爆裂声。

回忆的闸门打开了。冤鬼卡米耶在新婚夫妇中间坐下，面朝着正在燃烧着的炉火。泰雷兹和洛朗身处温暖的空气中，却又嗅到溺死者冷湿的气味。他们心想，一具尸体就在这儿，靠他们很近，他们相互注视着，不敢挪动一步。这时，他们犯罪前后的所有可怕的情景一一在他们的记忆中闪过。被害者的名字足以使他们只想到过去，强迫他们重新体验到杀人时惊魂不定的心情。他们并不说话，只是相对而视，两人做着同一个噩梦，两人的瞳孔里映照出同一个悲惨的场景。他们互换着惊恐的目光，他们无声地诉说着谋杀的前前后后，他们害怕极了，简直无法忍受。他们的神经绷得紧紧的，几乎一触即断；他们想大喊大叫，甚至厮打起来，洛朗在泰雷兹的目光下怔住了。他猛地从困境中摆脱出来，想驱散这些回忆。他在卧房里迈出几步，然后脱掉短靴，换上拖鞋，过后，他又返身转回，在炉边坐下，想说几句闲话。

泰雷兹理解他的用心。她勉强回答着他提出的问题。他们说说下雨、天晴。他们想尽量说些家常话。洛朗说房间里太热了，泰雷兹便会说，楼道上的那扇小门透风。这时，他吃了一惊，又一齐转身面向那扇小门，小伙子赶忙把话题转向玫瑰花、炉火，以及他所看见的一切，少妇勉强敷衍着，爱理不理的，只是不让出现冷场。他们疏远了，他们装出超脱的样子，他们企图忘记自己是谁，并把对方当成陌生人，只是由于机遇，他俩才邂逅相遇的。

不管他们是否愿意，一个奇异的现象出现了：当他们说些空洞无聊的话时，他们各自都能猜测到对方在平常的话语中所包含的真正思想。他们无法避免地要想到卡米耶。他们的目光在交流着过去的一切，他们那有声的交谈只是间断的、拖拖拉拉的，实际上他俩靠眼睛在继续另一种无声的交谈。他们东拉西扯的，毫无意义，而且前言不搭后语，说说停停；他们全部身心都在交换着无声的语言，在回忆着可怕的过去。当洛朗说到玫瑰花或是炉火，说天或是道地时，泰雷兹却明白无误地听见他在追忆小船上的格斗，卡米耶沉沉的落水声；而当泰雷兹对洛朗的所谓提问回答个"对"或者"不对"时，洛朗却理解为她在想着犯罪时的某个细节。他们就这样无须借助言语，心照不宣地交谈着，嘴上却说着不相干的事情。他们既然毫无意识到自己在讲些什么，因而就集中精力追踪着秘密的思路，一句紧跟着一句；他们甚至可以突然把默契的话题用有声的语言继续下去，而决不会感到莫名其妙。上天赋予了他们这种功能，而在他们的记忆中又不断地、执拗地出现了卡米耶的形象，他们的神经渐渐失常了；他们心里很明白，自己的思想被对方猜透了，倘若他们老扯下去，心里的话就会自然而然地涌到他们的嘴上，道出溺死者的名字，描述谋杀的经过。于是，他们使劲把嘴抿紧，不再谈下去了。

但在沉寂中，这两个杀人犯还在谈论着那受害人。他们觉得，他们的目光在用明确、尖锐的语言，分别刺破对方的肌肤，穿透了他们的心。有时，他们以为听见自己在大声说话，他们的感官错位了，他们的视觉变成了听觉，奇异而灵敏；他们的思想在脸上一览无余，彼此看得一清二楚，仿佛这些思想能发出一种怪异的响亮的声音，震撼着他们的身心；倘若他们果真大声疾呼"我们把卡米耶杀了，他的尸体就横陈在我们中间，使我们吓得不敢动弹"的话，他们也不见得听得像现在那么真切。就这样，在卧室安静而微湿的空气里，这一可怕的无声的交谈始终在进行着，而且愈来愈明显和清晰。

洛朗和泰雷兹的无声交谈是他们首次在店铺里会面时开始的。过后，回忆便按先后次序接踵而来，他们相互讲述着纵欲的那些日子，犹豫和愤怒的阶段，以及杀人时那可怕的一刹那。说到此，他们咬紧嘴唇，不再东拉西扯，因为他们担心会漏嘴，道出卡米耶的名字。他们的思想并没有停止，继续领着他们往前走，使他们再次陷入谋杀后的焦虑不安和等待时惴惴不安的精神状态中。他们的思路向前延伸，终于想到了陈放在陈尸所石板上的溺水者的尸体。洛朗的目光一闪，向泰雷兹道出了他们的全部恐怖心理，而泰雷兹这时已压制不住，仿佛有一只无形的铁手撬开了她的两片嘴唇似的，陡然大声把谈话继续下去了：

"你在陈尸所看见他了吗？"她向洛朗问道，并未确指卡米耶的名字。

洛朗仿佛早已料到她会提出这问题似的。他早已看出这个问题写在少妇苍白的脸上了。

"嗯。"他从喉头里挤出了这么一个字答道。

两个杀人犯都打了一个哆嗦。他们靠近了炉火,把双手向火苗伸去,似乎在这间热烘烘的卧室里,刚掠过了一阵冷风。他们坐在那里,蜷缩成一团,沉默了片刻。不一会儿,泰雷兹又低沉地问道:

"他显得非常痛苦吗?"

洛朗回答不了。他做了一个可怕的手势,仿佛是为了避开一个丑恶的幻觉似的。他站起来向床边走去,又猛地折回,张开双臂,向泰雷兹走来。

"拥抱我吧,"他伸出头颈说道。

泰雷兹站了起来,穿着睡衣,脸色苍白。她微倾着身子,臂肘支在壁炉的大理石上。她看着洛朗的颈项。她在他白皙的皮肉上,发现了一处红斑。洛朗的血往上冲,把这块红斑扩大了,并使它变得更加鲜红。

"亲亲我,亲亲我。"洛朗重复道,脸和颈脖都涨得通红。

少妇把头往后仰得更厉害了,她不想与他亲吻,接着,她把手指按在卡米耶咬的伤疤上,向她的丈夫问道:

"这儿怎么啦?我不知道你这儿有过伤疤。"

洛朗觉得,泰雷兹的手指仿佛戳通了他的喉管似的。当她的手指触到伤疤时,洛朗惊得向后一缩,痛苦得呻吟了一声。

"这儿吗,"他吃吃地说,"这儿吗……"

他迟疑着,但他终究不能撒谎,不得不道出真情。

"这是卡米耶咬的,你知道,就在小船上。没什么要紧,已经好了……亲亲我,亲亲我。"

说完,这个无耻之徒伸长了颈脖,他感到脖子上烧得慌。

他希望泰雷兹吻他的伤疤。他以为，伤疤经过这个女人一吻，那像千百根针扎似的疼痛便会消除了。他把下巴抬起，颈脖向前伸去，等着。这时，泰雷兹几乎把身子斜靠在壁炉的大理石上，她挥了一下手，表示厌恶之极，用哀求的口吻大声喊道：

"啊! 不，别吻那儿……那儿有血。"

她又在矮凳上跌坐下来，全身上下颤抖不止，双手蒙住脸。洛朗惊得目瞪口呆。他低下头，茫然地看着泰雷兹。接着，陡然间，他以猛兽般的爆发力，把她的脑袋捧在他那双宽厚的巨掌里，并使劲把她的嘴按在卡米耶噬咬留下的那块伤疤上。他按着，并把这个女人的头死命地在他的颈脖上压了几下。泰雷兹听之任之了，她闷声闷气地呻吟了几声，在洛朗的颈脖子上憋得透不过气来。当她从他的手指间挣脱出来后，她便使劲地抹自己的嘴唇，在炉膛里啐了几口。她始终没说出一句话。

洛朗对自己的粗暴举止羞愧难当，开始在床和窗口之间慢慢踱着。他方才痛苦极了，伤口处又灼烫难忍，这才强迫泰雷兹去吻的，而一旦泰雷兹冰冷的嘴唇触到他灼热的伤疤之后，他却感到更痛苦了。他用暴力获得的这一吻已经使他痛苦不堪了。现在，这个女人战战兢兢的，在炉火前低弯着腰，背向着他。他望着她，他将与她过一辈子哪。他心里在反复想，他不再喜欢这个女人了，而她也不爱他了。泰雷兹沮丧地呆在那儿将近有一个小时，洛朗在房间里踱来踱去，一言不发。这两人都不无惊恐地确认，他们的爱情已经夭折，他们在杀死卡米耶的同时，也扼杀了他们的情欲。炉火慢慢熄灭了，一簇粉红色的炭火在灰烬上闪耀着。渐渐地，卧室里的空气让人气闷，花在枯萎，浓郁的香味使屋内沉闷的空气变得更加凝滞。

蓦地，洛朗似乎有了一种幻觉。当他踱到窗口，又回到床边时，他看见卡米耶躲在壁炉和大立橱之间的一个阴暗的角落里。受害人的脸色发青，并且在抽搐着，犹如他在陈尸所的石板上看见的那样。他站在地毯上，摇摇欲坠，只得靠在一个柜子上。泰雷兹听他喘着粗气，抬起了头。

"在那儿，在那儿。"洛朗惊恐地说道。

他把胳膊伸得长长的，幻觉中，他看见了卡米耶狰狞的脸。泰雷兹也感到恐怖极了，走过去靠在他身上。

"这是他的肖像。"她放低声喃喃地说道，仿佛他的先夫的那张涂了油彩的脸会听见她说话似的。

"他的肖像。"洛朗重复了一句，头发根根竖起……

"嗯，你是知道的，这幅画是你画的。我姑妈说定从今天起把它挂在她的房间里的。她忘了取它下来了。""真的，这真是他的画像吗?……"

杀人犯还在犹疑不决，不敢认定画像就是他画的。他神志不清，竟然忘了这些不协调的线条就是他自己勾勒出来的，而使他恐惧的这些肮脏的油彩，也正是他涂抹的。他在惊慌之中又定睛一看，才看清了油画的真面目。这幅丑陋的肖像画，构思低劣，画面模糊不清，在黑乎乎的底色上，显现出死者的一张滑稽可笑的脸。他对自己的画惊诧不已，这张丑得无以复加的肖像画把他的精神摧毁了；尤其是浮现在两只疲软松弛、略显黄色的眼眶里的一对白眼珠子，让他准确地联想到了陈尸所那个溺死者的腐烂的眼睛。他呆在那里直喘气，一时还以为泰雷兹在哄骗他，是为了让他安下心来的。不一会儿，他认清了画框，这才慢慢地安静下来。

"去把画取下来。"他轻声对少妇说。

"啊不! 不，我害怕。"少妇畏畏缩缩地答道。

洛朗浑身发抖。霎时，画框不见了，只剩下了两只白眼珠，长久地注视着他。

"我求求你，"他接着又哀求他的妻子说道，"还是把画像取下来吧。"

"不，不。"

"那么我们把它翻转过来，这样我们就不怕了。"

"不，我办不到。"

凶手既胆怯又卑贱，他把少妇推向油画，自己则躲在后面怕让溺死者看见。泰雷兹闪向一旁，这时，洛朗想假充好汉，他走近画像，举起手想寻找钉子。但是肖像的目光咄咄逼人，并且也太丑了，它久久地盯着洛朗。洛朗也怒目而视一阵，但终于倒退几步，低声抱怨道：

"不，你说得对，泰雷兹，我们办不到……让你的姑妈明天把它取下来吧。"

他又低下头，来回踱着方步，无时不感到肖像在看着他，目光在追随着他。他按捺不住，不时地向画布瞥上一眼，这时，他总看见阴暗底色上的溺死者那阴沉、毫无生气的目光。他想到卡米耶就在卧室的一个角落里窥视着他，目睹着他的新婚之夜，注视着泰雷兹和他自己时，他恐惧万分，陷入了绝境。

这时，发生了一件别人不屑一顾的事情，却把洛朗吓得魂不附体：正当洛朗坐在壁炉前时，他听见有什么搔抓声，他的脸陡然变色，胡思乱想起来。他以为是卡米耶从画像里走下来发出的声音。后来，他终于明白过来，声音是从楼梯上的那扇小门发出的。他看了看泰雷兹，她也吓呆了。

"楼梯上有人，"他轻声说，"谁会从那头上来呢？"

少妇不搭腔。这两个人都想到那个溺死者，他俩的脑门上沁出了一颗颗冷汗。他们一齐挤到房间的里端，以为小门会突然开启，卡米耶的尸体会迎面跌倒在地上。搔抓声越来越尖、越来越乱。他们想，是那屈死鬼在用指甲推门进来吧。在将近五分钟里，他们寸步没移。最后，传来了猫咪声，洛朗慢慢移近过去，这才认清是拉甘太太的那只虎斑猫：不知怎的，它被关在这间卧室里了，此刻它正用爪子搔门，想从里面出去。弗朗索瓦惧怕洛朗，它纵身跃上椅子竖起了毛，四脚挺直，恶狠狠地逼视着它的新主人。小伙子生性不喜爱猫。弗朗索瓦几乎使他害怕。他脑子迷迷糊糊，魂不附体，一时竟以为猫想要跳到他的脸上来为卡米耶报仇。他想，这个畜生大概什么都知道了，要不在它那圆滚滚的眼睛里、在那放大得离奇古怪的瞳孔里，怎会藏有思想呢？洛朗经不住猫的逼视，垂下了眼睛。正当他要对弗朗索瓦踢上一脚时，泰雷兹叫了起来：

"别碰它。"

她这声叫喊给他一种异样的感觉。他的脑中产生了一个荒谬的想法。他想："卡米耶的灵魂附在这只猫身上了，我得把这头畜生杀了……它的神情就像个人。"

他的脚并未踢上去，他害怕听到弗朗索瓦用卡米耶说话的腔调和他讲话。接着，他又想起，在他与泰雷兹欢娱的那段时光，当他们亲吻时，那猫总是在场，泰雷兹总爱拿它开玩笑的。于是，他心想，这只畜生知道得太多了，该把它从窗口扔下去。可是，他没勇气去做。弗朗索瓦保持着戒备姿态：它伸长爪子，气鼓鼓地隆起了背，沉着而冷静地注视着它敌人的每个细小的动作。洛朗看见它的眼睛射出金属般的光芒，困窘；他慌慌张张地把通向餐室的那扇门打开，那猫尖叫了一声，溜了出去。

泰雷兹在熄火的壁炉前重新坐下。洛朗又继续在床和窗之间踱来踱去。他们就这样等待天明。他们没想到躺下，他们的肉体和精神都已死去了。只有一个想法纠缠着他俩，就是尽快离开这卧室，他们在里面感到太窒息了。他们被关在一起，在同一个空间里呼吸着，实在感到别扭，他们真想这时有个什么人把他俩隔开。他们相对无言，激不起爱情，感到非常窘迫，他们希望这个人能把他们从这困境中解救出来。他们长时间的静默，难受极了，在这深沉的寂静中，他们却清晰地听到了苦涩、绝望的怨诉和无声的责备。

晨曦初露，天际呈现出模模糊糊的白茫茫的一片，随之而来的是一股沁人的凉意。

洛朗一直冻得直打战，当晨光溢满卧室时，他稍稍感到镇静了些。他正视着卡米耶的肖像，看清了他平庸、略带稚气的真面目，他耸耸肩，取下了油画，以责怪自己愚蠢无知来解嘲。泰雷兹站起来，把床翻乱，做出洞房花烛夜的假象，以此来蒙骗她的姑妈。

"啊！是这样，"洛朗粗声粗气地说，"我希望我们今晚同枕一床，是吗？……这样的戏该结束了。"

泰雷兹对他沉着而严肃地扫了一眼。

"你得明白，"他接着又说，"我结婚不是为了整夜整夜不睡觉的……我们真是孩子。你老是魂不附体似的，把我也弄得神魂颠倒了。今晚，你一定要高高兴兴的，别再吓唬我啦。"

他干笑了几声，也不知道他为何而笑。

"我试试看。"少妇声音喑哑地说。

泰雷兹和洛朗的新婚之夜就是这样度过的。

二十二

以后的夜晚，他们就更加痛苦。这两个凶手希望夜里能在一起度过，共同抵御这个溺死鬼，但是事情也真蹊跷，自从他俩结为夫妻之后，他们却更加惶惶不可终日了。简单的一句话或一个眼色都会惹他们生气、激动，忍受着痛苦和恐惧的折磨。他们只要一交谈，或两个人单独在一起时，脸就会红，并会想入非非。

泰雷兹天生缺乏柔情，还有些神经质，与洛朗粗鲁、好冲动的性格相遇，产生了奇异的效果。从前，在卿卿我我的那段日子里，不同的气质，使这对男女成了天作之合，在他们之间建立了某种平衡，甚至可以说，他们各自在生理上都得到满足。情夫以冲动相赠，情妇以激情回报，两人互为鱼水，以热吻来调节他们感官的机能。但现在他们生理的机能失调了，泰雷兹以过分激动压倒了对方。洛朗突然也变得兴奋不已，他受了少妇热情冲动的影响，就像一个受到严重神经官能症折磨的姑娘那样，气质也慢慢变了。有些人在某种特定的环境下会产生一些变化，研究它们是饶有兴味的事情。这些变化先在肉体上出现，很快便蔓延到大脑以及全身。

洛朗在结识泰雷兹之前，生性笨拙，内心平静又谨小慎微，过着农家子弟的粗犷的生活。他吃喝、睡觉就像一个野人那样。生活中不论发生了什么事情，他都是浑浑噩噩、大大咧咧地去对待，对自己又相当满意，身体发胖，多少显得有些愚蠢。他的身体又沉又重，难得几次心里感到有些痒痒。在泰雷兹剧烈的挑逗和冲击下，他的春情萌发了。因为有了泰雷兹，这具高大、肥满、软乎乎的身躯里形成了一个极其敏感的神经系统。洛朗以往的生活与其说是神经型的，还不如说是感官型的，现在他的感觉细腻多了。在他情妇的一阵热吻之下，一种新鲜、刺激、紧张的生活倏地在他面前展现。这种生活使他的情欲成倍地增长，把他的欢乐推到了极点。一开始，他真有点儿如癫似狂了，他不顾一切地放纵自己，尽情享乐，这是他以前凭感官冲动从未享受过的。于是，在他体内产生了奇异的变化，神经的感受性压倒了官能性的冲动，改变他素质的就是这个因素。他不再笨头笨脑和贪图安逸了；也不再懵懵懂懂地苟且度日了。他的精神和官能有段时间得到了平衡，这时的享受是彻底的，生活是完满的；继而，精神因素占了上风，于是他便陷入烦躁、焦虑的状态之中，又影响了他那失调的感官和紊乱的思想。

这就是洛朗为什么像个胆怯的孩子那样，看见一个阴暗的角落就要心惊肉跳的由来。他成了一个动辄战栗和惊慌的人，成了一个由笨拙和迟钝的农民蜕化出来的新人，他感受到神经质类型的人的易惊和不安。一次次约会，泰雷兹野性的抚爱，杀人的冲动，等待泰雷兹时担惊受怕的情绪，这一切都刺激了他的感官，一次次地剧烈地冲击着他的神经，把他变成了一个疯子，最后导致他的失眠，随之而来的便是幻觉。此后，洛朗就过着一种无法忍受的生活，一种他永远也无法挣脱的恐怖的生活。

他的悔疚纯粹是物质性的，只有他的躯体，他那被刺激的神经和那颤抖的皮肉惧怕那个溺死者。在意识上，他一点儿也不怕，杀死卡米耶，他是毫不手软的。在他心平气和时，当死者的幽灵不在场时，倘若他为一己的私利所驱使的话，他照样会再去杀人。白天，他笑自己胆小，他许愿要坚强些并责备泰雷兹，怨怪她把他也搞糊涂了。按他的说法，是泰雷兹在七上八下，晚上在卧房里，只有泰雷兹一个人在制造恐怖。但是，一旦夜色降临，当他们夫妇关在卧室里时，他的身上就会沁出冷汗，他吓得像个孩子那样，心绪不宁。他就是这样忍受着周期性的精神危机，每晚来一次，每当被害者那发青的狰狞的脸向他显露时，他的感官功能便失调了。那时，他像得了重病，好似杀人狂的歇斯底里大发作。说他得了神经性的病是唯一能解释洛朗恐惧的原因。他的脸在痉挛，他的四肢僵直，可以说，他身上的条条神经都出了毛病。他的身体痛苦极了，灵魂却是空的。这个坏蛋毫无悔过之意；泰雷兹的激情把可怕病症传给了他，如此而已。

泰雷兹的身心同样也在剧烈动荡着。但在她身上，只是第一本性过分外露而已。这个女人从十岁起精神就有些紊乱，情绪不稳定，其中部分原因是她和病不离身的小卡米耶同住一房，是在温和而恶心的空气中长大的，她的体内早已是乌云密布、暗流湍急，预示着狂风暴雨即将来临。洛朗对她，就如她对洛朗一样，起了一种导火线的作用。第一次拥抱热吻之后，她那无情而淫荡的禀性便桀骜不驯地大大膨胀起来了，她只为情欲而生活。现在，她愈发迷糊了，整天坐立不安，恐惧发展到了一种病态的程度。已发生的一系列事情在她心理上造成了极大的负担，一切都迫使她走向疯狂。她的惧怕程度与她后夫稍有不同，更带有女性的特征。她多少有些内疚，有些说不出来的悔恨，她有时真想跪在卡米耶的幽灵面前哀求他，向他发誓要忏悔终生以慰抚他的在天之灵，请求他饶恕。也许洛朗发现了泰雷兹的怯懦，当他们感受着同一性质的恐惧、慌乱时，洛朗就来责怪她，粗暴地对待她。

最初的几个夜晚，他们无法入睡，就像新婚之夜那样，坐在炉火前，在房间里踱来踱去，等待着天明。当他们想到要并肩躺在床上时，就感到恶心和不安。他们有一种默契，避免拥抱、亲吻，清早，当泰雷兹把床铺搅乱时，他们对床看都不看一眼。倘若他们实在累坏了，就在安乐椅上睡上一两小时，每次总为噩梦所惊醒。醒来时，他们的四肢发麻、发僵，脸上有一块块青斑，又冷又不舒服，浑身在打战。他俩惊奇地互相端详着，奇怪自己怎么会坐在这儿，他俩都有点不好意思，但说不出所以然，还为自己表现出来的沮丧和胆怯有些害羞哩。

此外，他们为了不打瞌睡也竭尽全力了。他们各自坐在壁炉的一端，说天道地，十分注意不让出现冷场。他们面向壁炉坐着，相距很近，偶尔他们转过头时，就似乎看见卡米耶在他们之间放进了一把椅子，占据了这个空间，脸上露出忧郁而嘲讽的神色，也在烤脚。这个幻觉是他俩在新婚之夜产生的，以后每夜都要出现一次。这具尸体无声无息，却面露讥讽，参与了他们的谈话，这个死人面目狰狞，完全脱了形，总是待在那儿不走，压迫着他们，使他们始终处于惶恐不安之中。他们不敢动，茫然地看着炽热的火焰，有时，他们忍不住向身旁扫一眼，眼睛受了熊熊炭火的刺激，又产生了幻觉，仿佛看见那个死人身上也泛着红光。

最后，洛朗不愿意再坐着了，他也不向泰雷兹解释其原因。泰雷兹知道洛朗大约看见卡米耶了，因为她也看见了，这回轮到她托口说她太热了，离壁炉远点也许好些。于是，她把安乐椅推到床边，垂头丧气地坐在里面，她的丈夫则在房里踱着方步。有时，洛朗打开窗户，让正月冰凉的夜气溢入房内，使脑袋清醒一点。

这对新人就这样整整度过了一个礼拜的不眠之夜。白天，泰雷兹坐在店铺的柜台后面，洛朗在办公室，他俩都委顿疲惫，可以小寐一会儿。夜里，他们则是为痛苦和恐惧所折磨。而最为奇特的仍是他们相互间所持的态度。他们不说一句情话，装作把过去忘记了，他们似乎相互同情、相互谅解，就如有着相同苦痛的病人，彼此暗暗表示同情一样。这两人都希望掩饰他们的厌恶情绪和恐惧心理，他俩似乎都没有想到度过的那些夜晚有什么不平常，其实只有那些夜晚大概才能暴露出他们真实的面目。他俩站着直至天明，难得说上几句话，听到一点声响脸色就会陡变。他们还假装在想，所有的新婚夫妇在新婚时，大约都是这样相处的。这些仅是这两个疯子在愚笨地自欺欺人罢了。

他们太厌倦，简直受不了了，终于在一天晚上，他们决定上床睡一觉。他们没有宽衣解带，而是和衣倒在鸭绒被上，还怕相互接触到皮肉。一旦稍有接触时，他们就好像受到电击般的痛苦。他们就这样在床上将就了两夜，睡得也很不实在。后来，他们又壮胆脱掉衣服，躺进了被窝，不过还是尽量避免接触。泰雷兹第一个爬上床，迅速移向床的里端，贴着墙。洛朗等着她卧平之后，自己就在床的外侧躺下，紧靠着床沿。他俩之间留下宽宽的一段距离，卡米耶的尸体躺在中间。

这两个杀人犯平躺着合盖一床被子。只要他们一把眼睛闭上，就感觉到了睡在中间的卡米耶那湿漉漉的尸体，把他们的肉体都冰凉了。这仿佛是一道丑陋的屏障，把他俩隔开了。他们又开始头脑发昏，胡思乱想起来，对他们来说，这道屏障物质化了。他们碰了碰那平卧着的尸体，好似一段发青的、稀松的肉块。他们呼吸着死人的这堆腐肉发出的恶味，他俩所有的感官都在错乱，使他们感到异常的难受。这个污秽透顶的床友使他们不得动弹，又不敢出声，惶惶不知所措。有时，洛朗想把泰雷兹紧紧搂在怀里，可是他却不敢动，他想如把手伸出去，就必然会抓到卡米耶的一把烂肉。这时，他便想到溺死鬼睡在他俩之间，原本就是不让他们亲热的。他终于明白溺死鬼在吃醋。

不过，他们有时也想试着偷吻一下，看看究竟会发生什么事情。小伙子嘲讽他的妻子，要她抱吻他，可是他们的嘴唇太凉了，仿佛他们的两张嘴之间隔着死人。他们简直想作呕。泰雷兹吓得直抖，洛朗听见她的牙齿在咯咯打战，就冲着她发火。

"你抖什么？"他对她吼着说，"你大概怕卡米耶了？……算了吧，此时此刻，这个可怜虫不会有知觉啦。"

他俩都避免把各自胆战的原因说给对方听。当他俩中的一个在幻觉中看见溺死鬼苍白的脸竖在面前时，这个人便会把眼睛闭上，把自己的恐惧包藏起来，不敢把幻觉说给另一个人听，生怕心理上会更紧张。刚才洛朗就是被逼得绝望之下，才埋怨泰雷兹害怕卡米耶。但当他大声说到这名字时，心里不觉更加慌乱起来。杀人犯狂乱了。

"没错，没错，"他冲着少妇吃吃地说，"你就是怕卡米耶……我看得出，当然啦！……你是一个傻瓜，你一点胆量也没有。啊，你就安安稳稳地睡吧。你以为你的前夫会来拖你的脚是因为我与你一起睡吗？……"

溺死鬼会来拖他俩的脚，洛朗每想到此，吓得汗毛都竖起来了。他自己内心也是七上八下的，表面上却更加气势汹汹地往下说：

"我总会在哪天夜里把你带到墓地去……我们把卡米耶的

棺材撬开，你会看见，这是一堆什么样的烂肉！那时，你就不会害怕了，也许……算了吧，他不会知道是我们把他投下水的。"

泰雷兹把头蒙在被子里，哼哼唧唧地在怨诉什么。

"我们把他淹死，因为他妨碍我们，"她的丈夫又说道，"倘若需要，我们还会把他淹死的，是吗？……别孩子气啦。坚强一点，有福不享才是傻瓜哩……你瞧，我亲爱的，等我们死了，我们决不会因为把一个呆瓜扔进塞纳河里而在地下尝到什么滋味的。我们不如趁早自由自在，亲亲热热一番，这才上算嘛……好啦，亲亲我吧。"

少妇发疯似的把他抱住，心里却是冰凉的，而他也像她一样在颤抖。

往后两个多礼拜里，洛朗心里一个劲地想怎样才能把卡米耶杀掉。不错，他已经把卡米耶扔进了河里，但他还没完全死，每晚还要回到泰雷兹床上睡觉。这两个凶手本以为杀人成功了，可以平平安安地相亲相爱了，不料，他们的受害者竟会活过来，使他们如卧冰雪，席不安寝，泰雷兹并未守过寡，她的丈夫是一个溺死鬼，而洛朗只是她的姘夫罢了。

二十三

渐渐地，洛朗愤怒得发疯了。他决心把卡米耶从他床上赶走。起先，他和衣睡下；后来，他又避免去碰泰雷兹；最后，他绝望了，盛怒之下居然想把他的妻子紧压在自己的胸口，即使把她压扁也不把她让给屈死鬼的幽灵。这是一种野蛮的绝妙反叛。

　　总之，一开始他就希望泰雷兹的亲吻能医治他的失眠症，仅仅为此他才走进少妇的闺房的。而当他成了这间卧室的主人后，他的身心受到了更为残酷的折磨，他再也不企求治好失眠了。三个礼拜之中，他毫无起色，精神仿佛崩溃了，也记不得他如此不惜一切的目的就是为了占有泰雷兹，现在他占有她了，却碰她不得，否则就会痛苦倍增。

　　狂躁不安到了极点时，他又从混沌中清醒过来了。在他迷惘的最初阶段里，特别是在新婚之夜，他的精神莫名其妙地受到了抑制，他一时把与泰雷兹仓促结婚的根本原因忘掉了。但是，他不断地做噩梦，也遭到了一次次的打击，内心反抗了，他终于战胜了胆怯，恢复了记忆。他想起来了，他之所以结婚原本就是为了紧搂着他的妻子，把梦魇赶跑的。终于在一天夜里，他不顾溺死鬼从中作梗了，突然张开两臂抱住泰雷兹，使劲把她搂过去。

　　其实，少妇也走投无路了。倘若她想到火焰会净化她的肉体，能把她从痛苦中解脱出来的话，她真会投火自尽。

　　她打定主意或在洛朗的抚爱中把自己焚毁；或在拥抱中求得安慰，因此，她又像先前那样与他紧紧地搂在一起了。

　　可是，他们即使紧紧拥抱着，心情也是可悲的。痛苦和恐怖代替了情欲。当他们的四肢接触时，却以为掉进了火炕里。他们发出一声尖叫，搂得更紧了，不让溺死者钻入他们的肉体间。不过，他们仍感到卡米耶的一堆烂肉卑污地在他们之间挤轧着，使他们觉得皮肉上有的地方冰凉，其余部分又是滚烫的。

　　他们的亲吻更是不忍目睹。泰雷兹用嘴唇在洛朗肿胀、板直的颈脖上寻找卡米耶的噬咬处，接着，她发疯似的把嘴贴了上去。那儿的伤痕才是真正的痛处，这处伤口一旦治愈了，这两个凶手便可以高枕无忧了。少妇懂得这一点，她想凭她火一般的热吻把痛处烙化。可是，她灼烫了自己的嘴，洛朗呻吟了一声便使劲把她推开，他仿佛觉得，有人在他脖子上放了一块烧红的烙铁。泰雷兹疯狂了，又扑上去，想再吻伤疤：卡米耶的牙齿曾经深深地嵌进这块肉里，她现在怀着一种强烈的快感想把嘴唇吻上去。刹那间，她甚至想在洛朗的颈脖子上再咬一口，咬掉一大块肉；在原处形成一个新的、更深的伤口，抹掉老伤口的痕迹。她心想，当她看见自己咬的伤痕时，她就不会吓得脸变色了。可是，洛朗硬是不把头颈让她吻，他简直疼痛难忍，每次她把嘴凑上来时，他都要把她推开。他俩就这样争斗着，喘着粗气，怀着恐惧的心理，在搂抱中挣扎着。

他们明显地感到，他们除了徒增痛苦而外，将一无所获。他们在可怕的拥抱中搂得再紧也是徒劳，他们拼命叫疼，相互灼烧着，伤痕累累，但是，他们仍然不能平息他们受到惊吓的神经。每次拥抱只能使他们更加反感、厌恶。当他俩可怕地亲吻时，他们又陷入可怖的幻觉之中，以为溺死鬼又来拖他们的脚了，并把他们的床死命地晃动着。

他们暂时松了手，他们实在是恶心，精神上产生一种不可抑制的反抗。随后，他们又不甘心失败，于是再次拥抱，但又不得不再次松开，仿佛有什么烙红的针刺进他俩的四肢里。有好几次，他们甚至想折磨自己的神经，把自己累垮，以此来战胜厌恶情绪，把一切都置之脑后。但每次，他们的神经都在反叛，并且绷得更紧，使他们加倍地痛苦。倘若他们继续搂抱下去的话，由于神经过度紧张，可能就活不成了。他们制服自己身心的斗争异常艰难，简直如痴如狂了，他们执拗着，他们想取得胜利。最后，一次更为严重的精神危机把他俩彻底整垮了，他们经受了一次难以想象的巨大冲击，他们以为他们就要断气了。

他们被甩到床的两端，心灵被灼伤，开始哭泣起来。

他们在呜咽中仿佛听见了溺死者胜利的欢笑声，他又狞笑着钻进被窝里去了。他们始终不能把他从床上赶跑，他们输定了。卡米耶慢悠悠地在他俩之间卧平，这时，洛朗为自己的无能哭泣了，而泰雷兹则担心溺死者会利用优势，把自己当成合法的主人，把她搂抱在自己腐烂的双臂里。方才，他们想试试新方法，结果又失败了。他们知道，此后，他们再也不敢互相接吻了，哪怕一次也不行。为了消除恐惧，他们试图发疯似的再相爱一阵子，结果造成新的危机，反而更深地陷入恐怖中。现在，这具尸体将要把他俩永远隔开了。当他们感到这具冰凉的尸体时痛哭流涕了，他俩忧虑地寻思着，自己究竟会变成什么样子。

二十四

正如老米肖促成泰雷兹和洛朗结婚时所期望的那样，礼拜四晚上的聚会又像往日那样热闹起来。在卡米耶刚死的那段日子里，聚会岌岌可危。客人们来到这个仍在服丧的家里总是忧心忡忡的，每个礼拜他们都担心被告知说，这是最后一次了。米肖和格里韦每想到店铺的门迟早要对他们关闭时，他们就惴惴不安，他们本着粗俗之人的本能和固执，不愿打破固有的习惯。他们心想，拉甘太太和年轻的寡妇在某一天早上会返回凡尔农或其他什么地方悼念他们已故的亲人，礼拜四晚上他们就会被冷落在街头，无所事事了。他们想象着自己在长廊上失魂落魄似的闲晃着，脑子里还记挂着那儿的牌局，他们玩的西洋骨牌可都是大号的。在这些倒霉的日子里，他们全神贯注地享受着最后的一点儿幸福，他们来到店铺时慌慌张张，唯唯诺诺的，每次心里都在嘀咕，也许这就是最后一次了。将近一年左右，拉甘太太一把把眼泪洒着，泰雷兹则缄口不语。他们待在一旁，总是噤若寒蝉，不敢稍有放肆，也不敢放声大笑。他们不再像卡米耶生前那样，有宾至如归的感觉，甚至可以说，当他们围着餐室的餐桌共度良宵时，他们只觉得这些夜晚是偷来的。老米肖在失望之余，私心大发，才做了一次主，把溺死者的遗孀嫁了出去。

他们婚后的第一个礼拜，格里韦和米肖得意扬扬地走进店铺。他们胜利了，餐室又属于他们的了。他们再也不必担心自己会被拒之门外。他们高高兴兴地走进去，举止随便，一个个像以前那样又开起玩笑来了。看他们怡然自得、自以为是的神情，外人真以为他们做了一件什么丰功伟绩的大业了。用不着再去想卡米耶了，原有的丈夫已死，他的幽灵本使他们毛骨悚然的，现在被活着的丈夫赶跑了。昔日的一切又在欢乐的气氛中重现。洛朗取代了卡米耶，没有任何理由悲悲戚戚的，客人的放声大笑也不会使任何人伤心，这个家欣然接待了他们，他们就应该笑，使这个好端端的家高兴一番。一年半来，格里韦和米肖每次都是借口安慰拉甘太太而来的，此后，他们用不着再虚情假意了，他们可以大大方方地上门，并且在西洋骨牌的清脆声中陶醉一番了。

每个礼拜都有一个礼拜四的夜晚，于是，每个礼拜总有这么一次把这些死气沉沉、粗声粗气的人聚拢在餐桌旁。往日，这些人多么使泰雷兹失望啊。少妇曾说过要把他们赶走，那种放浪不羁的笑声、傻里傻气的想法都惹她生气。可是，洛朗让她明白这样回绝别人是不合适的，应该尽一切可能维持往日的局面，特别要保持和老警长的友谊，把这些傻瓜拴住，以打消任何人的疑虑。泰雷兹屈从了，客人受到殷勤招待，一个个都感到前景美好，高兴极了，等待他们的将是享用不完的晚间聚会。就在这样的背景下，这对新婚夫妇的生活具有了某种两重性。

早上，当黎明驱散了夜晚的恐惧之后，洛朗就匆匆忙忙地穿上衣服。他并不舒畅，只有当他走进餐室，泰雷兹把一大杯煮好的牛奶咖啡放在他面前后，他才感到自在些，心里也会平静下来。拉甘太太身子不灵便，下楼去店堂也是勉勉强强的，她总是漾出慈祥的笑脸看着他用餐。他大口大口地吃着烤面包，把胃填满，精神才慢慢舒展开了。喝完咖啡后，他又啜饮了一小杯白酒。过后，他的心才完全安定。他向拉甘太太和泰雷兹说一声"晚上见"，便晃晃悠悠地去上班了，临行前，从不抱吻她们一次。春天来了，堤岸上的树长满了树叶，像饰着一层青色的薄薄的花边。脚下，河水流淌，发出悦耳的声响；头顶上，初春的阳光是暖洋洋的。洛朗沐浴在新鲜空气里，精神为之一振；四五月的天空中吹来阵阵微风，充满了生命的活力，他大口大口地呼吸着；他追求着阳光，时而停下来看看泛在塞纳河上的片片粼光，听着堤岸上的喧嚣声；他任凭清晨凉爽的气息沁入他的肺腑，尽情地享受着明亮而怡人的晨光。当然啦，他不大想到卡米耶，有时，他也不由自主地向河对岸陈尸所望一下，他想到溺死者时，是以好汉自居的，他想，他倘若害怕了，就是一个十足的呆瓜。他的肚子填得饱饱的，神清气爽，又恢复了往日混沌和无所用心的神态。他到了办公室，在那里熬了整整一天，不断地打着呵欠，等着下班。他像其他的人一样，只是一个普通职员，有气无力，提不起精神，脑子里空空如也，他那时唯一的想法，就是提出辞呈，租一间画室。他朦朦胧胧地向往一种新的懒散生活，这些够他去想一整天，一直到下班。长廊上的这家店铺，他根本没放在心上。傍晚，他怅怅然地走出办公室，虽然他从早上起就等着下班。他又沿着堤岸返回，心里有点乱，也有点不安，走得再慢也无济于事，他总归要回到店铺里去的，在那里，恐怖正等着他。

泰雷兹的心情也差不多。只要洛朗不在身边，她就舒畅些。她已把女佣辞掉了，说店铺和卧室里弄得既乱又脏，她希望整洁些。实际上，她需要行走、做事，活动活动她那僵硬的四肢，整个早上，她忙个不停，打扫、掸尘、擦拭房间、洗碗盏盘碟，做那些往日使她厌恶的种种杂事。她跑来跑去，家务事一直忙到中午，默默地干，劲头十足。她一会儿想到天花板上的蜘蛛网，一会儿想到盘子上的污垢，总之，不让自己有余暇想到别的事情。她亲自上厨房准备饭菜，上桌后，拉甘太太看见她不时站起来去端菜，心里很不好受，她看见侄女手脚不停，既心疼又生气，她责备她了，而泰雷兹只回答道，能省就省。饭后，少妇换了衣服，准备和她的姑妈一块儿去坐柜台。坐上柜台后，她瞌睡了，晚上睡不好，使她无精打采、精神颓丧，一旦坐定下来，就禁不住打起盹来。她只是小睡片刻，迷迷糊糊地感到很舒服，神经也松弛下来了。她不再想卡米耶，病人的痛苦突然消失后，心情特别平静，她现在也尝到了这个滋味。她感到肉体得到休憩，灵魂自由了，心里懒洋洋的，精神又慢慢恢复了元气。倘若她没有一段时间的镇静，她的神经就会始终过于紧张，这样会出事的。白天，她积聚了一些必要的力量，以便夜晚用来继续受罪和担惊受怕。再说，她并没有真正入睡，她只是稍稍垂下眼皮，沉溺在平和的梦幻之中罢了；每当有女顾客光临，她就睁开眼睛，卖出几个苏的商品，接着，又迷糊起来。她就这样度过三四个钟头，确实十分安逸，间或回上她姑妈几句话，她什么也不想，一任自己消沉下去，灵魂得到安息，她也从中获得真正的享受。她有时也茫然地朝长廊瞥上一眼，特别在阴天的天黑后，她待在暗处不让人察觉到她的倦容时，就更加感到自由自在。阴湿的长廊污秽不堪，三三两两湿漉漉的穷鬼穿街而过，雨水从他们的雨伞上滑落下来，滴在石板路面上。她感到这是一条乌烟瘴气的小街，一条藏污纳垢的肮脏的过道，在这条街上，谁也不会来找她和给她带来麻烦。有时，她看见一些幽幽的灯火在她眼前晃动，又嗅到一股刺鼻的湿腥味儿，她以为自己被活埋了；她想象自己被埋在地里，被人扔进一个公共墓穴里，里面挤满了死人。想到这儿，她得到慰藉，平息下来了：她心想，现在她很安全，她马上就会死去，再也不会受罪了。还有时，她得把眼睛睁着，苏姗娜来看她，整个下午都坐在柜台旁绣花，陪着她。奥利维埃的妻子虽然脸上无光、动作缓慢，现在也能讨泰雷兹的喜欢了；她看着这个愁眉锁眼的可怜女人，得到一种说不出来的安慰。她和苏姗娜成了好朋友，她喜欢看见她坐在自己身旁，浅浅地微笑着，她那种半死不活的样子，越使店堂增添了死气沉沉的味儿。每当苏姗娜一对晶莹透亮的蓝眼睛注视她时，她连骨头里都会感到一丝寒气，但心里却是舒服的。泰雷兹等着午后四点钟到来，到了四点钟，她又上厨房找事情做，并多少带点儿狂热劲儿，为洛朗准备晚餐。过了会儿，当她丈夫走进店门时，她喉头梗塞，重新陷入极度的不安之中。

　　每天，这对夫妇的感觉都大同小异。白天，当他们不在一起时，彼此精神得到休息，心里感到美滋滋的；晚上，一当他俩碰面了，却又感到浑身不对劲儿。

应该说，夜晚还是很安宁的。泰雷兹和洛朗想到迟早要进卧房就忐忑不安，于是他们在晚上就尽量拖延时间。拉甘太太埋在一只大安乐椅里，似睡非睡地介于他俩之间，心平气和地闲聊着。她说到了凡尔农，老是忘不了她的儿子，不过不好意思直呼其名罢了。她对这两个亲爱的孩子微笑着，为他俩的未来操心。灯光在她苍白的脸上投下了白花花的光芒，在沉寂的气氛里，她的话显得格外温和。在她的两旁，这对杀人犯一动不动地默不作声，仿佛在毕恭毕敬地听着。说实在的，这好心的太太喋喋不休地说些什么他们倒不在乎，他们只是喜欢听她的柔声细语，这样，他们就听不见自己头脑里的反响了。他们不敢相对而视，只是看着拉甘太太，免得尴尬。他们从不提出去睡觉，倘若妇女服饰用品店老板娘自己不讲要睡觉，他们就会听她絮絮叨叨，沉浸在她周围的静谧气氛中，一直待到天亮。实在拖不下去了，他们才离开餐室，绝望地回到卧室，心情就好像跳崖自尽似的。

不要多久，他们就宁愿在礼拜四度过一个热热闹闹的夜晚，也不愿自家人守夜了。当他们单独与拉甘太太在一起时；他们不能使自己分心，他们的姑妈那轻柔的嗓音、那含蓄的喜悦都窒息不了使他们痛苦万分的内心的呼喊声。他们老是感到睡觉的时刻慢慢挨近了。偶尔，当他们的目光接触到卧房门时，他们就浑身打战；晚上一分一秒地过去了，他们想到马上就要在一起，心情也随之越加紧张。每到礼拜四就恰好相反，他们逢场作戏和自我陶醉起来。他们都忘记了自身的存在，心里好受些了。泰雷兹本人最后也非常盼望这一天到来。万一米肖和格里韦没来，她也会去找他们。只要有外人在餐室，介于她和洛朗之间，她就感到平静些；她甚至希望家里始终有客人、有响声，或是什么能减缓她的痛苦、把她隔绝起来的东西。在众人面前，她兴奋得有点过分；而洛朗也像往日那样开着农民的粗鲁的玩笑，笑得龇牙咧嘴的，又表演了以前那个蹩脚画家的闹剧。聚会的气氛从来没有像这样热烈、喧闹过。

也就是说，每周有一次，洛朗和泰雷兹可以面对面待着，用不着心里颤颤的。

不久，他们又多了一份心事。拉甘太太渐渐瘫痪了，他们料到会有这么一天，她像被钉在安乐椅上，呆头呆脑地不能动弹。好心的拉甘太太说起话来已经开始嗫嗫嚅嚅、前言不搭后语，她的声音微弱，她的四肢也越来越不中用了。她成了一个包袱。泰雷兹和洛朗惊恐地看着拉甘太太慢慢离开人间，她夹在他俩中间，她的柔和的声音也能把他们从噩梦中唤醒。一旦她失去了理智，僵坐在安乐椅上说不出话时，他们就只剩下两个人了，晚间，他俩必须单独在一起，真是可怕极了。到了那时，他们的恐惧就要从六点钟开始，而不是从半夜开始，他们都会发疯的。

他们想方设法维持拉甘太太的健康，这对他们来说太重要了。他们请来一些医生，对她无微不至地关怀，他们甚至在护理时忘却了自我，从中得到了慰藉，这使他们对她加倍的虔诚。他们不愿失去一个第三者，她能使他们把晚上熬过去，他们不愿使餐室和整幢房子也像他们的卧房那样成为一个残酷、可怕的地方。拉甘太太对他俩殷勤的照料十分感动，她流着泪庆幸自己撮合了这门亲事，并且把她那四万几千法郎的私蓄交给他们，自她儿子死后，她还从没指望过在余生还会享受这样的深情厚爱，她的两个亲爱的孩子的深情使她感到晚年非常温暖。她的瘫痪是无法治愈的，不论如何治疗照料，她也是一天不如一天，但她本人却感觉不到。

然而，泰雷兹和洛朗却过着双重生活。他俩似乎都有双重的人格：每当黄昏降临，他们成了一个神经质的、杯弓蛇影的人；而一当太阳升起，他们又变成了一个麻木不仁的健忘的、心情舒坦的人了。他们过着两种生活，他们单独相处时，便直喊烦恼；但有外人在场时，他们又会和颜悦色。在公共场合，他们的脸从不露出痛苦的神色，但就在前不久，当他俩单独在一起时却为痛苦所折磨。他们显得很安详、幸福，本能地掩饰了他们的隐痛。

在白天，看见他俩如此平静的人，怎么也想象不到，每天夜里，幻觉会把他们折磨成什么样子。人们会把他们当成天生的一对佳偶，生活是十全十美的。格里韦俏皮地称他俩是"一对鸳鸯"。每次熬夜后，他们的眼眶匝了一道黑圈时，他就拿他们开玩笑，询问何时应得贵子。于是，在场的人都大笑一通。洛朗和泰雷兹脸色微微变白，只得硬着头皮笑笑，他们对老职员放肆的玩笑早习以为常。只要大伙待在餐室里，他们就还能控制住自己的恐惧心理，而一旦他俩关在卧室时，任何人也猜不出在他们身上发生的可怕变化。特别在礼拜四晚上，这种变化更是十分明显，仿佛没有回天之力是不能完成此举的。他们夜晚的悲剧，就其奇特性和原始冲动性而言，超过了任何宗教信仰，并且深深地隐藏在他们痛苦的内心深处。即使他俩说出隐衷，别人也认为他俩是在发疯。

"这对情侣多么幸福啊！"老米肖经常这么说，"他们不大谈心，但不等于他们不在想。我敢打赌，我们不在时，他们会如胶似漆的。"

这就是外界的看法。有时，泰雷兹和洛朗甚至被看做是一对模范夫妇。整个新桥长廊的人都庆贺这对夫妇情深意笃，生活美满，有过不完的蜜月。只有他俩才知道，卡米耶的尸体横卧在他俩之间，也只有他俩才感到，他们的脸表面上是平静的，内心却在痉挛着，一到夜里，他们就会变得面目狰狞，那种安详、宁静的表情，就会变成一张丑陋而痛苦的脸谱。

二十五

四个月后洛朗想捞取他结婚时自许的一些好处了。倘若他不是为了自身的利益才羁绊在长廊的这家店铺里的话，他可能在婚后第三天就会抛弃他的妻子，逃避卡米耶幽灵的纠缠。他之所以能熬过一个个恐惧的夜晚，让自己受尽烦闷之苦，就是为了保持他犯罪带来的一些利益。倘若离开泰雷兹，他又会陷入贫困，不得不保留职务；反之，倘若待在她旁边，他就能满足好吃懒做的欲望，靠着拉甘太太放在她侄女名义上的一些年息，饱食终日而无所用心了。可以设想，倘若能取得这四万法郎，他是会携款潜逃的，可是，拉甘太太听从了米肖的劝告，多了一个心眼，在契约里维护了她侄女的利益。因此，一根强有力的纽带把洛朗和泰雷兹联系在一起了。他想至少要让自己过上一种悠闲惬意的生活，吃得好、穿得暖，袋里有足够的钱可以任意挥霍，以此来抵消那些夜晚的痛苦。也仅为此，他才忍受与溺死鬼共睡一床。

一天晚上，他向拉甘太太和他的妻子宣布，他已提出辞呈，两个礼拜后，他就要离开他的机关了。泰雷兹做了一个惊慌的手势。他又赶忙补充说道，他即将去租一个小画室，再重操旧业。他长时间地申诉理由，说他对他的工作如何厌恶，艺术将会给他打开多大的眼界。现在，他手头上有点钱了，他可以试试运气，他想看看自己能否干出一番事业来。他就这个话题说了一大串独白，内里只是掩盖了他想恢复原有的画室生活方式的野蛮的欲望。泰雷兹噘起了嘴，一言不发，她不能同意洛朗依靠她自己的这点私蓄坐吃山空，这点钱能保证她独立的人格。她的丈夫不断向她提出问题，逼迫她同意，她却回答得很干脆。她让他懂得，倘若他不去上班，他便身无分文，也就是要完全依赖于她了。她说话时，洛朗目光锐利地逼视着她，她有点儿慌乱了，拒绝的话已到了嘴边也没能说出来，她仿佛从她同谋的眼神里看出了这个杀气腾腾的想法："假如你不同意，我把一切都说出来。"她开始打结巴了。这时，拉甘太太大声说道：她的好儿子的要求是绝对正确的，应该让他有成才的机会。好心的拉甘太太宠惯洛朗，就如她以前宠惯卡米耶一样；小伙子对她的一片深情使她感动至极，她已被他俘获，她将永远听他的话。

于是，事情就这样定下来了：洛朗去租用一间画室，他将领取一百法郎用于各项杂费开支。家用账分配如下：店铺做生意的赢利就付店铺和住家的房租，余下的支付日常开销差不多也够了。洛朗画室的租金和每月一百法郎的花销将在两千几百法郎的年息里支取，年息所余的钱款作为公用资金。这样安排就无须动用本钱了。泰雷兹稍稍放心一些。她让她的丈夫发誓决不把开支用过头；再则，她心想，洛朗没她的签名是拿不到四万法郎的，她暗下决心不在任何字据上签字。

翌日，洛朗在玛扎里纳街的下沿租了一间小画室，他早在一个月前就看中了。他想远离泰雷兹，安安静静度过白天，所以他在找到一个安身之所前不愿离开他的职位。两个礼拜后，他向他的同事道别了。格里韦对他离职很不理解。照他的说法，一个前途无量的年轻人，工作才四年，挣的工资就已与有二十年工龄的他挣得一样多了，怎么会离职！当洛朗告诉他，他就要以全部精力投入绘画之后，他更加大惑不解了。

这位艺术家终于在他的画室落脚了。这间画室是一间几乎呈正方形的阁楼，长与宽均在五六米左右，顶棚是倾斜的，坡度很大，斜坡上开了一个大大的窗口，一束强烈的白光从窗外射进来，照在地板和黑乎乎的墙壁上。街上的嘈杂声传不上来，房里静悄悄的。灰白色的房间朝天开了一个天窗，就像一个洞穴，一个用灰色黏土包裹着的地窖。洛朗好歹在这地窖里放了几件家具；他带来了两张没有草垫的椅子，一张桌子，他把它靠着墙，否则便会倒下来，一个旧碗橱，还有颜料盒和他以前的画架。屋内唯一的奢侈品，便是一张大沙发，那是他花了三十法郎在一个旧货商那里买下的。

他在屋里度过了两个礼拜，一次也没想过动用他的画笔。他在八九点钟时到达，抽着烟，躺在沙发上，等着中午到来，上午他还挺高兴的，心想天还长着呢。到了正午，他去吃午饭，饭后又匆匆忙忙返回，独来独往，省得看见泰雷兹苍白的脸。到了画室，他静静地让胃消化着，一直睡到天黑。他的画室成了一个安乐窝，他身居其中不会发抖。一天，他妻子向他提出要看看他偏爱的那个窝。他没答应，但是，她不顾他拒绝，还是去叩门了。他不开。晚上，他对她说，他在卢浮宫整整待了一天。他担心泰雷兹会把卡米耶的幽灵也带来。

他终于也闲得发慌。他买了一块画布和一些颜料开始作画了。他既然没有钱雇用模特儿，就决定随意画画，考虑不到自然美了。他画一个男人的头像。

再说，他也不是成天待在画室里。每天上午，他工作两三小时，而整个下午则在巴黎和市郊游荡。有一次，他散步回家时，在法兰西研究院门口遇到了他以前的一个同学，这同学在最近的画展上得到了巨大的成功。

"啊哈，是你！"画家惊呼道，"唷！我可怜的洛朗，我简直认不出你来啦。你瘦了。"

"我结婚了。"洛朗窘迫地回答道。

"结婚了？怪不得你完全变样了……你现在干什么呢？"

"我租了一间小画室，我上午画一会儿。"

洛朗三言两语把结婚前后叙述了一遍，接着，他又激动地说了一通对未来的打算。他的朋友惊讶地看着他，使洛朗有些迷惑和不安。事实是画家在泰雷兹的丈夫身上已找不到他以前认识的那个笨拙而平庸的小伙子的形象。他似乎觉得，洛朗的举止高雅了，脸瘦削下来，并且变得嫩白，身体也显得更神气、轻盈些。

"可你变成一个漂亮的小伙子啦，"艺术家不禁大声说道，"你倒像个大使。这是最时髦的。那么你属于哪一家画派呢？"

画家对洛朗认真地打量了一番，使他很不自在，但他又不敢骤然离开他的朋友。

"你愿意到我的画室去坐会儿吗？"他最后看见他的朋友没有告别的意思，就提出了邀请。

"非常乐意。"那朋友答道。

画家对他方才观察到的变化并没联想到什么，他很想去看看他老同学的画室。当然，他爬六层楼可不是去看洛朗新的杰作的，可以肯定地说，这些作品会使他恶心。他唯一的愿望是满足自己的好奇心。

他登上他的画室后，只是朝挂在墙上的油画扫了一眼，他更奇怪了。墙上挂的五幅习作中两幅是女人的头像，三幅是男人的头像，画笔遒劲，色彩凝重而坚实，在淡灰色的底面上，每一笔都涂得十分精彩。艺术家快步走过去，惊呆了，他甚至没想掩饰他的惊奇：

"是你画的吗？"他问洛朗。

"是我，"洛朗答道，"我将要画一幅大油画小样，先做些准备。"

"哎呀，别扯远啦，真是你画的吗？"

"啊，是呀，怎么不是我呢？"

画家没敢把话直说。他心想："因为这些画是出于艺术家之手的，而你仅是一个蹩脚的学徒罢了。"他在习作前默默地看了良久。不言而喻，这些习作尚幼稚，但很有些新意，特征也很鲜明，说明作者有强烈的艺术感染力。仿佛这些画都是有生命力的。洛朗的朋友从没见过这样有前途的草图。等他认真观察了这些油画后，他转身对洛朗说道：

"坦率地说吧，我以前可没想到你能画得这样好。你的才华是从哪儿学的呢？一般说，这是学不会的。"

说完，他又仔细端详起洛朗来。他觉得洛朗的嗓音变得柔和，姿态也优雅了。这人身上多了一些女人的气质，感觉也灵敏、细腻了。他猜不透是什么神奇的力量使这人发生这么大的变化；毫无疑问，杀害卡米耶的凶手身上产生了一种奇异的现象。理智的分析是达不到如此深度的。洛朗的身心经受了巨大的生理失调的冲击后，如同他能变成一个胆小鬼一样，或许也能变成一个艺术家。以前，他的身体笨重，呼吸时粗声粗气的，体魄健壮，血气方刚，他不能做到心明眼亮；眼下他瘦了，变得易受惊吓，他动辄惊惶不安，感觉灵敏而锐利，并且变得神经质了。他过了一段恐惧的生活，思想正处于极度兴奋的状态中，并且出神入化，迸发出天才的火花。某种道德上的病症，以及他身心的神经上的病症，都奇异、清晰地发展了他身上的艺术官能。自从他杀人后，他的肉体仿佛变轻了，他昏乱的头脑仿佛变得开阔多了，他的思维突然延伸出去，奇妙的构思，诗人的幻想都不期而至。这样，他动作敏捷，作品变美；蓦地，画面也具有了个性和生命的活力。

洛朗的朋友也不想多琢磨这位艺术家是如何产生的，他迷惑不解地告辞了。走前，他又看了看油画，对洛朗说：

"我只是挑剔你一处，就是所有这些头像仿佛是一个脸谱。这五个人头很相像。女人脸上的线条太有力了，倒有点儿像整过容的男人……你得明白，倘若你想借用这些草图来创作一幅油画，必须得改画几张脸，你的人物不能都是亲兄弟，这要让人笑话的。"

他走出画室，在楼梯口又笑着补充说：

"说实在的，我的老兄，看见你很高兴。现在，我真要相信奇迹了……上帝啊！你成了一个温文尔雅的人啦！"

他下了楼。洛朗回到画室后心里很乱。刚才，当他朋友向他指出，习作上所有的人头像就是一个脸谱时，他曾猛地转过身子把变色的脸藏起来。这是因为他本人早已感觉到这点，虽然那是无心的。他又慢吞吞地走到画像前，看着这些头像，一个个审视着，从他的背上沁出了一颗颗冷汗。"他说得对，"他喃喃地说道，"他们都很相似……都像卡米耶。"

他倒退了一步，坐在沙发上，始终不能把眼睛从这些头像上移开。第一个人头像画的是个老头儿，长着长长的白胡须，艺术家觉得在白胡须里隐藏着的下巴颏和卡米耶瘦削的下巴颏一模一样。第二幅画的是个金发女郎，这个少女用溺死者的一对蓝眼睛注视着他。另外三个人头像都有着溺死者脸上的某些特征。卡米耶仿佛化装成了老头、少女，虽说由画家任意打扮，但始终保留着原来面目的基本神态。在这些头像中，还存在着另一种可怕的相像之处：他们一个个都表现出痛苦和恐惧的神色，仿佛在同一种恐怖的情绪下，他们都变得魂不附体了。每个头像的嘴的左角上都有一条浅浅的皱纹，牵动着嘴唇，使每张嘴变得十分不自然。洛朗还记得，他在溺死者痉挛的脸上曾看过这条皱纹，现在它成了这一张张脸的共同的丑陋的标志。

洛朗明白他在陈尸所把卡米耶看得太久了，尸体的形象在他心中已深深打上了烙印。现在，这个形象到处跟随着他，即使在无意识中，他的手也会勾勒出这张狰狞的脸上的线条。

画家仰躺在沙发上，他慢慢地觉得这些头像在动了。忽然，他面前出现了五个卡米耶，是他亲自用那五根手指强有力地勾勒出来的五个卡米耶，并且，更为惊奇和怪异的是，这五个人中有男有女，年龄不一。他站起来，撕碎了画布，扔到门外。他心想，倘若在他画室里去亲手画出无数个他的受害者的肖像的话，他会吓死在里面的。

恐惧攫住了他的心，他害怕从此以后，他画的每张人头像，都将是溺死者的头像。他即刻想知道他能否控制住自己的手。他把一块空白画布放在画架上，而后，他用一段木炭只几笔就勾勒出一张脸谱来。这张脸又像卡米耶。洛朗唰地把这张草图抹去，想试画另一张。他的手指执拗地自作主张，他抗争着，折腾了个把小时。在每次新的尝试中，他都画出了溺死者的头。他打起精神，竭力想避免画出自己已熟记在心的线条，但都无济于事。他还是不由自主地勾勒出这些线条，不得不画出他的那些挣扎着的肌肉和筋骨。一开始他飞快地把轮廓一蹴而就，然后再仔细运用炭笔，但结果都是一样的：卡米耶那狰狞而痛苦的脸始终出现在画布上。艺术家先后勾勒出一张又一张不同的人头像，他们之中有天使、带光圈的贞女、头戴铁盔的罗马武士、长着一头金黄色头发和脸上红扑扑的孩子、伤痕累累的老强盗等等，然而，溺死鬼总是一再重现，他也先后变成了天使、贞女、武士、孩子和强盗。这时，洛朗干脆去画漫画。他夸大了特征，勾勒出吓人的轮廓，创作出粗陋不堪的头像，其结果，他只是把那受害者的一个个惊魂摄魄的画像变得更可怕了。最后，他就画一些动物，猫狗之类，连猫和狗也多少有些像卡米耶。

洛朗内心狂怒了。他想到了那幅大油画，绝望之中，一拳把它捅破。眼下，再也没什么杰作可想了，他心里明白，此后，他除了卡米耶的脑袋外什么也画不成了，正如他朋友对他说的那样，只能画出大同小异的脸谱，让人看了发笑。他想象出他的所谓精品会是什么样子，他看见，在这些人物——无论是男是女，肩膀上都安着一张溺死者苍白而惊恐的脸；他幻想出来的怪异的景象非常可笑，不堪入目，他伤心极了。

因此，他不敢再工作，生怕一动画笔就让他的被害者复活。倘若想在画室里平平安安地度过，他就得永远不在里面作画。当他想到，他的手指总是无意识地不可避免地不断再现卡米耶的肖像时，他便恐惧地看着自己的手。他觉得，这只手不再属于他的了。

二十六

拉甘太太身上潜伏着的危机爆发了。几个月以来，麻木沿着她的四肢发展，始终在压迫着她，突然，一直麻木到她的颈脖，她全身瘫痪了。一天晚上，正当她和泰雷兹、洛朗安静地闲聊时，话说到一半，她的嘴张得大大地停住了：她好像觉得有人扼住她的脖子，她想呼喊，叫救命，但是她只能断断续续吐出一些嘶哑的音节。她的舌头变成一块石头，她的双手、双脚僵硬了。她成了哑巴，全身也不得动弹了。

泰雷兹和洛朗站起来，看见妇女服饰用品店的老板娘在几秒钟之内变成这样，如雷轰顶，吓坏了。她僵硬了，用哀求的目光注视着他们，他们就向她问这问那，想知道她痛苦的原因。她答不出来，仍然以极惶恐的目光看着他们。这时，他们明白他们面前只剩下一具活尸，她看着他们，听他们说，但自己却说不出来。这个突如其来的变化使他们绝望了，实际上，他们并不怎样担心病人的苦痛，他们是为自己伤心，因为此后，他们将永远单独相处了。

从这天起，这对夫妇的生活变得不可忍受了。他俩守着一个残废老人，度过了一个个极其难堪的夜晚，她不再能用她那喋喋不休、颠三倒四的话来平息他们的恐惧。她瘫在单人沙发里，像一个包裹或一件东西，而他俩各据餐桌的一头，尴尬而不安。这具活尸不会再离开他俩了，有时，他们竟然把她忘记，把她当成一件家具。这时，夜里的恐惧又攫住他们，餐室就像卧房一样变成一个可怕的地方，那里也有着卡米耶的鬼魂，这样，每天，他们要多受四五个小时的罪。黄昏一到，他们心里就开始战栗，把灯罩往下拉，免得互打照面，并且一个劲地想，拉甘太太就要同他们说话了，她要表示她的存在。倘若说，他俩还把她留在身边，没把她除掉，这是因为她那对眼珠还在活动，当他们看见这对眼珠还能转动和在闪亮时，他们有时还能得到些安慰。

他们总是把残废老太太安置在油灯的光亮处，把她的脸照得亮亮的，让他们抬头就能看见她。这张苍白、憔悴的脸在别人看来也许是不忍目睹的，但是他们迫切需要个伴儿，看着她真是又惊又喜。她像是个死人，脸面已经腐烂，只是有人在这张脸的中间嵌了一对眼珠，只有这对眼珠灵活地在眼眶里滚动着，而脸颊和嘴都仿佛石化了，纹丝不动，令人望而生畏。倘若拉甘太太打盹把眼皮垂下时，她的脸就完全变成白色，毫无生气，与死人无异。泰雷兹和洛朗觉得没有人与他们在一起了，便使劲弄出一些响声来，直到病人又抬起眼皮，看着他们为止。他们就这样逼迫她始终醒着。

他们把她当成一件消遣物，使自己不陷入噩梦之中。自从她瘫痪后，他们就像护理一个孩子那样照料她了。他们对她关怀备至，强迫自己分散心神。大清早，洛朗帮她起床，把她抱到单人沙发里；晚上，他又把她安排上床，她的身体还很重，他得用尽全力，双臂把她小心地抱起来，再移到别处。转动沙发椅子的活儿也由他干。别的事就由泰雷兹负责：她替病人穿衣服，喂她吃饭，想方设法猜透她想要干什么。头几天，拉甘太太的手还能动动，还能在一块石板上写出她的需求。不久，她的双手坏死了，不可能再举手握住铅笔，自此以后，她只能用目光代替言语，她的侄女必须猜出她需要什么。少妇承担了护士的工作，她必须身心并用，这对她反而更好。

这对夫妇为了避免单独相处，从大清早就把好心老太太的单人沙发推到餐室里。他们把她放在中间，仿佛他们的生活少不了她。他们让她与他们一起进餐，并让她参与他俩的谈话。倘若她表示想进自己的卧室，他们就装作不懂她的意思。她只有在破坏他俩单独晤谈时才是受欢迎的，她没有权力独自相处。上午八点，洛朗去他的画室，泰雷兹下楼去店堂，瘫痪病人就一个人在餐室里待到正午。午饭后，她还是一个人待到晚上六点。白天，她的侄女也常上楼来，围着她忙一阵，看看她需要些什么。家里的一些老世交都不知用什么词儿来赞美泰雷兹和洛朗的品行。

礼拜四的聚会照常进行，拉甘太太照样参加。他们把她的沙发移近餐桌，从晚上八点到十一点，她一直睁大着眼睛，目光锐利，在客人们的脸上逐一打转转。最初，老米肖和格里韦看见这位半死不活的太太在场，有点儿窘迫和手足无措，不知如何是好。他们只是微微地表示忧伤，但心里却在盘算，有什么办法能使自己的悲伤恰到好处。该对这个半死不活的人说些什么，还是完全不去管她？慢慢地，他们决定对待拉甘太太像平常一样，就像什么也没发生似的。他们装成根本不知道她的病。他们与她交谈，该问的问，该答的答，不论对她还是对他们自己，该笑的还是笑，决不因这张脸表情麻木而有所气馁。这是一个古怪的场面，看这些人的神情，就像是在有条有理地与一具雕塑讲话，就如小姑娘在和她们的玩偶谈心一样。瘫痪者在众人面前直僵僵的，也不说话，大家也照旧闲聊，他们加倍地运用手势来表示和她谈得十分投机。米肖和格里韦对他们出色的举止暗自得意，他们这样做自以为礼义周全了。再则，他们还避免表达那些惋惜之类的俗套话。拉甘太太看见他们把自己当成一个健康的人，大概受宠若惊了，从此，他们就当她的面寻开心，一点顾忌也没有。

格里韦有一个癖好。他认定他与拉甘太太默契得很好，只要她望他一眼，他就立即明白她想要什么。这又是一个微妙之处。不过，每次格里韦都猜错了。他常常中断打牌，认真注视着她，病人的眼睛虽说始终平静地看着牌局，但他却声称，她想要这个或那个。经过证实，拉甘太太什么都不要，或要的完全是另一样东西。格里韦毫不泄气，他摆出一副得胜者的姿态："我不是早就对您说了吗！"几分钟后，他又重新开始了。倘若病人明确表示一个愿望时，这便又是另一码事了，泰雷兹、洛朗和客人们都先后说出她所希望的东西，格里韦还是哗众取宠，猜得根本不对。他脑子里想起什么就说什么，他猜的总是和拉甘太太所期望的相反。但是，他仍然大言不惭地一说再说：

"我嘛，我看她的眼神就如我看书一样清楚。听着，她对我说，我猜得对……对吗，亲爱的太太……是啊，是啊。"

应该说，要猜中好心的太太想要什么也不是一件简单的事，只有泰雷兹掌握了这门学问。太太虽还活着，但已活埋在这具死亡的躯壳里了，她那深藏不露的想法，泰雷兹猜起来还是驾轻就熟的。这位可怜的太太活得够长的，虽说已退出了人生舞台，但对生活还是熟门熟道的，那么在她身上究竟发生了什么事呢？她看得见，听得见，判断事理大概还很清晰、明了，不过，她不会动，说不出话，表达不出她内心的想法。也许种种想法会把她窒息。就算她做个动作，说句话就能决定人类命运，她也不会把手举起来，把嘴张开来了。她的灵魂就像那些因误会而被人活埋的人，到了晚上，他们在地下两三米处又醒了，他们叫喊和挣扎，但人们在他们身上踩过，听不见他们悲惨的呼叫声。洛朗常常看着拉甘太太，只见她紧抿着嘴，双手平摊在膝上，整个生命只在她那对活跃而敏锐的眼睛里表现出来。这时，洛朗心里总是想：

"谁知她一个人在想些什么……在这个半身入土的女人的脑子里，大概演过什么悲剧吧。"

洛朗猜错了。拉甘太太是幸福的，她这两个亲爱的孩子对她精心的照料和深情厚意使她深感幸福。她早就梦想过像这样了此残生，在真诚和温暖的感情中慢慢死去。当然啦，她更希望能说话，感谢这两位帮助她平静死去的朋友。但是，她还是顺从地接受了命运的摆布。她一生过着平静、隐居的生活，她的禀性又温和，这些都使她没有过分强烈地感受到沉默和瘫痪所带来的痛苦。她又成了个孩子，过着无忧无虑的日子，眼睛看着前面，思想回忆着过去。她像个小姑娘似的乖乖地坐在沙发椅子里，她甚至还回味着其中的乐趣哩。

她的眼神一天比一天温和、敏锐。她始终能运用自己的眼睛替代手和嘴来要求什么或表示感谢。她以这种独特的有魅力的方式来取代失去功能的器官。她脸上的肉耷拉着，松软下来，怪难看的。但在她这张脸上，眼睛却放出天使般的光芒，异常美丽。自从她那两片扭曲、不会动的嘴唇笑不出来以后，她就用眼睛来笑，目光柔和而亲切，在她的双眸里掠过一道湿润润的光后，黎明的曙光便会升起。世上什么也比不上她那对眼睛更神奇了，它们就像在这死寂般的脸上微笑着的两片嘴唇。脸的下半部苍白无光，全无生气，上半部却闪出神圣的光辉。特别是对她那两个可爱的孩子，她在平时刹那间的目光里倾注了她灵魂的全部感激和深情。清晨和傍晚，当洛朗双手抱着她移到别处时，她的目光中充溢着温情，对他表示出深深的谢意。

就这样，她又过了好几个礼拜，等着死神召唤，以为不会再有什么不幸降临到她头上了。她想她已赎清了她前世的罪孽，但是她错了。一天晚上，她挨了致命的打击。

泰雷兹和洛朗把她放在他俩之间的耀眼处，其作用也有限，她的存在并不足以把他俩隔开并解除他俩的苦恼。一旦他们忘记她在场和忘记她在看着他们、听他们说话时，他们的神经又不正常了，以为看见了卡米耶，于是便想方设法把他赶跑。这时，他俩嘴里就叽里咕噜的，不知不觉地吐露出一些真情，久而久之，等于向拉甘太太和盘托出。洛朗在神经发作时，说话就像幻想症患者似的。突然，风瘫老太太什么都明白了。

拉甘太太的脸上现出一阵痉挛，可怕极了，她的面部变化太明显了，泰雷兹以为她即刻就会蹦跳起来，大喊大叫。不一会儿，她的神色又变得像铁板一样。更可怕的是，这种类型的冲击似乎使一具尸体触了电。在刹那间爆发出来的感觉消失后，女瘫痪病人比以前显得更颓丧，脸色更苍白。她的眼睛曾是那么温和，现在变得黑森森的，异常严峻，犹如两块金属。

人间所遭遇的精神上的打击也莫过于此了。罪孽的现实像闪电般地在瘫痪病人的眼里掠过，并以迅雷般的速度在她脑中炸开。倘若她能站起来，把积压在喉头的愤怒痛痛快快地发泄出来，咒骂杀死他儿子的凶手的话，也许她不会如此痛苦的。但是，当她全听见了，一切都明白过来之后，她却仍然不得动弹，说不出话，并且要把痛苦往肚子里吞咽。她仿佛觉得，泰雷兹和洛朗把她捆绑起来后钉死在沙发椅子里，不许她冲出去；她仿佛觉得，他俩把折磨她视为乐事；堵住她的嘴，不让她哀号之后，又不断向她重复着："我们把卡米耶杀了！"恐惧和憎恨在她全身疯狂地奔腾着，但找不到出处。她拼足力气想把自己从重压下解脱出来，想放开喉咙、滔滔不绝地倾吐自己的怨恨，但一切都无用。她感到自己的舌头冰凉地贴在自己的上颚，她终于不能从死亡中自救。她像具尸体，始终僵在那里。她感觉自己已经麻木迟钝了，被活埋在地下，为自身所束缚，只能听见头顶上一下下沉闷的铲沙声。

她内心的劫难就更为可怕。她有天崩地裂般的感觉，自己完全垮了。她整个一生是悲惨的，她的全部爱、善良以及真情实意骤然都被摧毁并被踩在脚下。她一辈子都过得和和美美的，到了风烛残年，眼看着就要带着安宁、幸福的生活信念撒手人寰时，陡然，却有一个声音对她吼叫着：一切都是假的！一切都是罪恶！她一直以为看见的尽是爱情和友谊，结果帷幕拉开，让她目睹了一幅血淋淋的寡廉鲜耻的场景。倘若她能大声诅咒的话，她甚至会咒骂上帝。上帝把她欺骗了六十多年，把她当成一个温和、纯洁的女孩子，用安宁欢愉的虚假的场景使她娱目。因此，她始终是个孩子，傻乎乎地轻信一切，完全看不见现实生活在情欲的血腥的污泥里爬行。上帝的心也不善，他早该把真相告诉她，或者让她离开人世时仍然天真无知，蒙在鼓里。眼下，她只有一种选择，就是死时对爱情、友谊和忠诚全盘否定。世上除了杀戮和奢靡之外，什么也不存在了。

啊！什么！卡米耶是在泰雷兹和洛朗的合谋下死的，而他俩是在无耻私通时蓄谋了这次罪孽的！对拉甘太太而言，她的思想里有一个深渊，她无法清晰、具体地理顺思路，把这件事的来龙去脉搞清楚。她只有一个感觉，就是不断往下坠落，可怕极了，她仿佛觉得自己坠入了一个阴森森的寒气逼人的洞穴里，而她的心却在想："我就要在洞底撞得粉身碎骨了。"

首次冲击之后，在她看来，罪孽太大，似乎不像是真的。过后，当她回想起以前她无法解释的一些现象，相信通奸和谋杀确有其事时，她害怕自己快疯了。泰雷兹是她一手抚养成人的，洛朗则是她像慈母般一心一意爱着的，他俩居然就是杀害卡米耶的凶手。这件事好像一个巨轮在她脑子里旋转着，发出轰轰的声响。她想象着一些不堪入目的细节，设想人居然会堕落到如此虚伪的地步，又回忆起他俩的种种假面，简直成了极其残忍的讽刺，这时，她宁愿去死也不愿再想下去了。只有一个天生的坚定的想法，以磐石般的重量和执拗，碾磨着她的脑袋。她老在思忖："杀死我的孩子的是我的另外两个孩子。"因为她找不到别的想法来表达她的绝望。

她在心理上产生了突变，她盲目地想对自己做一番重新认识，但再也认不清了，在突如其来的报仇雪恨的强烈愿望下，她一生中的善心德性已荡然无存，她只想着报仇。她已经判若两人，内心一片漆黑，她感到在她那垂死的肉体上一个新的人脱颖而出，此人无情而残忍，她甚至可以撕咬她儿子的凶手。

她全身瘫痪，完全动弹不得，她明白她是无法跳到泰雷兹和洛朗的颈脖子上把他俩卡死的。这时，她只得归于静止和沉默，大颗大颗的泪珠慢慢从她眼睛里淌下来。还有什么比静止和沉默的绝望更令人伤心的呢？她的泪珠一滴滴地顺着这张失去生命的脸往下淌时，没有一条皱纹在活动。这张苍白、死气沉沉的脸不能尽情地哭泣，只有眼睛在呜咽，这幕景象真让人痛心疾首。

泰雷兹吓呆了，怜悯心油然而起。

"让她睡觉吧。"她指着她的姑妈对洛朗说。

洛朗赶忙把病人的坐椅推到她的卧室里。过后，他又弯下腰用双臂把她抱起。这时，拉甘太太希望有一根有力的弹簧能把她扶正，她做了最大的努力。上帝也不该允许洛朗把她搂在他怀里哪，她想，倘若他果真如此厚颜无耻、天地不容的话，雷也会把他劈死的。但是，既没有弹簧支撑她，上天也没让雷打下来。她像一包内衣似的，仍然有气无力地任人摆布。她任凭杀人犯抓住、抱起，再移动位置，她像散了架似的，软绵绵地由杀死卡米耶的凶手抱着，她感到非常恐慌。

她的头侧枕在洛朗的肩膀上，她恐惧地睁大了双眼注视着他。

"行啊，行啊，好好看着我吧，"他轻声说道，"你的眼睛总不会把我吃掉吧……"

说着，他猛地把她摔在床上。病人倒在床上便晕过去了。她最后一刹那的想法是恐怖和厌恶的。从此以后，她早晚都要忍受洛朗用双臂邪恶地搂抱她。

二十七

这对夫妻是在极度的恐惧心理下，才当着拉甘太太的面吐露心声和道出真相的。他们两个都不是残忍的人：倘若他们无须保持缄默也能确保安全的话，他们本来也应出于人道，避免像这样把事情泄露出来的。

礼拜四又到了，他俩都感到异常不安。早上，泰雷兹问洛朗，晚上把拉甘太太留在餐室里是否安全，因为她什么都知道了，会传出去的。

"算了吧！"洛朗答道，"她动个小指头都不可能，怎么会说这事？"

"也许她能想出个办法来，"泰雷兹答道，"自那晚后，我从她眼神里看出她有个既定的想法。"

"不会的，你看，医生对我说她一切都完了。倘若她还能再次开口的话，就是她临终前咽下最后一口气的当儿……她活不了多久了，算了吧。要我们动脑筋，阻止她今晚和我们在一起，才叫傻瓜哩……"

泰雷兹战栗了。

"你不理解我的意思，"她大声说道，"哦！你讲得对，已经流过那么多血了……刚才我想对你说，我们可以把我的姑妈关在她自己的卧室里，并且借口说她不舒服，睡下了。"

"我没错，"洛朗接着说道，"不管怎样她总是这个笨米肖的老朋友，他一定会走进她卧室去看看的……这才是真要我们送命哩。"

他犹豫了一下，想装得镇静一些，但内心又不安，说话支支吾吾起来。

"最好听其自然吧。"他继续说道，"这些人笨得像头鹅，她说不出话，再有个失望的表示，他们肯定也不会懂的。而且，他们不会疑心什么，因为连个蛛丝马迹都没发现。一旦证明没事了，我们以后也不必对这次失误愁眉不展……你看着吧，什么事也没有的。"

晚上，当客人们到齐后，拉甘太太还是坐在壁炉和餐室之间的老位置上。洛朗和泰雷兹用和颜悦色的样子来掩饰他们的恐惧心理，焦虑地等待着那段不可避免要来的插曲。他们把灯罩压得非常低，只有桌面上的漆布被照着。

来客三三两两地闲聊了一阵，这照常是开牌的前奏曲。格里韦和米肖少不了要向瘫痪老人询问健康状况，他们自问自答，十分动听，这些都是他们讲惯的套话。问候之后，这伙人就顾不上这位好心的太太，大家高高兴兴地一头扎进牌局里。

自从拉甘太太知道了这件惊人的秘密之后，她就万分焦急地等待这天晚上到来。她早已积蓄了最后的力量，准备揭发这两个罪人。直到最后，她都在担心不能参加这次牌会，她想，洛朗要把她消灭掉，有可能把她杀了，最低限度会把她关在卧室里的。当她看见他们把她安置在餐室里，和客人待在一起时，她心里高兴极了，心想她就要着手为她儿子报仇了。她知道她的舌头没用，就想试用一种新的语言。她以惊人的意志力，终于使她的右手多少能活动一些，能把它从她膝盖上微微抬起一点，平时，她总是把手平放在膝盖上，一点也不能动。过后她又把手慢慢地沿着前面餐桌的一只脚往上移，终于放到餐桌的漆布上了。她在桌上无力地晃动着手指，仿佛是为了引起别人注意似的。

牌友们发现在他们之间有只毫无血色、毫无生气、软绵绵的手之后，都感到十分惊诧。正当格里韦得意扬扬地要出一张双六牌时，臂膀悬在半空停住了。自从病人受到那次打击以来，她就再也没挪动过双手。

"噫！您看哪，泰雷兹，"米肖大声叫道，"拉甘太太在摇动手指头了……她大概想要什么东西吧。"

泰雷兹没有回话，她和洛朗的目光一直紧随着瘫痪者艰难的动作，她看着她的姑妈这只手在强烈的灯光下显得特别白，就像一只即将会开口说话的复仇的手。两个凶手气喘吁吁地等待着。

"当然啦！是啊，"格里韦说，"她想要什么东西……哦！我们彼此都十分了解……她想玩骨牌……喂！是吗，亲爱的太太？"

拉甘太太做了一个否定的手势。她拼足了力气伸出一个手指，把其余的手指弯起，然后开始艰难地在餐桌上勾画字母。还没等她勾出几笔，格里韦又神气活现地叫起来：

"我懂了，她说，我出双六这张牌是对的。"

拉甘太太向老职员狠狠瞪了一眼，又自顾自写下去。可是，她每勾一画，格里韦就打断她，大声说她不用再写了，他早就懂了，于是又出了一次洋相。最后还是米肖制止了他。

"活见鬼！您就让拉甘太太写下去嘛。"他说道，"说吧，我的老朋友。"

说完，他认真地看着漆布，仿佛在侧耳恭听别人说话一样。但是，瘫痪病人的手指没劲了，每个字，她要写上十几次，即使写成了也是东歪西倒地。米肖和奥利维埃俯下身子，认不出来，又逼迫她再重写头几个字母。

"啊！行了，"奥利维埃突然大声说道，"这一次我能读了……她刚才写了您的名字，泰雷兹……看吧：'泰雷兹和……'写下去，亲爱的太太。"

泰雷兹恐惧极了，差一点要喊出声来。她看着她姑妈的手指在漆布上移动，好像觉得这几个手指用火一般的字母勾勒出她的名字和罪行。洛朗嗖地站起来，心里盘算着是否向拉甘太太扑过去，把她的胳膊拧断。他以为一切都完了，他看见这只手又复活了，并正在披露卡米耶惨死的真相，他顿时感到自己受到了惩罚，全身发冷，身子在往下沉。

拉甘太太一直写下去，不过动作越来越迟缓了。

"很好，我看得很清楚，"过了会儿，奥利维埃看着这对夫妇接着说道，"您的姑妈写了你俩的名字：泰雷兹和洛朗……"

拉甘太太不住地点头，向杀人犯瞥了几眼，把他俩吓昏了。随后，她想写完。但是，她的手指僵直了，她凭她那坚韧无比的意志曾使她的手指动起来，现在力气已消耗殆尽，她感到麻木症状沿着她的胳膊在向上蔓延，又重新控制着她的手腕。她加快速度，又写了一个字。

老米肖大声说道：

"泰雷兹和洛朗曾经……"

奥利维埃赶紧问道：

"他们曾经什么，您那两个亲爱的孩子？"

这两个杀人凶手吓疯了，几乎要替她大声把话讲完。他们以专注和迷茫的目光盯着这只复仇的手，突然，这只手痉挛了一下，瘫倒在餐桌上，继而，向下滑，顺着病人的膝盖又垂落下来，就像一堆死肉。她又全身瘫痪了，惩罚已停止。米肖和奥利维埃又坐下来，非常泄气，泰雷兹和洛朗兴奋之极，他们感到血在胸膛里汹涌着，有点支持不住了。

格里韦很生气，因为别人不信他的话。他想，他要把拉甘太太没说完的话说完，以挽回他的威信。他看见众人纷纷在猜测这话的含意，便说道：

"这已很清楚了，我从拉甘太太的眼神里便猜出了整个句子。我嘛，我根本不需她在桌子上写字，我只要看一眼就够了……她想说：'泰雷兹和洛朗对我可好啦。'"

这下格里韦大概该庆幸他的想象力了，因为所有的人都同意他的看法。客人纷纷对这对夫妇颂扬一番，他们对这位好心的老太太委实太好了。

"这倒是无疑的，"老米肖一本正经地说，"拉甘太太的两个孩子对她的关怀是无微不至的，她想在此表示感谢。全家都有光彩啊。"

说完他拿起骨牌，又补充了一句：

"行了吧，继续玩牌。我们打到哪儿啦？……我想是格里韦打出双六吧。"

格里韦打出了双六。于是大家又痴痴呆呆、神情麻木地继续玩牌。

拉甘太太看着她自己的手，陷入绝望的恐惧中。刚才她的手背叛了她。现在，她感到她的手重得像一块铅，再也提不起来。上天不让卡米耶复仇，他的母亲原本可以让大家了解他被害真相的，但上天把他母亲唯一的途径都剥夺了。不幸的太太心想，她别无他路，只有到九泉之下与她儿子相会了。她垂下眼皮，觉得此后，自己是完全无用了，恨不得自己已被打入到地狱中才好。

二十八

泰雷兹和洛朗婚后两个月来，心情始终是焦虑不安的，他们无法摆脱出来。他们相互折磨着。因此，他俩心中的仇恨在慢慢地增长着，最后，他们各自向对方恶狠狠地瞪眼，目光里影影绰绰地潜伏着杀机。

仇恨不可避免地来到了。以往，他俩像原始人般相爱着，感情激烈，热火朝天；接着，他们因犯罪而神经过分紧张，爱情变成了惧怕，他们亲吻时都感到阵阵的恐惧；眼下，他们的婚姻，共同的生活只是徒增痛苦，于是怒不可遏地反抗了。

这是一种深仇大恨，具有极其可怕的性质。他们明显地感到相互妨碍着，他们心想，倘若他俩不是老待在一块的话，会过上安安稳稳的日子的。当他们在一起时，觉得有块巨大的石头把他们压得喘不过气来，他们早就想把这块石头搬走，消灭掉。他们紧抿着嘴，暴力的思想在他们亮闪闪的眼睛里掠过，他们都渴望把对方吞食了。

实际上，他们被折磨是因为他们对自己的犯罪行为生气，为生活将永无宁日而感到伤心绝望。他们感到祸根是根除不了的，害死了卡米耶，他们会痛苦终生，想到要终身受苦，于是便怒气冲冲了。他们不知道向谁泄恨，于是便相互怨怪，彼此憎恨。

　　他们不愿公开承认他们的结合就是对谋杀的致命的惩罚，他俩的内心都在诉说真言，把他们的过去一一展现出来，可他们拒绝倾听心声。不过，在他们激动、狂怒的时刻，他们都非常明白发怒的原因何在，他们出于极端自私干下的杀人勾当是满足一己的私欲，然而，杀人只能给他们带来一种绝望而无法忍受的生活，他们是猜得出自身狂怒的缘由的。他们记忆犹新，知道他们所期望的奢靡而平静的幸福生活是不切实际的，这是造成他们悔恨的唯一根由。倘若他们真能亲亲热热，过上和和美美的日子，他们就决不会老惦记着卡米耶，犯罪后也会舒坦了。但是，他们的身心在反叛，拒绝合二为一，因此，他们害怕地想着恐怖和厌恶将把他们带向何方？他们只看见一个痛苦、可怕的前景，一个不祥、狂暴的结局。于是，他们便像两个将被人捆绑在一起，而自身又挣脱不了对方的仇敌，肌肉和神经都处于紧张状态，他们僵持着，终于不能解脱出来。后来，他们明白永远也摆脱不了对方的拥抱，捆绑着他们的绳索在切割着他们的皮肉，他们挨在一起彼此都感到恶心，并且厌恶感每分钟都在增长。他们忘记了把他们捆绑在一起的是他们自己，于是，再也忍受不住了，彼此猛烈地指责，相互咒骂着，以叫喊和责备来麻醉自己，以为这样心里会好受些，并能医治他们自己撕破了的伤口。

　　每天晚上，他们都要吵闹一场，好像这两个凶手在寻找时机发作一番，松懈一下各自绷紧了的神经。他们相互窥视着，用目光相互打量，探索着对方的伤口，寻找每个伤口的最痛处，强烈地渴望对方发出痛苦的嗥叫声。他们就像这样，永远激动着、愤怒着，对自己厌倦了，每当听到对方的一句话、看到对方的一个手势、一个眼神都要痛苦和狂怒一阵。他们的全部身心都准备着施行暴力，对方稍有急躁时，哪怕是最一般的矛盾，都会在他们紊乱、失调的思想里异常地扩大开来，而且突然变得非常强烈。一件无足轻重的事也会掀起一场风暴，并且持续到次日。菜烫了一点，窗子被打开了，否认一件什么事，或表示了一点异议都足以使他们发作、疯狂一阵。而每当他俩争吵时，他们总是把溺死者提在前头。你一句我一句，最后，他们也总是指责对方要对圣·乌昂地区淹死人的事负责，这时，他们面红耳赤，亢奋上升至癫狂。这些场面外人是看不下去的，他们气急败坏地捶胸顿足、乱叫乱嚷，厚颜无耻地滥施淫威。平常，泰雷兹和洛朗是在饭后发作的，他们把餐室门关着，不让他们的狂叫声传出去。这间屋子就像一个地窖，灯火下泛着淡黄色的光。他们待在里面，可以随心所欲地折磨对方。在安宁、静谧的气氛里，他们的叫声显得更加冷酷、惊心动魄。只有在他们累垮时才偃旗息鼓，也仅仅到了那时，他们才能去享受几小时的休息。对他们来说，争吵变成了一种需要，仿佛成了一种麻醉神经、进入睡眠的手段了。

　　拉甘太太听着他俩闹。她自始至终坐在沙发椅子里，双手搭在膝盖上，头伸得笔直，面部毫无表情。她什么都听进去了，她那麻木的肉体没牵动一下子，她的一对眼睛死死盯在这两个凶手身上。她的牺牲大概也是惨重的。她就这样一点一滴地了解到卡米耶溺死前后的全部经过，渐渐地，她也认识到这两人居然是如此肮脏卑鄙、罪孽深重，她以前还把他们称为亲爱的孩子哩。

　　这对夫妇间的吵架使拉甘太太了解到所有的细节，并且把这个恶性案件的所有情景都一幕幕地在她受到惊吓的脑海里展现出来。她在这血腥、肮脏的勾当里陷得愈深，就愈是

166

忍受不了，她以为耻辱也莫过于此了，可是好戏还在后面。每天晚上，她都了解到一些新情况。这恐怖的故事总是在她眼前延伸出去，她仿佛觉得自己堕进一个没完没了的噩梦中。最初的真相是突然披露出来的，已经让她受不了，可是，这对夫妇在冲动时，又不断透露出细节，慢慢地把犯罪经过全部和盘托出。她就这样承受着一次次的打击，使她更加痛不欲生。每天，这位母亲会听到一次儿子被杀的经过，而每过一天，故事就变得更恐怖、更详尽，声音传到她耳朵里时，就显得更加残酷和刺耳。

大颗大颗的泪珠，无声无息地从这张苍白的脸上淌下来。有时，泰雷兹看见这张脸，产生悔疚之意。她向洛朗指指她的姑妈，用目光恳求他别再说下去了。

"哦！随她去！"他粗暴地大声叫喊道，"你很清楚，她不能把我们的事捅出去……我吗，难道我比她更好过吗？……我们拿到她的钱了，我不需要拘拘束束的。"

接着，争吵又继续下去，激烈、刺耳，仿佛又把卡米耶杀了一次。他们也有怜悯的时候，但当他俩吵闹时，泰雷兹也罢，洛朗也罢，都不敢把心软下来，去把拉甘太太关在她的卧室里，别让她再听他俩叙述犯罪经过。倘若他们之间不夹着这个半死半活的人的话，他们担心会把对方杀掉的。与怜悯相比，胆怯占了上风，于是他们就把这无声的痛苦强加给拉甘太太，因为他们需要她在场，要靠她的保护来对付幻觉。

他们的争吵都是大同小异的，彼此指责的内容也是相仿的。只要卡米耶的名字说出来，只要他俩之中的一个指责另一个杀了他之后，就会爆发一场剧烈的争斗。

一天吃晚饭时，洛朗正在寻找发火的借口，他发现玻璃瓶里的水是温的，就大声说，温水会使他恶心，他要喝凉水。

"我找不到冰块。"泰雷兹冷冰冰地答道。

"那好,我就不喝了。"洛朗接着说。

"这水挺好嘛。"

"水还是热的,有烂泥味,好像是河水。"

泰雷兹重复了一句:

"是河水。"

接着,她就号啕大哭起来。她又联想到另一件事了。"你为什么要哭?"洛朗问道,他料到对方会如何回答,脸色变白了。

"我哭,"少妇抽抽泣泣地说道,"我哭,因为……你很明白……哦!我的上帝!我的上帝!是你把他杀了。"

"你撒谎!"杀人犯声嘶力竭地叫道,"你得承认,你在撒谎……倘若说是我把他扔到塞纳河里的话,那是因为你唆使我去害人的。"

"我?!我?!"

"对,是你!……别装蒜啦,别迫使我强迫要你承认事实啦。我要你对你的罪行忏悔,并且要你承担你的一部分罪责。这样我就安心和宽慰些。"

"可是淹死卡米耶的不是我。"

"是你,不折不扣是你,就是你!……啊!你装成莫名其妙和健忘的样子。我马上帮你回忆一下。"

他从餐桌旁站起来,朝少妇倾下身子,脸涨得通红,冲着她的脸大叫道:

"你在河边上,记得吗,我轻声对你说:'我要把他投到河里去。'那时,你同意了,你走进小船里……你看,你不是伙同我一块把他害了吗?"

"这不是真的……我那时疯了,我不知道我干了些什么,可是,我从没想把他杀。只有你一个人犯了罪。"

这些否认使洛朗苦恼极了。刚才他说过，当他想到自己有一个同谋心里就宽慰些，倘若他有胆量的话，他都几乎想说服自己把谋杀的全部罪责一股脑儿推给泰雷兹。他甚至想打那少妇，让她招认她是罪魁祸首。

他开始在房里徘徊，乱叫乱嚷，神志不清，拉甘太太直勾勾地盯着他看。

"哦! 死不要脸的! 死不要脸的! "他上气不接下气，结结巴巴地说，"她简直把我逼疯了……啊! 有天晚上，你不是像个妓女一样，上楼走进我的房里吗? 你不是给我灌足了迷魂汤才让我下决心干掉你的丈夫吗? 你不喜欢他，他像个病歪歪的孩子，每当我到这儿来看你，你不是对我这样说的吗……三年前，难道我，我会想到这些吗? 难道我是一个拈花惹草的小人吗? 我本来一向过得安安稳稳的，我是个正派人，对谁也没使过坏。我连个苍蝇也不去打的。"

"就是你杀死卡米耶。"泰雷兹也绝望了，执拗地反复说着这句话，这使洛朗更加无可奈何了。

"不对，是你，我对你说，就是你，"他狂怒地接口说，"……你看，别叫我恼火了，这样没有好结果的……你这个小人，你怎么不记得了? 你像个妓女一样委身于我，就在那儿，在你丈夫的卧室里，你煽动我极度纵欲，使我神魂颠倒。你得承认，这是你早就有的安排，你恨卡米耶，你早就存心要杀死他。毫无疑问，你让我做你的情夫，要我和他发生冲突，把他干掉。"

"你说得不对……你说的话都是极可怕的……你无权责备我的短处。照你的话，我也可以对你说，在认识你之前，我是个守规矩的女人，对谁也不存坏心。倘若说我把你逼疯还不如说你把我逼得更加失去了理智。我们别争啦，你听到没有，洛朗……我要责备你的事就更多了。"

"你有什么可责备我的呢？"

"不，没有……你没有把我从自身中解救出来，你利用了我的自暴自弃，你把我的生活糟蹋成这样反而高兴……这一切，我都原谅你……不过，求求你，别指控我杀了卡米耶吧。你的罪恶自己承担，别再想吓唬我了。"

洛朗抬起手想打泰雷兹的嘴巴。

"打我吧，这样更好些，"她接着说道，"我反而好受些。"

说着，她把脸凑过去。洛朗忍住了，他端了张椅子坐在少妇的身旁。

"听着，"他说道，努力使自己的声音平静些，"你拒绝承担自己的一份罪责，这是胆怯的表现。你完全明白，这件事是我们一块儿干的，你也知道我们罪责相当。为什么你把自己说成是无辜的，而加重我的责任呢？倘若说你是清白的，你也不会同意嫁给我的。你想想那件事发生后的两年里，你是怎么过来的吧。你想要试试吗？我马上把一切都告诉给检察官听，你就会看到我们哪个会受到惩罚的。"

他俩都打了一个寒噤。泰雷兹接着说：

"别人也许会惩处我，但是卡米耶却很清楚一切都是你干的……夜里，他不会像折磨你那样折磨我。"

"卡米耶让我睡得挺安稳，"洛朗说道，他脸色变白，全身都在发抖，"你才老做噩梦看见他哩，我听见你在叫喊的。"

"别说这些了，"少妇勃然大怒，大声说道，"我没叫喊，我不想让鬼进来。啊！我明白了，你想方设法把他从你身边移开……我是无辜的！我是无辜的！"

他们四目相视，心惊肉跳，感到非常疲倦，又害怕把溺死鬼引进来。他们的争吵总是这样不了了之，彼此都开脱自己的罪责，千方百计蒙骗自己，想把噩梦赶跑。他们始终坚持把罪责推给对方，像在法庭上受审似的为自己辩护，最有趣的是他们始终不能蒙骗住自己，谋杀的全部过程都记忆犹新。他们嘴上否定，眼神里却表现出心虚。他们说的都是幼稚的谎言和滑稽的论断，这两个坏蛋明明在撒谎，却又不能掩饰自己的谎言，他们的争吵无异是痴人说梦。他们轮番充当原告的角色：虽说诉讼从来得不到结果，但每天晚上他们都要干一架，而且愈演愈烈。他们懂得这是徒劳的，永远也抹杀不了过去的事实，但是，他俩因痛苦和恐惧始终处在亢奋的精神状态下，铁面无情的现实又使他们未上阵就败下来了，但他们乐此不疲、百折不挠。他们从争吵中得到的最大实惠就是吵闹一阵子，这样，至少可稍稍麻木一下自己的神经。

只要他们在发脾气和相互指控，拉甘太太就目不转睛地盯着他们。当洛朗举起那双大手要打泰雷兹的脑袋时，她的眼睛里就闪烁着得意的光芒。

二十九

一个新阶段开始了。泰雷兹害怕到极点，她不知道哪儿能找到一个寄托，于是便当着洛朗的面，为卡米耶的亡灵号啕大哭起来。

她突然感到疲软无力，她那处于高度紧张的神经松弛了，她原是心狠又易冲动的，现在也变得柔软乏力了。在新婚的最初日子里，她的心已经有点软了。感情就像一股必然的不可避免的反冲力似的被弹回来了。几个月来少妇的神经高度紧张，竭尽全力与卡米耶的幽灵进行斗争，她一直在暗暗生气，为自己所忍受的痛苦愤愤不平，想以自己的意志来治愈内心的创伤。陡然，她心力交瘁，屈服了，并且认输了。于是，她又成了一个女人，甚至变成了一个小姑娘，她感到自己没有勇气再坚强起来，再狂热地同恐惧进行对抗，于是就顿生怜悯与悔疚之心，泪水涟涟的，希望在忏悔中求得宽慰。她想在身心的薄弱处寻找出路，溺死者在她怒火中烧时没有退缩，也许在她的眼泪面前会让步吧。她是出于心计才懊悔的，她心想，大概这是安慰卡米耶，并使他满足的最好办法。泰雷兹像有些虔诚的信徒一样，口头上祈愿，态度上装成可怜巴巴的悔改样子，心里却只想欺骗上帝，从上帝那儿骗得宽宥。她会显得很谦恭，捶打自己的胸脯，说些反悔的话，内心却是恐惧和卑怯在作怪。再则，她也愿意显出气馁、软弱、精疲力竭和甘受痛苦的样子，想从中得到一些生理上的快感。

她在拉甘太太面前伤心绝望，哭哭啼啼的，拉甘太太成了她日常的需要，从某种意义上说，她成了泰雷兹祈祷用的跪凳和器物，泰雷兹在她面前可以无所畏惧地承认自己的过失，并请求她饶恕。一旦她想哭，或是以啜啜泣泣作为消遣时，她便跪在病人面前又叫又号，常常闹得上气不接下气，为自己演出一场忏悔剧，她演累了心里就会舒坦些。

"我是个坏人，"她抽抽噎噎地说，"我不配得到宽恕。我欺骗了您，我让您的儿子死去的。您永远也不会饶恕我……不过，倘若您看见我是如何悔恨交加、痛心疾首的话，倘若您知道我是多么痛苦的话，您也许会大发慈悲的……不，别对我怜悯了。我情愿在耻辱和痛苦的折磨下，死在您的脚下。"

她一连几小时地这样自言自语，从绝望又转为希望，自己谴责自己，接着又原谅自己。她说话的声调就像个多病的小姑娘，时而激奋，时而悲伤，她脑中不断闪过屈辱、自豪、后悔、反叛等种种想法，因此她随心所欲地一会儿瘫倒在地板上，一会儿又挺得笔直。甚至有时候，她忘记自己是跪在拉甘太太的面前，继续在梦幻中独白。她耍够了，便神情呆板地站起来，摇摇晃晃地下楼到店堂里去。她心里平静多了，再也不用担心会在女顾客面前像发神经似的痛哭流涕了。她若又需要忏悔的话，便急急忙忙地上楼，跪在拉甘太太面前。如此往返每天不下十次。

泰雷兹从没想过她的眼泪和断断续续的忏悔会给她的姑妈带来多么巨大的痛苦。事实是，倘若有人想发明一种酷刑来折磨拉甘太太的话，那么可以肯定地说，世人再也找不到一种比她侄女演的忏悔剧更为可怕的刑罚了。她猜出泰雷兹在倾诉痛苦中所隐藏着的自私的动机。泰雷兹总是时时刻刻强迫她去听那没完没了的独白，翻来覆去对她说的就是谋杀卡米耶的事，她听了真是痛苦万分。她不能宽恕，她只有一个坚定不移的想法，就是复仇，正因为她无能为力，这个想法就更加强烈，但现在，她整天却要去听泰雷兹祈求她宽恕，听她谦卑而怯懦的忏悔，这真是难以容忍。她本来是会回答的，听了她侄女说的有些话，她真想狠狠地回敬她几句，但她不得不沉默，只得让泰雷兹为自己的罪行辩解，永远也不会去打断她。她既不能叫喊，又不能塞起耳朵，她的内心承受着难以形容的磨难。少妇的话慢吞吞地，如怨如诉地一句句钻进她的脑门，就像在唱一支不堪入耳的歌。有时她会想，这对凶手莫不是又生出个什么残忍的想法，故意给她施加酷刑吧。她唯一自卫的方法就是当她侄女跪在她面前时合上眼睛，这样她即使听得见，但看不到。

泰雷兹胆子越来越大，终于发展到去拥抱她的姑妈了。

一天，她忏悔到了高潮，她装作似乎在病人的眼神里发现了一丝怜悯，便跪着移动上前，边站起来，边失魂落魄似的大声喊道："您饶恕我了！您饶恕我了！"接着，她又吻了吻可怜的拉甘太太的前额和双颊，老太太只能把头往后稍仰些。泰雷兹的双唇触碰到了一块冷冰冰的肉，心中大为不快。泰雷兹想，这种反感也像眼泪和悔恨一样，是使她的神经镇静下来的一种绝妙方法，于是，她每天都抱着悔疚的心情抱吻她的姑妈，以此来宽慰自己。

"啊！您是多么善良啊！"有时她大声说道，"我看得很清楚，我的眼泪使您感动……您的目光充满了怜悯……我得救了……"

说着，她对拉甘太太又疼又爱，把老太太的头放在自己的膝盖上，吻着她的双手，幸福地对她微笑，殷勤地照料着她。过了段时间，她居然相信假戏成真了，她想，既然得到了拉甘太太的宽宥，便和拉甘太太一个劲地谈论着，她感到得到她的宽宥是多么幸福。

这位病人可真是太惨了。她差点没被气死。洛朗早晚都要把她从床上抱起或放下，她心里已够厌恶和烦躁了，现在她的侄女来吻她时，她有着同样的感受。这个坏女人背叛和杀害了她的儿子，现在又恬不知耻地抚爱她，她不得不忍受下来，甚至都不能用手把这个女人留在她双颊上的吻痕擦掉。总要好长时间，她会一直感到这些吻灼烧着她。她就这样成了两个凶手的玩偶，他俩替玩偶穿衣服，摆来摆去，随心所欲。她在他俩的手掌里毫无生气，仿佛她的五脏六腑里只有一些木屑充填着，然而，她的内心却是活的，只要泰雷兹或洛朗稍稍触碰她一下，她就会反抗，肝胆俱裂。最使她痛苦的是那少妇无情的嘲讽，她居然声称在她的眼神里能看出她在发善心，事实上，她都想用目光把这个罪恶的女人殛毙。她经常拼足力气大叫一声以示抗议，她把所有的仇恨都集中在眼睛里。但是，泰雷兹有自己的打算，她每天要重复无数次说她已受到宽恕，她不愿再胡思乱想，只是对她更加尽心。拉甘太太不得不违心地接受这片心意和感激之情。她那变得温顺的侄女把她称之为菩萨的化身。为了报答她，就千方百计对她亲热体贴。此后，拉甘太太和这么一个变得温和的侄女相处，心里有说不出的反感和苦恼，但又无可奈何。

每当洛朗看见他的妻子跪在拉甘太太面前时，他就粗暴地拉她起来。

"别演戏啦，"他对她说，"我哭了没有？难道我，我跪倒了！……你这样干只有叫我心里乱。"

泰雷兹的忏悔搅得他六神无主，他自己也说不出所以然。他的同谋在他面前拖着步子，哭红了眼睛，老是苦苦地哀求着；从此以后，他就更加痛苦了。他看见她声泪俱下，忏悔不迭，内心就更加害怕，越加感到不是滋味，仿佛屋里老是响着控诉声；再则，他也担心有这么一天，他的妻子在痛悔之余，把一切向外泄露。他宁愿她仍然是冷冰冰、气势汹汹地，气急败坏地对他的指责进行辩解。但她已改变了战术，现在她心甘情愿地承认自己的一份罪责，她怨恨自己，样子既软弱又胆怯，在这基础上，以极端谦卑的心情乞求赎罪。她的这种态度激怒了洛朗，每晚，他们的争吵就变得更加激烈，更加可怕。

"听着，"泰雷兹对她丈夫说，"我们是罪大恶极的人，倘若我们想过几天安逸的日子，就得忏悔……看吧，自从我哭泣后，我平静多了。照我的样子学吧。我们一齐去想，我们犯了一件不可饶恕的罪行，我们罪有应得。"

"呸！"洛朗恶狠狠地答道，"你爱怎么说就怎么说，我知道你诡计多端，又很虚伪。倘若哭能使你宽慰的话，那你就哭吧。不过，我只求你要哭时别妨碍我。"

"哦！你真坏，你拒绝忏悔。你胆怯，你对卡米耶背信弃义。"

"你想说我是唯一的罪人吗？"

"不，我不是说这个。我的罪比你的更大。我本该从你手上把我丈夫救出来的。啊！我知道我的罪过有多么严重，可是，我想求得宽恕，并会成功的。洛朗，你呢？你继续在绝望中度日……甚至还对我那可怜的姑妈滥发淫威，没想避着点，你从来没对她说过一句悔疚的话。"

说完，她就去抱吻拉甘太太，后者闭上了眼睛。她围着拉甘太太转，把她头上的枕头垫高些，对她百般疼爱。洛朗怒形于色。

"啊！让她去吧，"他吼着，"你没看见你在场和对她的照料也使她厌恶之极吗？倘若她能举起手来，她会打你耳光的。"

他的妻子说得不紧不慢、悲悲戚戚的，举止神情又是那么温顺谦恭，渐渐地使他莫名其妙地发起火来。他是看透她的用意的，她不愿和他牵扯在一起，只想置身事外，用一心一意的忏悔来摆脱溺死鬼的纠缠。他有时想，她也许是对的，眼泪兴许能治愈她的恐惧症。他想到以后自己要独自受罪和害怕时就不寒而栗。他也想忏悔了，至少逢场作戏试试看，可他既哭不出，也想不出合适的词；这时他就靠武力来动摇泰雷兹，激她发火，引诱她与他一块发疯。少妇沉溺在自我之中，她不动声色，对他疯狂的呼喊只是哭哭啼啼地一味顺从；他愈粗暴，她就愈做出谦卑愧疚的样子。就这样，洛朗气得发狂了。泰雷兹为了火上浇油，还把卡米耶的德行颂扬一番。

"他多好呀，"她说道，"这个好心人对我们从来没安过坏心眼，我们对这么个好人真是残忍。"

"他是好人，对，我知道，"洛朗狞笑着说道，"你想说他是呆子，对吗？……你难道忘了你曾说过，他的每句话都让你生气，他只要一张口就会说出蠢话来。"

"别嘲讽啦……你就差再把你亲手杀害的人辱骂一番了……你一点也不了解女人的心理，洛朗，卡米耶爱我，我也爱他。"

"你爱他，哈哈！这真叫新鲜哩……大概就因为你爱你的丈夫才把我当做情人的吧……我还记得有一天，你枕在我的怀里，对我说，你的手指戳进卡米耶的肉里就像戳进黏土里一样，他让你恶心极了！……哦！我明白你为什么爱上我。你需要一副比这可怜虫强壮得多的胳膊。"

"我像个妹妹那样爱过他，他是我恩人的儿子，具有懦弱的人的一切禀性，他高尚、慷慨、肯帮助人，也温情……而我们却把他杀了，我的上帝！我的上帝！"

她痛哭了，变得癫狂起来。拉甘太太瞪了她几眼，拉甘太太听见对卡米耶的颂词出自这么一张嘴，气愤极了。洛朗拿这个哭得死去活来的泪人也没办法，只得在屋里横冲直撞的，想着用什么良方妙策把泰雷兹的忏悔压下去。他听见别人颂扬卡米耶内心就惶恐不安，十分难受。有时，他听着他妻子声嘶力竭的叫喊声，自己也会上当受骗，真的相信起卡米耶的美德来，结果就更加恐惧。然而，最让他生气和引得他动武的，就是这个寡妇老拿她的前夫与他做比较，而且总说前夫好。

"不错！是的，"她大声说道，"他比你强，我真希望他还活着，而你代他长眠在地下。"

洛朗开始只是耸耸肩。

"你说也没用，"她继续说道，情绪愈加激动，"在他生前，也许我不爱他，但现在，我想起来我还是爱他……我爱他，而我恨你，你不知道吗，你，你是个杀人凶手……"

"你快住嘴！"洛朗吼着说。

"他呢，他是个被害者和正直的人，一个无赖把他杀了。哦！我不怕你了……你很清楚，你是一个坏蛋，一个粗暴的人，没有良心，没有灵魂。现在，你身上沾满了卡米耶的血，我怎么会爱上你的呢……卡米耶对我太好了，倘若杀了你能使卡米耶复活并让他再爱我的话，我宁愿把你杀死，你听见没有？"

"你快住嘴，混蛋！"

"我为什么要住嘴？我说的都是事实。我用你的血来求得他宽恕。啊！让我哭吧，让我去受罪！倘若这个恶棍杀了我的丈夫，这是我的过错……我得选一个夜晚去吻他安息的土地。这就是我最后的乐趣。"

洛朗神志不清了，泰雷兹在他眼前描画出一幅幅难以忍受的景象，他气愤之极，向她扑去，把她翻倒在地，用膝盖顶着她，把拳头举得高高的。

"好嘛，"她大叫道，"打我吧，杀死我吧……卡米耶从没把手举在我的头上，而你呢，你是个恶魔。"

洛朗被这些话刺痛了，死命地摇她，打她，攥紧拳头往她身上捶。有两次，他差一点没把她扼死。泰雷兹经他一打就瘫软下来，她挨了打，却尝到了无限的快感，她听之任之，凑上去让他打，想激他打得更重些。这又是缓解她生活中痛苦的一帖良药，傍晚，假如她被他狠狠揍过了，夜里，她就睡得好些。当洛朗把泰雷兹在地板上拖来拖去，用脚一下下踩在她身上时，拉甘太太就感到无比的快乐。

自从泰雷兹鬼迷心窍，别出心裁地转而忏悔，并哭悼卡米耶的亡灵后，洛朗的生活就变得非常地可怕。从此以后，这个坏蛋就和被害人结下不解之缘，只要有机会，他每时每刻都会听见他的妻子夸耀、怀恋她的前夫。卡米耶做过这，卡米耶做过那，卡米耶什么地方好，卡米耶又是如何爱她的。泰雷兹的嘴离不开卡米耶，尽说些伤心话，对卡米耶的死痛惜不已。泰雷兹使出各种方法来解救自己，尽可能把洛朗折磨得难受些。她甚至谈到与卡米耶卿卿我我的一些细节，叙述她年轻时的种种零碎的往事，又是叹息，又是惋惜，把日常生活的每件事都和溺死者联系起来。这个死人本来已经常常光顾这个家，这下更是公开进门来了。他坐在椅子上和餐桌前，躺倒在床上，随意使用散乱四处的家具杂物。洛朗每动一把叉子、一把刷子或无论什么东西，泰雷兹都会让他感到在他之前，卡米耶已经动过了。杀人犯老是与他杀死的人冲撞，久而久之就产生一种怪异的感觉，差一点使他发疯。泰雷兹老把他与卡米耶进行比较，使他产生了幻觉，以为自己用的东西，卡米耶早就用过了，以为自己就是卡米耶，两者化为一体了。他的脑袋要炸了，这时，他就向他的妻子猛扑过去，让她住口，他再也不想听见这些刺激他发狂的话语了。每一次争吵都以毒打而告终。

三十

拉甘太太曾有过绝食饿死的想法，免得再遭活罪。她看见这对杀人犯在场心里就愤慨，她再也不能长期忍受下去，她幻想以死来求得最终的解脱。每天，当泰雷兹吻她，当洛朗把她楼进自己的怀里，并像孩子似的抱着她时，她就更感到苦恼不堪。她决心回避他们的抚爱和拥抱，这些都使她厌恶至极。既然她没足够的能耐为儿子报仇，就宁愿一死了之，让这两个凶手去玩弄一具尸体。人死了无知无觉，随他们如何摆布去吧。

她有整整两天拒绝进食，用尽最后一点力气把牙关咬得紧紧的，他们把任何东西送进她嘴里都被吐出来。泰雷兹绝望了，她心想，万一她的姑妈归天了，她对谁去哭、去忏悔呢？她对拉甘太太进行没完没了的说教，向她表明她应该活下去。她哭着，甚至动怒了，旧恨又涌上心头，把拉甘太太的双颚扒开，就像有人撬开不驯服的野兽的牙床一样。拉甘太太坚持住了。这是一场可憎的争斗。

洛朗完全保持中立，漠然处之。泰雷兹像发疯似的阻止拉甘太太的自杀行为，使他非常惊诧。眼下，老太太活着毫无用处，他希望她死去。他想把她杀死，但是，既然她自己想死，就没必要阻止她使用某些手段去死。

"哦！让她去吧，"他对他的妻子厉声说道，"丢了一个包袱有什么不好……她不在了，我们也许日子好过些。"

他在泰雷兹面前把这句话重复了好几遍，拉甘太太听了产生一种奇异的感觉。她担心洛朗的愿望成为现实，担心她死后，这对小夫妻真能过上安逸、幸福的日子。她心想，死是怯懦的行为，在看到这件罪恶的结局之前她没有权力离开人间。只有当她看见结局后才能入土，在冥冥之中对卡米耶说："我替你报仇了。"她突然想到，她倘若自杀，进坟墓时她还是茫然无知的，这时，她的心情就异常沉重；果真如此，在寒冷和寂静的九泉之下，她躺在那儿，不知道这两个刽子手是否受到惩处，来世岂不还要受到磨难吗？为了能死得瞑目，她应该享受复仇的无上快乐，应该带走一个消仇解恨的美梦。于是，她又接受她的侄女送给她的食物，她同意再活下去。

再说，她已看出结局也不太遥远了。这对夫妇的感情每况愈下。摧毁一切的总爆发已迫在眉睫。泰雷兹和洛朗随时都会暴跳起来，一个比一个气势凶。他们不仅在晚上待在一起难受，就是在白天，他们也是在不安和暴躁的心情里度过的。对于他们，一切变得恐怖和痛苦。他们如生活在地狱里，相互碰撞得鼻青脸肿，自己的所言所行都是别扭和冷酷的；他们都感到脚下如临深渊，彼此都想把对方推入深渊里去同归于尽。

他俩都产生了分手的想法，彼此都想过逃跑，远离新桥长廊，到什么地方休憩一下，这条长廊湿漉漉、黏糊糊的，仿佛就是为他们绝望的生活做陪衬的。但是，他们不敢也不能一走了之。相互不再折磨了，不待在老地方受罪和找罪来受，在他们看来也是不可能的。仇恨和残忍已成了癖好。他俩既是相斥又是相吸的：设想有这么两个人，吵架后想分手，但又老凑在一起大吵大骂，他们的感觉就和这两人一样古怪。此外，他们如要逃跑也会遇到现实的障碍，如不知怎么安置病人，也不知对礼拜四聚会的那帮客人如何交代。倘若他俩跑了，他们也许会猜疑出什么。这时，他们又胡思乱想起来，仿佛看见别人在追踪他们，把他们绞死。因此，他们出于胆怯仍留了下来，人虽留下来了，不过是在恐惧之中苟且偷生，境遇是悲惨的。

洛朗白天不在家时，泰雷兹就在餐室和店堂之间来回跑着，心情烦躁，神志不清，她一天比一天感到空虚，不知如何使生活充实些。她若不在拉甘太太的脚下恸哭，或她的丈夫不再打她骂她时，她就会无所用心。只要她一个人待在店铺时心里就闷得慌，她木然地看着人们在肮脏、发黑的长廊上走来走去，她坐在这个暗淡的、散发着棺材味的地窖里面，真是愁肠百结。末了，她哀求苏姗娜白天来和她做伴，她希望这个脸色苍白、性情温和的可怜人在自己身旁，她会平静些。

苏姗娜高高兴兴地接受了邀请，她像个朋友那样尊敬和喜欢泰雷兹，很久以来，当奥利维埃去上班时，她就想和她一块工作。她把手上的针线活带来了，并在柜台后面原先拉甘太太坐的空位子上坐下。

打这天起，泰雷兹就对她的姑妈放松些了。她不像往常那样频繁地上楼，在太太的膝下痛哭一番，去吻她那张死气沉沉的面孔。她另有所好。她竭力使自己耐心听着苏姗娜不紧不慢、唠唠叨叨的家常话，听她说些她那单调生活里的琐碎事。这样，她就可忘掉自我。有时，她自己也惊奇怎么会对这些无聊的话感兴趣，接着她就会凄凉地一笑了之。

渐渐地，一些老主顾都不上门来了。自从她的姑妈在楼上的沙发上躺倒后，她对店铺的事不闻不问，货品蒙灰受潮她也不管，到处弥漫着霉味，蜘蛛网从天花板上挂下来，地板几乎从来不擦。此外，让顾客望而却步的，还是泰雷兹待客的态度。每当她在楼上挨洛朗揍或受到惊吓后，只要店堂上的门铃拉响，她就急忙地下楼，也无暇把头理一理或把眼泪擦干。这时，她对等候在楼下的女顾客就特别粗暴，有时甚至不愿搭理她们，只是在楼梯上回答说她们所要的东西缺货。她不能以礼待人，当然也就留不住顾客。附近这些女工，平时对拉甘太太和善、亲昵的态度习以为常了，现在看见泰雷兹生硬的丧魂落魄的眼光，自然避而远之。自从泰雷兹带着苏姗娜和她一起坐柜台后，店铺更是门可罗雀。这两个年轻女人为了能唠唠叨叨畅谈下去，表现出来的架势就像要把上门来买东西的少数几个女顾客赶走似的。自此以后，这家妇女服饰用品商店的生意清淡到非但不能贴补一分钱的家用，而且必须动用四万几千法郎老本的境况了。

有时，泰雷兹一出门就是整整一下午，谁也不晓得她在哪儿。她把苏姗娜招来，大概不仅是为了有个伴儿，而且还打算在她出门时由她看管店堂。晚上，她回到家里时疲惫不堪，累得眼圈都变黑，她发现奥利维埃的小个妻子仍没精打采地坐在柜台后面，微微地笑着，其神情与她五个小时前离开时完全一样。

泰雷兹婚后的将近五个月有了件大心事，她可以确定自己怀孕了。她想到要和洛朗生个孩子，心里就发怵，但她说不出所以然。她朦朦胧胧地担心自己会生下一个溺死的孩子。她感到一具肢解的腐烂的尸体在她的腹内散发凉气，无论如何她也要把这孩子流掉，这孩子使她全身冰凉，她不能要他。她什么也没对她丈夫说。有一天，她无情地把洛朗激得冒火，正当他把脚抬起要踢她时，她把肚子挺上去。于是，她的肚子上挨了一脚，差点被他踢死。

次日，她流产了。

洛朗的日子也很不好过。他觉得白天简直长得无法忍受，每天他都心神不定、厌倦无聊，而且这种情绪都是一成不变、规律性地压迫着他。他艰难度日，每天晚上，他总会想想白天的一切和不可逃避的明天，总是显得忧心忡忡。他心里明白，从此以后，他的日子不会得到改变，每天都重复着同样的痛苦。他料想到往后的日子都将是郁郁寡欢、无法变更，而且日复一日、年复一年地熬过去，慢慢地窒息而死。既然他对未来已不抱希望，眼前就更显得辛酸和丑恶。洛朗已毫无反抗精神，变得灰溜溜的，对一切都抱着虚无的态度，感到万事皆空。懒散的生活已把他坑了。每天早上，他就出门，不知去哪儿，想到再重做昨天的事情心里就恶心，然而又被迫重演一遍。他出于惯性和固执，才去画室的。这间房间四周的墙都是灰色的，里面只能望见一块四方的广漠的天空，他身临其境，内心充满了悲哀和忧伤。他横卧在长沙发上，两臂垂着，脑子空空的，他真的不敢再去握画笔了。他又曾做过几次尝试，每次卡米耶的面容都会在画布上狞笑。为了不让自己发狂，他终于把彩色画盒扔到角落里，干脆什么也不干了。他彻底的懒惰是被逼出来的，所以心情也沉重得难以想象。

下午，他焦虑地问自己究竟该去干什么。他在马扎里纳街的人行道上徘徊了半个来钟头，苦苦思索，老是不能决定究竟如何去打发时光。他不想再去画室，最后总是决定往下走，到盖内戈街去，然后再沿着堤岸溜达。他神情木然，漫无目标地往前走，每当他看到塞纳河时，就会打一阵哆嗦，一直挨到天黑。无论他在画室或大街上，他的心情都是同样沉重的。翌日，他照做一遍，上午在画室的沙发上度过，下午就在河边溜达。这样的生活已过了好几个月，也许还要拖上几年。

有时，洛朗心里也想，他原本就是什么也不想干才杀死卡米耶的，现在，他如愿后却仍要受这样的罪，真是百思不得其解。他逼迫自己去想他是身在福中不知福。他自忖自己不应受罪，他刚刚获得了最高的享受，可以逍遥度日，不去安安稳稳地坐享现成的快乐才是傻瓜哩。但在事实面前，他内心深处不得不承认，游手好闲的生活只能让他终日去想那些不愉快的事，并且使他对这无可挽救的局面更加痛心疾首，这只能更使他苦恼。懒惰是他以前朝思暮想的野蛮人的生活标准，现在变成对他的惩罚。他偶尔又急切地想找件事来干干，让他分分神，接着，他又听之任之，无形的命运为了彻底压垮他，就捆住他的手脚，结果他又屈从于命运的摆布。

说实在的，只有在晚上，当他殴打泰雷兹时，他还能感到某种安慰。这时，他才能从麻木的苦痛中自拔出来。

他认为最痛苦的事，即肉体和精神上最痛苦之处，还是卡米耶在他的颈脖上留下的伤痕。有时，他居然会想到这个伤疤覆盖了他的全身。偶尔，倘若他忘记过去的事时，他似乎又感到针扎般的灼痛，于是他在肉体和精神上又回忆起那次谋杀。他每次照镜子时，都看见这件事的重演，他以前常常想到这回事，直到现在它还使他心有余悸，激动之余，血涌上了他的颈脖，染红他的伤疤，噬咬着他的皮肉。这类伤痕在他身上是有生命的，他的情绪稍激动一下，伤口便会苏醒、变红，噬咬他，让他恐惧，也折磨着他。久而久之，他以为溺死者的牙齿已牢牢长在一头吞噬他的野兽身上了。他颈上长着伤疤的那块肉仿佛不是属于他的，好像是一块外来的肉，别人把它贴在这里的；又像是块有毒的肉，在腐蚀他自己的筋骨。他无论到哪儿，这块肉就使他生动而痛苦地回忆起那件罪孽来。每当他打泰雷兹时，她就想方设法搔这处伤疤，有时，她把指甲陷进去，让他疼得嗷嗷直叫。通常，只要她看见这伤疤，她就假装呜咽起来，目的就是让洛朗更觉得这块地方不堪忍受。对待洛朗的暴行，她复仇的唯一办法就是用这块伤痕来折磨他。

有好几次剃胡子时，他曾想把颈上溺死者的齿痕也剃平。每当他照着镜子，抬起下巴，看见肥皂的白泡沫下的这块红疤时，他会突然发起疯，迅速移近剃刀，几乎要削去一块鲜肉。但是，每当贴在他皮肤上的剃刀寒光一闪，他就清醒了。他感到浑身发软，只得坐下来，直到他定下心，可以安安稳稳地剃完胡子为止。

到晚上，他像孩子那样大发无名火时，才从懵懵懂懂的精神状态中摆脱出来。他与泰雷兹吵累了，把她打够后，又像孩子似的往墙上乱踢一气，再找些什么东西摔摔，这样他心里好受些。他对虎斑猫弗朗索瓦更是恨之入骨，只要他到了，那猫就钻到拉甘太太的膝下躲起来。洛朗还没把它宰了，实在是因为他不敢抓它。那猫总是睁着两只圆滚滚的大眼睛，虎视眈眈地盯着他看。使小伙子沮丧绝望的也就是瞪着他看的这对眼睛。他揣摩着这对须臾不离地盯着他看的眼睛，末了，他真的惧怕起来，想入非非了。无论在餐桌上，在激烈的争吵或在长时间的沉默中，他只要一回头，偶尔与弗朗索瓦的目光相碰时，他总看见这只猫阴沉沉地定睛注视着他。他脸色陡变，晕头转向地几乎要冲着猫大声呵斥道："啊呀! 你就直说吧，告诉我，你究竟想拿我怎样!" 只要他能踩到猫的一只爪子或是尾巴，他总是带着沾沾自喜的心情猛踩它一下，于是，这头可怜的畜生便惨叫一声，他心里又无端地充满了恐惧，仿佛听见一个人在痛苦地呻吟。洛朗确实怕弗朗索瓦。这猫蹲在拉甘太太的膝上时，就像是躲在一座不可攻克的堡垒里似的，它置身其中，可以肆无忌惮地用那对绿色的眼珠虎视着它的仇敌。就在这时，卡米耶的凶手更觉得这只动怒的畜生和拉甘太太有些相像了。他心想，这只猫与拉甘太太一样，是洞悉这件罪行的，万一有一天它能开口说话，就会揭穿他的。

终于在一天晚上，正当弗朗索瓦直愣愣地盯着洛朗看时，后者愤怒至极，决定把这事了结掉。他把餐室的窗子开得大大的，走去抓住猫的颈项。拉甘太太明白了，两颗大大的泪珠顺着她的腮帮子淌下来。猫号叫着，绷直了身子，试图转过头来咬洛朗的手。但洛朗紧抓着它不放，他让它转了两三圈之后，便使劲把它朝对面巨大的黑墙上扔去。弗朗索瓦猛撞上去，腰断了，落在长廊的玻璃顶棚上。整个夜间，可怜的畜生沿着檐槽爬行着，它的脊骨断了，发出嘶哑的吼叫声。这一夜，拉甘太太一直在为弗朗索瓦哭泣，几乎与她为卡米耶哭泣的情形相仿。泰雷兹的神经受到极大刺激。猫的悲叫声从窗下的阴暗处传来，凄凉极了。

没多久，洛朗又有新的不安了。他发觉他妻子的举止言行又有某些变化，他又吓坏了。

泰雷兹变得神情忧郁，沉默寡言。她不再对拉甘太太倾注她那满腔悔疚的感情，也不再带感激的心情吻她了。她对瘫痪老人又摆出冷峻、漠不关心的神色。仿佛她曾尝试过忏悔这一着，但忏悔并未使她心里好受些，她转而又求救于另一种药方了。她没有能力使自己的生活安静下来，这大概是她的悲哀所在。她把拉甘太太轻蔑地看成是件无用的东西，她很少给她一些慰藉，至多给她一些必要的照料，不致饿死就是了。从那以后，她默默地沮丧地在家里踱来踱去。她出门的次数增多了，每个礼拜能外出四五次。

这些变化使洛朗大惑不解，并引起他的警觉。他以为泰雷兹又采取了另一种忏悔的方式。现在，他发现她表现为忧郁和厌世了。她这种厌世的态度，比起以前折磨着他的那些婆婆妈妈的悔疚更使他不安。她什么都不说，也不再与他拌嘴，好像把一切都深藏心中。他宁可看见、听见她絮絮叨叨地发泄痛苦，也不愿看见她自我反省。他担心，有朝一日她会苦闷得窒息，这时，为了让自己松口气，她会把一切都告诉给一个教士或是一个预审法官听的。

因此，在他的心目中，泰雷兹频繁外出的意义就非同小可。他想，她在外面找一个知己准是准备背叛了。有两次，他想盯梢，但在大街上，她一闪就不见了。他又开始监视她。他的脑子里只有一个固定的想法：泰雷兹因太痛苦而被逼到绝路上，她就会去告密，而他应该把她的嘴堵住，叫她话没说出口就咽回去。

三十一

一天上午，洛朗没去画室，而是钻进了一家酒店，酒店设在长廊对面的盖内戈街的一个拐角上。他从那儿开始注视着在玛扎里纳街人行道奔走的人们。他在监视泰雷兹。昨晚少妇就说过，她次日要一早出门，大概要到晚上才能归家。

洛朗等了足足半小时。他知道他妻子总会途经玛扎里纳街的，不过，他在瞬间又担心她会取道塞纳街，使他空等。他想回到长廊去，就在自己家的过道里躲着。正等得不耐烦时，他看见泰雷兹行色匆匆地从长廊走出来。她身穿浅色绸缎衣裙，他第一次发现她穿的裙子还缝着垂裙，打扮得像个姑娘似的。她在人行道上扭动着身子，搔首弄姿地看着路人，她用手抓住前面的裙子，把它掀得高高的，露出小腿、系带的短靴和她雪白的长袜。她走上玛扎里纳街。洛朗紧跟在她后面。

阳光和煦。少妇慢悠悠地走着，脑袋微微向后仰，头发披在肩上。迎面而过的人都要回头去望一下她的背影。她又走上"医科学校"街。洛朗愕然了，他知道附近有一个警察局。他心想，他妻子肯定就要把他出卖了。这时，他暗下决心，倘若她走进警察局的大门，他就向她冲过去，哀求她，打她，强迫她沉默。在街的拐角有个警察走过，他看见她走近这个警察时，吓得全身瑟瑟发抖。他躲在一扇门的背后，害怕自己万一露面就立即会被捕。对他而言，这次差使真是苦不堪言。当他妻子晒着太阳，拖着长裙，摇摇晃晃、恬不知耻地行走在大街上时，他跟在后面，脸色苍白，浑身战栗，老在想，这下全完了，肯定要被人绞死。她走的每一步，在他看来都是向惩罚迈进一步。他心里害怕，就误认为自己想得没错，少妇的每个动作都更坚定了他的这个想法。他跟在后面，她走到哪儿，他就跟到哪儿，仿佛一齐在走向苦难的渊薮。

泰雷兹走上圣·米歇尔旧广场后，蓦地向开在"亲王先生"街的拐角上的一家咖啡馆走去。街道上露天放着几张餐桌，她挑了一张坐下，四周围着一群女人和大学生。她亲热地和他们一一握手。然后，她要了一杯苦艾酒。

她显得很自在，在与一个金发的年轻人交谈着，后者大概等了她一些时候。有两个姑娘向她坐的那张餐桌俯下身子，并且用嘶哑的嗓子以"你"字称呼她。在她周围，女人抽香烟，男人公然面对着行人去拥抱女人，过路人连头也不回。粗俗的话语，放荡的笑声一直传到洛朗的耳朵里，他站在广场另一头的一扇大门下出神地看着。

泰雷兹喝完苦艾酒后，站了起来，挽着金发小伙子的胳膊，向竖琴街走去。洛朗跟着他俩一直走到圣·安德烈艺术大街。到了那儿，他看见他们走进一家带家具的客店里。他站在路中央，举目看着客房的正面。他的妻子在三楼的一扇打开的窗户上闪现了一下。接着，他似乎看见那个长着金色头发的小伙子用双手搂住了泰雷兹的腰身。"喀"的一声，窗户关上了。

洛朗全明白了，他也不再等下去，放心地往回走。他松了口气，心里感到非常舒坦。

"呸！"他走向下面的堤岸时，心里想，"这样更好些。她有事情可做，就再也不会出坏主意了……活见鬼，她比我细心多啦。"

使他自己也吃惊的是，他居然没立刻想到也去淫乐一番。玩女人是他对付恐惧的一种手段。但他没想到过，因为他的心已经死了，没一点肉欲的兴趣。他对妻子的不忠毫无反应；当他想到自己的妻子投身到另一个男人的怀抱中去时，他无动于衷。相反，他还觉得挺有趣，他仿佛觉得，方才跟踪的是他一个老同学的妻子，他暗自好笑，这女人倒在玩弄她的丈夫哩。对他而言，泰雷兹已是个陌生人，他心里根本没有她，为了得到片刻的安宁，哪怕出卖她，让出她一百次，他也在所不惜。

他开始到处闲逛，心情也由恐惧转为平静，回味着这突如其来的愉快的变化。他本以为他妻子是去警察局告密的，想不到她是去情人家，真是求之不得。这次盯梢取得了意想不到的效果，他既惊又喜。在这件事上，他看得最明白的就是他不该害怕，而该去享乐一番，看看淫乐是否能平静他的思想，给他些安慰。

晚上，洛朗在返回店铺的路上，决定向他妻子索取几千法郎，他要要弄一些手段得到这笔钱。他想，嫖女人是很费钱的，他暗暗忌羡那些能卖身的少女的命运。泰雷兹还没归家，他耐心地等着。等她回来后，他装成和气的样子，对上午跟踪的事只字不提。她有些昏昏沉沉，从她那不整的衣冠里散发出一股强烈的常能在小咖啡馆里闻到的烟酒味。她疲惫不堪，脸上印着一条条青痕，走路晃晃悠悠的，因白天淫乐过度，身子变得异常沉重。

他们静静地用晚餐。泰雷兹一点也不吃，上点心时，洛朗把臂肘搁在餐桌上，直截了当地向她要五千法郎。

"不，"她回答得很干脆，"倘若我让你任意挥霍的话，你会把我们的钱花得精光的……你难道不知道我们的处境吗？
我们已经穷了。"

"有可能吧，"他不动声色地说道，"这与我没关系，我需
要的是钱。"

"不，决不行！……你辞职不干了，店铺简直没有生意，
靠我陪嫁的年息很难维持生活的。每天，我都要贴老本来供
你吃，每个月还要给你一百法郎。你不能再多用了，你听见了吗？
再说也不行。"

"再想想吧，别像这样回绝我。我对你说，我要五千法郎，
不到手我是不甘心的，你总会给我的。"

他说话的口气那么沉着，说得又那么肯定，泰雷兹恼怒了，
她有点头昏脑涨。

"哦！我明白了，"她嚷嚷道，"你要像你起家那样享受一
辈子吗？……我们已养活你四年了。你来到我们家就为了有吃
有喝的，从那以后，你就成了我们的负担。阁下什么事也不干，
照阁下的精心安排，现在可优哉游哉地靠我的收入过日子……
不，我不给你钱，一个苏也不给……你想要我说什么吗？好吧！
你是个……"

她果然把那个字说出来了。洛朗耸耸肩大笑了一阵。他
只是回答道：

"这些话是从你现在活动着的小圈子里学到的吧。"

这是他影射泰雷兹偷情说的唯一的一句话。泰雷兹迅速
把头抬起来，刻薄地说道：

"不管怎么说，我没和杀人凶手混在一起。"

洛朗的脸刷地变白了。他直勾勾地盯着他的妻子，沉默了
一会儿后，带着颤抖的声音说道：

"听着，我的宝贝，我们别斗嘴啦，这对你、对我都不值得。

我已没精力再闹啦。倘若我们不想闹出事来，还是客气点好些……我向你要五千法郎是因为我需要，我甚至可以对你说，我打算用这笔钱来保平安哩。"

他诡谲地笑笑，继续说道：

"行啦，再想想，就同意我吧。"

"我早就想好了，"少妇回答道，"我已经对你说过了，你一个苏也得不到。"

她的丈夫霍地站起来。她怕挨打，缩成一团，暗下决心挨了打也不退缩。然而，洛朗却没上去，他只是冷冰冰地对她宣称，他活够了，他要把杀人的事向当地警察局和盘托出。

"你逼得我走投无路，"他说，"你不让我活，我宁可同归于尽……我们两个一起上法庭受审判刑吧。"

"你以为我怕吗？"他妻子冲着他大声嚷道，"我同你一样厌世。倘若你不去，我倒要去警察局了。哦！好吧，我准备跟你去断头台，我不像你那么胆小……走吧，一起去警察局。"

她站起来，径自向楼梯走去。

"说得对，"洛朗支支吾吾地说，"我们一块儿去吧。"

当下楼走进店堂后，他俩彼此注视着，神情不安，面带疑惧。他们仿佛觉得刚才有人把他们钉在地板上似的。他们走下木楼梯的几秒钟就足以使他们立即意识到招供的全部后果。在他们的眼里同时出现了警察、监狱、重罪法庭和断头台，而且所有这些都在突然中清晰地显现出来。事实上，他们是色厉内荏，真想面对面跪倒，各自乞求对方留步，别把事情声张出去。他俩既惧怕又窘迫，有两三分钟没吭声，最后还是泰雷兹先开口，并且做了让步。"说到底，"她说道，"我同你争这笔钱也傻得很。你迟早要把这点钱花光的，还不如我马上给了你省心些。"

　　她也不打算扭扭捏捏地不好意思下台。她在柜台前坐下，签署了一张五千法郎的支票，让洛朗到一家银行去取。这天晚上，他们没再提起警察局的话题。

　　洛朗一旦兜里有了钱，就飘飘然了，他出入妓院，沉溺在喧嚣狂热的生活中。他在外面过夜，白天睡大觉，夜晚串门子，追求刺激，尽量逃避现实，然而，结果只是使自己更加心亏体虚。每当有人在他周围大声喊叫时，他只感到内心是死一般的静寂；当一个情妇拥抱他或当他喝干酒杯时，他在陶醉中只感到深深的悲哀。他已不能奢侈和暴食，他的躯壳是冰冷的，心是僵硬的，在热吻和飨宴中疲于奔命。他没享乐就先恶心，丝毫不能激起自己的想象力，刺激自己的感官和食欲。他纵情享乐也是迫不得已，然而带来的是更多的痛苦；再说，每当他拖着疲惫的身子回到家里，每当他又看见拉甘太太和泰雷兹时，他的神经又紧张起来，精神又处在极度的惶恐之中。于是，他发誓不再出门，宁愿在家里受罪，让自己适应下来最终渡过难关。

　　泰雷兹出门次数越来越少了。她像洛朗那样，过了个把月以马路和咖啡馆为生的日子。晚上，她回家一会儿，服侍拉甘太太吃睡后，又出门到次日。有一次，她与她丈夫居然四天没有互打照面。久而久之，她又厌烦了，她感到淫乱和演忏悔的把戏一样已不奏效。她在拉丁区所有带家具的旅店都走过一遭，成天在污秽、喧闹声中消磨时日都无济于事。她的神经崩溃了，淫荡、肉体的欢愉都不能给她强烈的刺激，不能使她遗忘过去。她像醉汉那样在酒精的强烈作用下，滚烫的舌头已经毫无知觉。她对淫乐已没有反应，她在众多的情人那里只能得到厌烦和倦怠。因此，她离开了他们，心想他们对她没用处。她既沮丧又疏懒，死守在家里，穿着肮脏的衬裙，头发散乱，连脸和手都是脏的。她邋里邋遢地过日子，把自己都忘掉了。

这两个杀人凶手方寸已乱，用尽了一切拯救自己的手段后，又相会在一起。这时，他们方才明白，他们再也没有力量搏斗了。淫乐，他们无福消受，相反还使他们更加惶恐不安。他们又重新陷进长廊那阴暗潮湿的住所里，此后，他们就像被关进牢笼似的；他们有时也还想个解脱办法，但从没能挣断连接他们的那根血腥的锁链。他俩甚至不想再做一次无望的尝试。一连串的事使他俩同时感到身不由己，既受到压抑，又相互牵扯，他们终于意识到任何抗拒都是可笑的。他们又在一起共同生活了，但他们的仇恨变得更加疯狂、暴虐。

夜晚的争吵重新开始。此外，殴打声、叫骂声整天不绝于耳。继仇恨而来的是猜疑，而猜疑又使他们神经错乱。

他们相互提防着。洛朗提出五千法郎的要求后所发生的那个场面，很快就不分昼夜地重演了。他俩有个想法是不变的，即对方想出卖自己。他们陷入这种思想里不能自拔。当他俩中的一个说句什么，或做个什么手势，另一个就会猜想他准备去警察局了。于是，他们又大打出手，或互相乞求。他们激怒时，大声嚷嚷着说要跑去告发，但他们内心又怕得要命；接着，他们又战栗了。他们卑躬屈膝，淌着辛酸的眼泪暗暗许愿要严守秘密。他们痛苦不堪，但他们又没勇气把一块烧红的烙铁放在伤口上去祛除病毒。倘若说，他们相互威胁着要去交代罪行的话，这也仅仅是为了吓唬对方和给自己打气，因为他们在心灵上受惩罚时，永远也没勇气公开悔罪和寻求和平。

有二十来次，他们一前一后已经走到警察局的大门口了。有时是洛朗想把罪行公开，有时是泰雷兹想去自首。他俩总在街上会合，然后彼此咒骂一通，或是殷切的恳求，最后总是决定再等待一个时候。

每次新的危机后，他们相互就更加不信任，更加杀气腾腾。

他俩从早到晚相互监视着。洛朗待在长廊上的这所住房里，足不出户，而泰雷兹也不让他单独出门。他俩相互猜疑着，又害怕各自去坦白自首，因此，命运又无情地把他们牵扯在一起了。自从他俩结婚以来，他们也从没如此密切地生活在一起过，也从没如此痛苦过。不过，虽说是自寻烦恼，他们还是互相盯住不放，他们宁可忍受最难忍的煎熬，也不愿分开一个小时。倘若泰雷兹下楼到店堂去，洛朗必定跟着，他怕她与一个什么女顾客多嘴嚼舌；倘若洛朗站在门口，看着在长廊上熙来攘往的人群，泰雷兹就挨在他身边，看看他会和谁说话。礼拜四晚上，客人们到齐后，这两个杀人犯就互相传送着哀求的目光，仔细倾听着对方的话音，惊恐万状，提防着同谋者会说出什么话来，对对方的话，总按自己的想法去理解。

这种性质的争斗再也坚持不下去了。

泰雷兹和洛朗想的都一样，他们想再次犯罪来逃避第一次作案所带来的后果。他们中的一个消灭后，另一个才能得到片刻的安宁。他们同时都想到这一点，两人都迫切地感到需要分手，并且希望能永久分手。杀人的想法，在他们看来是自然的和命定的，是谋杀卡米耶后的必然后果。他们并未接触到这话题，但都接受这个设想，认为这是唯一的生路。洛朗暗下决心要把泰雷兹杀了，因为泰雷兹妨碍他，她随便说一句话就能把他毁掉，并能给他造成无法忍受的痛苦，基于同样的理由，泰雷兹也暗下决心要杀掉洛朗。

他俩一旦决心要杀人，内心也稍许平静些，并各自去做准备。不过，他们是在头脑狂热之下行事的，考虑得并不十分周到，他们只是朦胧地想到杀人可能带来的后果，并没有周密地筹划逃跑和免受惩处的退路。他们感到杀戮的需要是不可抗拒的，作为狂怒的野蛮人，他们顺从了这种需要。他们初次犯罪被隐蔽得如此巧妙，很可能瞒天过海了；但他们如再次作案就要冒上断头台的危险，因为他们甚至已不想瞒着干。这里，他们在做法上的矛盾却一点也没意识到。他们都在想，倘若真能逃走，他们就要卷走所有的钱财，跑到国外去生活。在两个礼拜前，泰雷兹已把她的妆奁里所剩的几千法郎取出来，锁在一只抽屉里，洛朗也知道有这么个抽屉。他们从没问过自己如何安排拉甘太太的生活。

洛朗在上学时有个老同学，他是个专门从事毒物学研究的著名化学家的助手。在几个礼拜前，洛朗和他邂逅相遇。这位同学让他参观了他工作的实验室，并向他介绍了仪器，——道出毒品的名称。一天晚上，洛朗看见泰雷兹在喝一杯糖水，当时他已打定主意要杀人，于是就自然而然地想起在实验室里曾看过一小瓶沙岩颗粒，里面含有氢氰酸。他想起年轻的助手曾对他说过，这种剧毒的药顷刻间就能使人丧生，而且不留痕迹。他想这就是理想中的毒药。次日，他伺机溜出门去看他的朋友，趁这位朋友转身之际，把这一小瓶药偷走了。

同一天，泰雷兹趁洛朗不在，叫人把厨房间那把有缺口的平时敲糖块用的大厨刀磨快后，就把刀藏在碗橱的一个角落里。

三十二

礼拜四又到了。在拉甘太太家里，来客像往常一样邀请主人家的这对夫妇上牌桌，聚会显得格外地欢畅。他们一直玩到晚上十一点半。格里韦在告辞时大声说，他从没度过这样愉快的时刻。

苏姗娜怀孕了，她和泰雷兹讲个没完，谈她的苦与乐。泰雷兹显得兴致勃勃地听她说着，她的眼睛定着神，紧抿着嘴，头不时地往下坠，眼皮下垂，睫毛的阴影盖住了她整个脸庞。洛朗也在耐心地倾听老米肖和奥利维埃高谈阔论。这两位先生没完没了地聊着，格里韦想在这对父子间插上句把话也是难上加难；再则，他对他俩也带有某些敬意，觉得他们说得不错。这天晚上，谈话代替了打牌，他天真地嚷嚷道，退休警长的一番话几乎与打牌一样对他有吸引力。

将近四年来，米肖一家和格里韦每个礼拜四晚上都在拉甘太太家度过，虽说他们的娱乐也挺单调，而且总是千篇一律叫人难以忍受，然而，他们却没有一次感到疲倦过。每当他们走进这个家时，里面的气氛都是那么安静、和谐，他们从未怀疑过这里正酝酿着一场悲剧。奥利维埃开了一个警察行家常喜欢说的玩笑，说餐室有正人君子的味道，格里韦也不甘示弱，称它为和平的殿堂。在最后的一些日子里，有两三次，泰雷兹解释脸上的一条条伤痕时对客人们说，她是跌伤的。其实，他们中间没有一个尝过洛朗的拳头，他们相信，主人家的这对夫妇是模范夫妇，充满了温暖和爱情。

礼拜四晚上的聚会虽是沉闷而安宁的，但是隐藏着罪恶的勾当。拉甘太太再也没有尝试当着众人的面揭露他俩。她看到两个凶手已经五内俱焚，按事情发展的本身逻辑，也猜出危机迟早要爆发出来，她终于明白这事已无须由她插手。从此以后，她退避了，任凭危机的自身发展，最后，杀人者必自戕。她仅仅祈求上帝假以天日，在意料中的爆炸性的结局发生时，让她也在场。她的最终愿望就是痛痛快快地亲眼目睹泰雷兹和洛朗毙命时那极端痛苦的场面。

这天晚上，格里韦过去坐在她身旁，与她聊了半天，并且像往常那样自问自答。可他甚至连个眼神也没能得到。钟敲十一点半时，客人们都一下子站起来了。

"在你们家真舒适，"格里韦大声说道，"我们都不想回家啦。"

"事实上，我在这儿从没困过，"米肖附和着说，"平常，我九点就上床了。"

奥利维埃认为该插上一句戏谑的话了，他说：

"你们没看见，"他露了一口黄牙说，"这房里有股正人君子的味道，所以待在里面十分舒服。"

格里韦感到受了奚落，有点不服气，他做了个夸张的手势，振振有词地说道：

"这房间是和平的殿堂。"

在这当儿，苏姗娜一边在她的帽子上系带子，一边对泰雷兹说：

"我明天早上九点再来。"

"不用了，"少妇慌慌张张地回答道，"午后再来吧……我上午大概要出门。"

她说话的声音有些怪异，而且是恍恍惚惚的。她把客人一直送到长廊上。洛朗手里提着盏油灯，也走下楼来。到了只剩下他俩时，他们都深深地松了口气，整个晚上，他俩都已等得急不可耐了。从前天起，当他们单独相处时，他们的脸色都比往常更加阴沉，更加惶恐。他们避免目光相互接触，只是各自悄悄地上了楼。他们的双手都有些战栗，洛朗不得不把灯放在桌子上，他担心自己抓不住，灯会掉下来。

通常，他俩要把餐室理一理，准备好夜里喝的糖水，围着拉甘太太忙来忙去，一直忙到一切准备就绪，才把她搬到床上去。

这天晚上，他俩上楼后都坐了一会儿，目光茫然，嘴唇发白。沉默了一会儿后，洛朗好像猛地从梦幻中惊醒似的问道：

"怎么，我们不睡吗？"

"睡，睡，我们睡觉去。"泰雷兹战战兢兢地回答道，仿佛她挨了冻似的。

她站起来，拿起了玻璃水瓶。

"放着，"她的丈夫惊呼道，并且竭力使声音显得自然些，"我来准备糖水……你管你的姑妈去吧。"

他从他妻子的手中把玻璃水瓶夺下来，把它灌满。然后，他侧转身子，又把一小瓶砂岩颗粒掺进去，再加上一块糖。在这时，泰雷兹已经蹲在碗橱前面，她取出那把大刀，准备把它放进挂在腰带上的一个大口袋里。

这时，夫妇俩都产生一种奇异的感觉，意识到危险在即，两人同时本能地回过头来。他俩四目相对。泰雷兹看见洛朗手里拿着小瓶子，洛朗则看见泰雷兹裙子的裥褶里闪烁着刀刃的寒光。丈夫站在桌旁，妻子蹲在碗橱前，他俩对视了好几秒钟，目光冷峻，默不作声，彼此心里都清楚了。当他俩分别猜出彼此的想法是一致时，又都怔住了。他们各自在对方惊惶不定的脸上看出了阴谋，不禁都动了怜悯之心，同时又惊恐万分。

拉甘太太感到事情快了结了，目光锐利，直愣愣地注视着他俩。

突然，泰雷兹和洛朗号啕大哭起来。他俩在极度的恐慌下，精神崩溃了，他们虚弱得像两个孩子，各自投入到对方的怀抱中去。他们觉得心里有某种柔软的东西在躁动。他俩默默地流泪了，想着他们过去那卑污的生活，他们想：倘若他俩再屈辱地生活下去，过的仍将是这种日子。这时，他们想起了过去，对自己的一生感到如此疲倦和憎恶，于是彼此都强烈地需要安息和幻灭。他俩面对着刀和毒汁，互换了最后一眼，目光中充满着感激之情。泰雷兹端起酒杯，喝了一半，递给洛朗，洛朗一口气把它喝干了。这只是瞬间发生的事情。他们像被雷殛似的，各自倒在对方的身上，终于在死亡中找到了慰藉。少妇的嘴正巧碰撞在她丈夫颈脖的伤疤处，那是卡米耶的牙齿留下来的。

整个夜里，这两具僵直的尸体横卧在餐室的地板上，油灯透过灯罩，在他俩身上投下浅黄色的昏光。直到次日正午，在将近十二个小时里，拉甘太太僵直地默默地注视着她脚下的这对夫妇，贪婪地看着，凝滞的目光仿佛将他俩吞噬了。

译后记

本书不过十来万字，人物就这么几个，故事简简单单。然而，它在法国文学史上却占有一席，何故？此乃左拉贯彻他本人创建的自然主义文学理论的代表作，是他从浪漫主义走向自然主义的一个里程碑。左拉认为它是"最优秀的一部作品"。

关于自然主义文学理论，介绍文章很多，大致可归纳为三点：①认为人的思想、行为是由其生物本能决定的；②用科学实验的方法来解剖作品中人物的内心世界；③不强调人物的典型意义，重视表面细节的精确。

1868 年，当这部作品在法国问世时，却惨遭厄运。舆论界哗然，许多人愤怒地指责它为淫秽小说，连一些知名作家也在说三道四。为此，左拉在该书第二版上特地作序辩驳。他的序文情文并茂，有据有实，说服力强，不啻为一篇自然主义的宣言。后来，左拉的《第二版序言》作为一篇著名的论文，成为法国文学宝库的一颗灿烂的明珠。

为了使读者对左拉的自然主义文艺理论有个较全面的认识，我把这篇序文也一并译出，放在卷首。我个人认为，自然主义作为文学的一个流派，至少是有其认识价值的。因此，译介本书及其二版序文便不是没有意义的了。

译者

1986.1. 南京

图书在版编目（CIP）数据

泰雷兹·拉甘 /（法）左拉著；韩沪麟译. -- 南昌:
百花洲文艺出版社, 2014.5
（外国文学经典阅读丛书. 法国文学经典）
ISBN 978-7-5500-0940-0

Ⅰ.①泰… Ⅱ.①左…②韩… Ⅲ.①长篇小说－法
国－近代 Ⅳ.①I565.44

中国版本图书馆CIP数据核字(2014)第072306号

泰雷兹·拉甘

〔法〕左拉　著

韩沪麟　译

出 版 人　姚雪雪
责任编辑　张越　龚晴瑜
美术编辑　彭　威
制　　作　何　丹
出版发行　百花洲文艺出版社
社　　址　南昌市红谷滩世贸路898号博能中心A座9楼
邮　　编　330038
经　　销　全国新华书店
印　　刷　江西千叶彩印有限公司
开　　本　787mm×1092mm　1/16　印张　13.25
版　　次　2014年9月第1版第1次印刷
字　　数　155千字
书　　号　ISBN 978-7-5500-0940-0
定　　价　22.00元

赣版权登字　05-2014-82
邮购联系　0791-86895108
网　　址　http://www.bhzwy.com
图书若有印装错误，影响阅读，可向承印厂联系调换。